斯基

伊泰爾斯泰

阿憲民

三島由紀夫

紫式部

《安娜·卡列尼娜》
《戰爭與和平》
《復活》
《懺悔錄》

金閣寺
《假面的告白》
《潮騷》
《薩德侯爵夫人》

馮夢龍

春香傳

源氏物語
《紫式部日記》
《紫式部集》

杜十娘怒沉百寶箱
《東周列國志》
《警世通言》
《醒世恆言》

平家物語

魯迅

黛玉葬花

阿Q正傳
《狂人日記》
《吶喊》
《祝福》

《紅樓夢》

我是貓
《少爺》
《心》
《木屑錄》

鏡花緣
《李氏音鑑》
《字母五聲圖》
《受子譜》

伊豆的舞孃

橘子
《羅生門》
《河童》
《地獄變》

曹雪芹

《雪國》
《千羽鶴》
《古都》

李汝珍

川端康成

芥川龍之介

夏目漱石

屠格涅夫

兩個地主

《春潮》
《父與子》
《散文詩》

杜斯妥也夫斯基

罪與罰

《白痴》
《卡拉馬助夫兄弟》
《地下室手記》

裴鉶

吳承恩

套中人

《苦悶》
《櫻桃園》
《六號病房》

契訶夫

聶隱娘

《傳奇》
《安定集》
《詠史詩》

孫行者三調
芭蕉扇

《西遊記》
《禹鼎記》
《射陽先生存稿》

阿拉丁神燈

薩迪克·赫達亞特

瞎貓頭鷹

《哈吉老爺》
《活埋》
《三滴血》

在加爾各答
路上

《吉檀迦利》
《新月集》
《沈船》

世界名著經典
亞洲篇

泰戈爾

亞洲篇

從**世界名著經典**出發，提升你的**人文閱讀素養**

———— 陳嘉英 ————

著

五南圖書出版公司 印行

推薦序　賞遊寰宇、解碼「人情世故」的高明導遊

　　有人說：「讀了高中，你將發現國文成績可以左右將來志願分發，也左右妳一生的命運。」是的，我是一個從小不愛看大量文字書的人，卻在大學聯考中，以高分捨下法律、經濟、外文……等熱門科系，堅持就讀清華中語系。30年後……我的社會身分是 —— 帶領紅塵戰士，在經典中重逢自己的「生命管理」導師。而影響我這個關鍵決定的啓蒙者是一我的高中國文恩師：陳嘉英老師。

　　「悦讀」 —— 文字理解力的鍛煉，對人的一生，有多重要呢？

　　二十一世紀的學子打從識字之後，就必然面臨資訊蓬勃發展帶來的「閱讀焦慮」，從人文、政治到經濟，從體育到娛樂……大量的書海資訊，反而讓有些人產生追趕不及的「匱乏焦慮感」。因為 —— 資訊的消化吸收背後，都必須穿越一個共同的解碼關鍵 —— 文字的理解統整。將文字編碼轉換成為可想像的情境畫面，並正確獲得表達者的語意精隨，決定了海量的資訊，對你我 —— 是讓大腦更加疲憊的轟炸？還是豐富大腦多元視野的拓展？

　　企業界直指一流的人才必須具備 —— 「學習力、執行力、整合力、移動力、創意力」，而駕馭這幾個卓越特質背後，有一個撬動的關鍵支點，那就是「溝通理解力」，而文字（語言）正是人我互動協作的共同媒介。換句話說，一個具備專業實力的經理人，若是同時擅長於解碼文字語言背後，表達者的心象圖、腦海的內心戲，那絕對是領導階層高手中的高手！

　　是的！這樣的文字解碼能力，一定得在入紅塵戰場之前，奠定紮實基礎。人生若有幸在學子時期，得遇一位智慧的文學導遊，啓發你發現文字背後的人本趣味，看章回小說 —— 猶如闖關遊戲一般的興奮期待，讀古詩 —— 就像是欣賞漸層鋪疊的動畫，在世界名著中 —— 看懂古今皆同的愛與愁……這樣的幸運 —— 不只有助你在大考中拿高分，同時也意味著，一個具備人文洞察力的經理人的初誕生。

　　陳嘉英老師，正是具備這樣卓越睿智的文學導遊。

優秀的導遊——讓旅客對於旅程產生嚮往期待；優秀的導遊——讓人用幾天的行程，領略一個城市的千百年獨特姿態。有人，帶你用兩隻腳踏遍全世界，陳老師帶你用雙眼，透過不落架的世界名著，高明的逐一導覽歐洲，美洲，非洲，亞洲……讀文學、品人情、禮讚生命的華美！

　　你——也許是一個面臨大考焦慮的學子，也許是一個參考取經的國文老師，或許是希望為孩子找到得分助力的家長——陳嘉英老師的每一本著作，絕對都值得你納入書櫃，在多年之後，你可能會訝異：她獨特的溫軟導讀，細潤無聲地浸潤你，並導引你走向不同凡響。

　　是什麼樣的高明啟蒙，讓一個從小不愛看文字書的黃衫客，多年之後成為教導社會精英「思辨典籍奧義」的生命教育老師？你好奇老師獨特的教學魅力何在嗎？

　　「悅讀」文學、「悅讀」人情世故、「悅讀」生命之美——

　　我由衷推薦陳嘉英老師，是學子一定要跟隨的智慧導遊。

張瓊如
清華大學中語系畢業煥源生命教育創辦人

自序　拆解經典小說的 DNA，認識世界，洞悉人生

　　詩人艾略特說：「一部文學作品就是一座紀念碑。」文學是最忠實的歷史，在社會的劇變下記錄了人們的情感思想，與由此迸發出來的創新藝術，映照出當時的哲學思潮和作家對時代觀察的見解。透過《鏡花緣》、《兩個地主》、《阿Q正傳》，這些偉大的世界名著，我們彷彿乘坐著以典範作家文字擺渡的小舟，在悠悠歷史長河時代的全景中，感受他們掀起波濤，撼動人心的力量，與旗幟鮮明的創新風格。

　　文學也是一把神秘鑰匙，經典是握在作家手裡的鎖，精密設計的號碼如詭異的藏寶圖，引領讀者在尋找對應鑰匙的路程中，走入一張張邂逅的臉孔底下鐫刻的人生與心情。無論是兒時熟悉的《阿拉丁神燈》、《西遊記》，或是青春期投射在《伊豆的舞孃》之苦澀與甜美，還是為了誇耀視野而啃食的《罪與罰》、《套中人》，都曾讓那以為漂走了的堅持找到慰藉與依靠。

　　《聶隱娘》、《平家物語》、《源氏物語》、《杜十娘怒沉百寶箱》、《春香傳》、《我是貓》、《橘子》這些故事，則是照見人性幽微的一道道閃電。以實驗性寫作手法，書寫日常生活中徬徨的心情，捕捉人物猶豫的雙眼所提出的疑問，將命運和個人意志的問題嵌入其中，展示在絕望中堅持真理和正義的勇敢。文學更讓在《安娜‧卡列尼娜》、《加爾各答路上》所傾力崇拜愛戀的人，經歷無畏無懼的追求、人事磨折間失去理想，在徬徨苦悶中情隨事遷、垂老無常。那是《瞎貓頭鷹》魔幻異化的世界所無法逃過的劫難，《紅樓夢》花落人亡兩不知的慨歎，《金閣寺》至美至尊與毀滅背叛所倒映的悲劇，卻有助我們從不同眼光看待人生，思索情愛慾望與生命的意義。

　　「世界名著」一直是不落架的經典文學。亞洲小說具有強烈的歷史性與文化性，因此所選錄的作品依時間排序，期待這本書能引領讀者透過作家對世界的觀看，察覺文字所含蘊的價值觀與信念，得以透過博雅的視角，思考人類的處境，以及生命的共相。這不僅是基於新

課綱「人文素養」，以跨領域的大量閱讀，培養具備「閱讀理解」、「分析評鑑」能力的期待；更為因應未來學習「全球化」議題探討的趨勢，揭示一個深刻的視域。

在設計上，既改寫名著文本，附上「思辨探索」闡釋分析之解讀、有助於寫作的「引經據典」，另以「震盪效應—相關閱讀」，加強歷史背景之延伸、概念化之情節線、文化之探究、主題視野之拓廣、思想觀點之強化。無論是自學或是用以課堂討論，都可依「問題解讀」中所提出的焦點激盪思考，以深入探索文化，俯瞰思潮的多義性。體例上，除以歐洲、亞洲、美洲等分冊介紹，為了方便讀者查閱，另以情節繪圖概念化觀點，和書本前後拉頁地圖，構成一個緊密的閱讀網。

好電影在散場之後，故事裡的人物、場景仍徘迴於記憶與情感之間；闔上書本之後，那漾動的餘溫，也總在神形之外的回眸中擁抱心靈。小說一方面以待解的謎、奇異的密碼拼湊出充滿趣味性的情節，另方面又鋪墊意識與潛意識的實與虛，真與幻，讓人載沉載浮於自我與他我之間，時代與命運之中，我們於是得以從不同眼光看待人生，讓自我生命也成為一部經典，無窮的可能由此而生。

感謝多年前以青春共創往事的瓊如，透過自彼時觀看，與在歲月潤澤陶養成就的視角，為這本書繫上華麗的蝴蝶結，那不僅是當老師的最高榮譽——有如此優秀的後浪，也是徜徉在閱讀富足的禮讚，期待每個打開這本書的人都能在這些歷久不衰的經典中觸碰智慧之光與熱，然後以生命裡接納創造真善之美。

Contents
目錄

(2)　　推薦序　賞遊寰宇、解碼「人情世故」的高明導遊／張瓊如

(4)　　自序　拆解經典小說的DNA，認識世界，洞悉人生

001　　中國　聶隱娘／裴鉶

013　　日本　源氏物語／紫式部

029　　阿拉伯　阿拉丁神燈／不詳

045　　日本　平家物語／不詳

059　　中國　孫行者三調芭蕉扇／吳承恩

073　　中國　杜十娘怒沉百寶箱／馮夢龍

087　　中國　黛玉葬花／曹雪芹

099　　中國　鏡花緣／李汝珍

115　　韓國　春香傳／柳應九

129　　俄國　兩個地主／屠格涅夫

143　　俄國　罪與罰／杜斯妥也夫斯基

161　　俄國　安娜・卡列尼娜／托爾斯泰

175　　俄國　套中人／契訶夫

193　　印度　在加爾各答路上／泰戈爾

209　　日本　我是貓／夏目漱石

225　　中國　阿Q正傳／魯迅

243　　日本　橘子／芥川龍之介

255　　日本　伊豆的舞孃／川端康成

269　　伊朗　瞎貓頭鷹／薩迪克・赫達亞特

287　　日本　金閣寺／三島由紀夫

中國

聶隱娘

刺客俠士

裴鉶，約唐懿宗前後，西元867年左右，生平不詳，唐代文學家，官至成都節度副使。西元847到860年間曾經隱居在洪州西山（今南昌西山）修道，道號「谷神子」，著〈聶隱娘〉、〈崑崙奴〉等小說，收入《傳奇》一書。唐代小說之所以稱為傳奇，始於此書。

傳奇，指唐代文言短篇小說，題材主要分愛情、神怪、俠義、歷史四類，以複雜情節，曲折描寫，建立中國小說成熟的形式，對後世小說和戲曲影響甚大。代表作品有沈既濟〈枕中記〉、元稹〈會真記〉、蔣妨〈霍小玉傳〉、白行簡〈李娃傳〉、李公佐〈南柯太守傳〉、袁郊〈紅線傳〉、杜光庭〈虯髯客傳〉等。

唐代經濟與文化繁榮，科舉以詩賦取士造成才子文化，因此傳奇多說才子佳人的婚戀傳奇。隨著唐朝政治社會變動，內容涉及婦女狀況、宗教神異的警世以至唐代中後期，藩鎮割據、宦官專權，鋤奸仗義的豪俠、奇幻的警世和諷諭。在文學繼承上與史傳文學、筆記小說、古文運動和民間曲藝密不可分。

閱讀燈 細看名著

唐貞元年間，魏博大將聶鋒的女兒名聶隱娘。十歲那年，有個尼姑來化齋乞食，看見隱娘十分喜歡，就請求要帶她回去傳授功夫。聶鋒大怒，責罵尼姑，尼姑留下一句：「就算將軍把女兒鎖在櫃子裡，也終會被偷走。」那夜晚，隱娘果真不見了。聶鋒非常震驚，命人到處搜尋都找不到，夫妻二人傷心欲絕，日夜哭泣。

五年後，尼姑把隱娘送回來，並告訴聶鋒已經教會她一身

好功夫，說完便不見了。一家人悲喜交加，問女兒學些什麼，隱娘回說只是讀經念咒，沒學別的。聶鋒不相信，一再地追問，隱娘才說：被尼姑帶走後，不知走了多少里路，天亮時，到一個大石穴，裡面沒人住，但茂密樹林裡有很多猿猴。穴裡有兩個女孩，也是十歲，都很聰明美麗。她們不吃五穀飯菜，像猴一樣在峭壁上飛走，非常輕快敏捷，從沒有任何閃失。尼師給我一粒藥，又給了我一把二尺長的寶劍，劍刃鋒利得把毛髮放在刃上一吹就斷。我跟那兩個女孩學攀援，漸漸覺得自己身輕如風，一年後，學射殺猿猴，百發百中。接著學刺殺虎豹，能輕輕鬆鬆地砍掉虎豹腦袋。三年後我練得輕功、學會射老鷹，這時我用的劍刃以五寸短匕首為主，與飛禽相遇時，飛鳥竟未察覺我在身旁。

到了第四年，尼師留兩個師姊守洞穴，帶我去市集，但我不知道是哪裡。她指著一個人細數他的罪過，說：「趁他不知不覺時，替我取下項上人頭，妳只要下定決心，就好像鳥飛一樣簡單。」說罷，她給我一把羊角匕首，有三寸長，我就在光天化日，沒有任何人看見的情況下，以迅雷不及掩耳的動作刺死那人，並把他的頭裝在囊中，帶回石穴，用藥將把那頭化為水。

五年後，尼師又說某個大官無緣無故害死很多人，要我夜晚到他的房中取下人頭。於是我神不知鬼不覺地帶著匕首從門縫中進去，躲在屋梁上，直到天亮才把那人的頭拿回去。尼師大怒問：「怎麼這麼晚才回來？」我說：「我看那個人逗小孩玩，怪可愛的，不忍心下手。」尼師斥責我說：「以後遇到這樣的事，先殺了孩子，斷其所愛，然後再殺他。」我謝罪後，

聶隱娘

尼師把我的後腦劃開，把匕首藏在裡面，說是很方便日後取用。又說我的武藝已經學成，可以回家了，她還說，二十年後才能再見。

轟鋒聽隱娘說完後，心中忐忑不安。從此之後，隱娘一到夜晚就不見了，天亮才回來，轟鋒也不敢追問。有一天，一個磨鏡少年來到轟家門前，隱娘說：「這個人可以做我的丈夫。」轟鋒只得答應招贅，並供給他們吃穿。

多年後，轟鋒去世，魏帥知道隱娘是奇人，便聘他們當左右吏。就這樣過了數年，到憲宗元和年間，魏帥和節度使劉昌裔不合，便派隱娘取劉昌裔的頭。能神算的劉昌裔於是召集衙將說早上會有各騎白驢黑驢的一男一女，快到城門時，有隻鵲雀在男的前面鳴噪，男的先用彈弓射不中，女的奪來彈弓，一下便射死了鵲雀。這時你們上前說我想見他們，所以在此恭候大駕。隱娘到城北的時候遇此人，知道事跡敗露，隱娘謝罪道：「劉僕射果然是神人，知道我們要來。」劉昌裔大度地說：「你們只不過為主效命，這是人之常情。請留在這裡，不要疑慮。」隱娘佩服劉昌裔深明事理，神機妙算，便答應了。劉昌裔問他們需要什麼，隱娘回說每天只要二百文錢就足夠了。

有天，他們騎來的兩頭驢忽然不見了，到處找都找不到，劉昌裔後來在布袋中看見一黑一白兩隻紙驢。一個多月後，隱娘對劉昌裔說：「魏帥不會因我而停止派人暗殺你，請你剪些頭髮並用紅絲線繫住，我把它送到魏帥枕前，以表示我們堅定不回。」劉昌裔照辦，到了四更，隱娘返回對劉昌裔說：「我已經把信息送去，後天晚間魏帥必派精精兒來殺死我，並取你

的頭。我會想辦法殺了精精兒，以絕後患。」劉昌裔聽完並沒放在心上，臉上絲毫無畏懼之色。

這天晚上，燭光通明，半夜之後，果然看見一紅一白兩面旗子互相擊打，飄飄然在床的四周轉。不久就看見一個人從空中跌下地來，身首異處。這時隱娘出現，說：「精精兒已被我打死。」接著她把精精兒的屍體拖到堂下，用藥化成了水，連毛髮都不剩。

隱娘又說：「後天晚間，魏帥會派更厲害的高手空空兒來。空空兒善於隱形，他的神術神鬼不覺，來無影，去無蹤。我的法術武藝比不上他，到時候你用于闐所產的玉環圍著脖子，蓋著被，我變成一隻小蚊蟲，潛入你腸中等待時機。除此之外，別無他法。」劉昌裔按她所說的去做。三更時，劉昌裔假寐，果然聽到脖子上鏗鏗作響，聲音甚為淒厲。這時隱娘從劉昌裔口中跳出，祝賀說：「你已經沒事了。像雄鷹般的空空兒因為一擊未中，覺得很羞辱，還不到一更，就已經飛出一千多里外了。」劉昌裔察看脖頸上的玉石，果然有匕首砍過很深的痕跡，此後劉昌裔對隱娘夫婦更加禮遇。

唐憲宗元和八年，劉昌裔被調到京師，隱娘不願跟隨，她說：「今後我要雲遊山水之間，遍訪得道之人，請給我丈夫一個差使就可以了。」劉昌裔照辦，隱娘離開後就不知去向。劉昌裔死時，隱娘騎驢到京師，在他的靈前大哭後便離去。唐文宗開成年間，劉昌裔的兒子劉縱奉任陵州刺史，在四川棧道上遇見隱娘，面貌仍和當年一樣，彼此很高興能夠重逢，她還像從前那樣騎一頭白驢。她對劉縱說：「你將有大災禍，趕快辭官回家。」她拿出一粒藥讓劉縱吃下去，並說：「來年你不要

做官了，趕緊回洛陽去，才能擺脫這場災禍。我的藥力只能保你一年平安而已。」劉縱對隱娘說的話不太相信，但送給隱娘很多東西，隱娘沒有接受，如神似仙飄飄然而去。一年後，劉縱沒辭官，果然死在陵州，從那以後再也沒有人見過隱娘。

走廊燈 引經據典

1. 吾子以多財爲盜所害。（白行簡〈李娃傳〉）
2. 勿以他類，遂爲無心，固當知報耳。（李朝威〈柳毅傳〉）
3. 大凡天之所命尤物也，不妖其身，必妖於人。（元稹〈會真記〉）
4. 生女勿悲酸，生男勿喜歡。男不封侯女作妃，看女卻爲門上楣。（陳鴻〈長恨歌傳〉）
5. 起陸之貴，際會如期。虎嘯風生，龍吟雲萃，固非偶然也。（杜光庭〈虯髯客傳〉）

頂崁燈 思辨探索

　　唐玄宗至唐代宗，經過八年才平息了安史之亂，但藩鎮割據的困局愈演愈烈，唐德宗時，餘燼叛軍盤據離北京非常近的河朔三鎮：盧龍（河北北部）、成德（河北中部）、魏博（河北南部），中央政府難以控制，透過「和親」以維繫和平。

　　刺客〈聶隱娘〉的故事就發生在魏博鎮，小說特意標明人物、時間、政治背景：聶隱娘的父親聶鋒是「魏博大將」、「憲宗元和年間，魏帥和節度使劉昌裔不合」，顯然有意將聶隱娘作爲刺客的身分放在地方藩鎮權力與朝廷明爭暗鬥的現實上，同時以此爲唐代社會文

尼姑帶走聶隱娘，教她一身武功後送回。

聶隱娘嫁給磨鏡人，在魏帥底下做左右吏。

聶隱娘投靠劉昌裔，打敗魏帥所派來的殺手。

聶隱娘雲遊四海，勸劉縱辭官離災。

聶隱娘

化的顯影。

　　如此看來，這個故事表面上以聶隱娘從小被尼姑帶走，被精心訓練成專門刺殺危害暴虐藩鎮的殺手貫串其生命經歷，成就特質，展現女子具有飛簷走壁、上天入地、射物刺擊的特異功能。實則反映藩鎮割據的中唐暗殺事件層出不窮，如宰相武元衡被刺死在上朝途中、御史中丞裴度被刺成重傷。至於藏匕首於腦後、剪紙為驢、化身小蟲等極盡奇幻之能事，則源於修道成仙的風氣、神探、志怪、仙俠的傳說。而小說家除呈現時代的觀察，更透過聶隱娘暗殺「某個大官無緣無故害死很多人」，有意借俠客之刀除害以撥亂反正，除卻藩鎮割據恢復太平，以闡明天道好還，正義伸張之理。

　　不過比起這些歷史政治上的意圖，小說所塑造的奇幻情節如尼姑收徒、深山學藝、服藥輕身、藥水化屍、深夜行刺等元素更吸引後世，對神魔劍俠小說影響頗大。除宋人改編為話本小說《西山聶隱娘》、清朝改編成戲曲《黑白衛》、晚清刻畫《三十三劍客》中，聶隱娘排第九、香港著名武俠小說家梁羽生引入《大唐游俠傳》和《龍鳳寶釵緣》、香港拍攝《大刺客之大唐聶隱娘》電視劇、侯孝賢拍攝《刺客聶隱娘》。而「劍俠」、「女俠」、「義俠」之稱的影響所及，使女俠的形象日益受到重視。

　　每個時代與改編者對聶隱娘的解讀都衍生出當代及個人的視野與寄託，如侯孝賢談及他拍攝電影劇本時言：「我最初設計聶隱娘，你看那個『聶』字多好，有三個耳朵，然後是隱藏的一個女子，她是用耳朵聽的。我本來設計她眼睛閉著，站在節度使府外面的樹上，黑魆魆的沒有人發現她。她一直在聽聲音，蟬聲、人聲，清清楚楚，她可以追蹤聲音，到一個程度，眼睛一睜開，嘩地就下⋯⋯。」這些想像不僅豐富了內容，也重塑了角色形象。

　　回到聶隱娘本身，命運看似給了她超凡的際遇，神奇的絕技，

卻也因此注定她必須聽尼師的指令：殺某些人頭、不能因為一時不忍而軟弱，武藝和刺客的身分更讓父親無奈地任她嫁給無才無勢的磨鏡人。正如陳相因、陳思齊《聶隱娘的前世今生》所言：「聶鋒也是習武之人，但學成歸來，成了刺客的隱娘，已經被強行剝離於昔日的人倫關係和社會秩序了。」

被迫斷去本性的同情心，聶隱娘成為沒有自我意志的殺人機器，連父母都敬畏三分。從此，家是夜出晨歸的居所，孤絕而神祕的她再也回不到女兒的角色。婚配的夫婿是一個沒有聲音，只是跟著她的影子，她回不到兒女私情、養兒育女的位置。魏帥、劉昌裔，也只是暫棲的場所，她無論如何選擇都只能以隱而銳的殺氣、後設的計策先發制人，她回不到單純的自己。

她是工具，最終只能雲遊山水，獨行天下，一如當年的修煉。寂寞是她，她是寂寞，在尋找自我定位的路途上，或許在杳然無跡，無人相識時，她會是自由的吧。她被教導不能有不忍之心，但她其實重情重義，在百般隱忍壓抑情緒多年後，她在劉昌裔靈前大哭，設法為劉縱避劫的報恩。那哭的背後藏著多少心情和想法，就留給每位讀者去體會和詮釋了。

問題解讀	問題思考	問題行動	問題結果
俠義	刺客是俠義者嗎？	聶隱娘學藝成後殺不義之人。	連擊高手，殺人於無聲無息。

　　《韓非子‧五蠹》提到：「俠以武犯禁。」張大春從中國歷史脈絡分析，早在戰國時期，這群以武力挑戰國家權柄的人，其實就是「刺客」，也可以被視為最早的俠。

　　《史記‧刺客列傳》記載曹沫、豫讓、荊軻等刺客，奉「信」為唯一理念。所謂「重然諾，輕生命」便是最原始的俠精神。《史記‧游俠列傳》中的郭解、朱家，表現出信之外的另一層次「義」：「救人於厄，振人不贍，仁者有乎；不既信，不倍信，義者有取焉。」這讓俠的精神成為捍衛公理正義而行的價值，正是武俠「忠」與「義」的原型。

　　唐傳奇中〈聶隱娘〉、〈紅線傳〉、〈謝小娥傳〉、〈虯髯客傳〉、〈崑崙奴傳〉恩仇必報的觀念，突破社會制度的行事風格，承繼「俠者以武犯禁」與《刺客列傳》中的「士為知己者死」、《游俠列傳》中「仁義」的脈絡。

　　社會對俠的期待正在於他們能解百姓之危難，為捍衛眾人生存而挑戰公權力。但聶影娘終究活在為了政治目的而殺人，唯命是從於尼姑的指示。清代古典名著《三俠五義》，則將伸展底層人民意願的英雄俠士，和顯現市民上層理想的清官，奇妙地在小說裡結合，反映出晚清社會的市俗願望。

　　金庸《射鵰英雄傳》、《倚天屠龍記》、《天龍八部》、《鹿鼎記》、《神鵰俠侶》、古龍《多情劍客無情劍》、《楚留香》，梁羽生《七劍下天山》等，結合歷史、愛情、武俠，上至天文、卜算、煉丹、養生、儒道墨法，下至地理、民俗、詩詞歌賦、琴棋書畫都滲入人物情節之間，成為中國俠義文化的微卷。

　　受墨子的影響，中國歷史上一直存在著俠義傳統，「摩頂放踵，

利天下為之。」以行動救天下的實踐、跨越人倫的「兼愛」觀，以及「士損己而益所為也」的任，「為身之所惡，以成人之所急」的擔當、責任，形成不顧父母之恩，不惜妻子之愛，犧牲自己，拯救人們急難的俠義精神。這是墨家鉅子孟勝選擇殉城，弟子一百八十三人死難的原因——答應楚陽城君守其封邑，所以生死以赴。

　　墨家起自平民，其學說完全站在老百姓的立場，向上層爭取公平正義，在現實之中以劫富濟貧的方式達成社會正義。於是，俠所對抗的不再只是某一個人，而是一個惡勢力，一種壓迫階層，甚至是國家民族。

　　自戰國四公子所養士中的俠客、游俠、幫派到聲勢浩大，號令一方的豪俠，如《水滸傳》故事之顯現。俠，一直在每個人心裡，在各行各業之間，或許不再是身懷絕技、武功高強的江湖兒女，但那對單純信仰的熱情，對保家衛國、濟弱扶傾的理想，對自身價值與社會道義捍衛堅持的精神基調，讓我們無時不在行俠，不在仗義的路途之上。

日本

源氏物語

清少納言
枕草子

　　紫式部（約978～1016或1031年），日本平安時代女性文學家，本姓藤原，因其父親官拜式部丞，故稱藤式部。後來因她所寫《源氏物語》中女主角紫姬爲世人傳誦，遂改稱紫式部。

　　紫式部出身於書香貴族，祖父及兄長都是當時有名的歌人及漢學者，從小博聞強識，通曉漢文，廣泛涉獵中國古代文化典籍，研讀佛經，熟悉唐代雅樂，擅長和歌（日文短詩）。約二十歲與大她二十多歲，已有妻室子女的地方官藤原宣孝結婚，三年後，夫婿過世，得中宮皇后藤原彰子賞識，成爲服侍左右的貼身女官，記錄宮廷日常活動、婦女的服裝、容貌、禮節及宮廷的各種禮儀活動爲《紫式部日記》。

　　《源氏物語》以日本歌舞昇平的平安時代（相當於我國唐宋時）爲背景，集歌物語和傳奇物語兩種傳統，敘述四代天皇七十多年，四百三十餘人，長達八十餘萬字。一般認爲成書在1001年至1008年間，是是日本最早，也是世界最古老的長篇小說之一。

　　物語，指作者想像和見聞爲基礎，針對人物、事件以「說」形式敘述的散文文學作品。《源氏物語》共五十四帖，演繹一夫多妻制下女人的悲慘命運，及貴族內部矛盾必然崩潰之理。前四十卷以日本天皇桐壺帝之子光源氏與眾女子充滿戲劇性、起落的一生爲主線，左大臣與右大臣家的政治謀略紛爭爲副線。第四十二卷至第四十四卷寫源氏死後瑣事，最後十卷寫源氏之子薰君情慾生活造成的悲劇性事件，因主要發生於宇治，故又稱「宇治十帖」。

　　目前所見《源氏物語》是由各種抄本以及注釋整理而成，是日本文化的代表之作。千年來各種插圖插畫、漫畫、電影、電視劇、動畫、舞臺劇、歌舞伎、能劇，以及傳統日本音樂劇不斷改編演出，

二千元日幣紙鈔上印的便是紫式部（一千元上是江戶時期作家樋口一葉）。

細看名著

　　小皇子之母桐壺更衣容貌端莊，風采動人，性情溫柔善良，深受天皇寵愛。但也因此遭來輕蔑妒恨，不僅背後說她壞話，企圖挑剔她的過失，甚至故意在她通行的板橋、走廊通道上，潑灑汙物，或鎖上宮室廊道兩頭的門。原本身體纖弱的更衣飽受磨折驚嚇，又因父親早已辭世，娘家毫無實力依靠而抑鬱成疾，竟在小皇子三歲時撒手人寰。

　　天皇早晚看著〈長恨歌〉繪畫，思念桐壺更衣。昔日朝夕枕邊私語、「在天願作比翼鳥，在地願為連理枝」的海誓山盟，如今都變成了虛空的夢幻。秋風蕭瑟，蟲鳴悽悽，眼前一切無不催人哀思。

　　轉眼小皇子已七歲，天皇見他清秀俊美，聰穎絕倫，學習詩文和彈琴吹笛出類拔萃，但心憂未來沒有堅強的外戚作後盾，若封親王勢必招來猜疑和妒忌。於是將小皇子降為臣籍，賜姓源氏。世間因源氏公子風雅瀟灑，光彩照人，稱之為「光君」。

　　卻說有個侍奉皇上身邊的典侍告訴皇上，先皇的第四公主品格高雅，容貌酷似已故桐壺更衣娘娘。皇上於是召入，封她為藤壺女御。源氏公子對母親桐壺更衣沒有任何記憶，聽典侍說藤壺女御的姿容很像生母，所以對她產生無比戀慕之情。

源氏物語

　　　　　　　　　*　　*　　*

　　按慣例源氏公子在十二歲就得舉行元服儀式，脫去童裝打扮，改換成人裝束。負責加冠的大臣是左大臣，其夫人乃皇家女，育有一女葵姬，關愛備至。皇上尋思以結親擁有外戚後盾，於是當天晚上，源氏公子即前往左大臣宅邸圓房。但二人性情不合，源氏公子因對繼母藤壺女御暗戀之情，折磨得他內心痛苦不堪。

　　這天源氏公子去五條探望乳母，等候打開大門的過程中，他環顧又髒又亂的大街光景，看見鄰居家的下方，用薄板編成的籬笆牆根處，青青的蔓草悠然地沿牆根攀爬，青綠中點綴朵朵白花，孤芳自賞似的展露著笑容。

　　源氏公子自言自語地吟道：「形似告知遠方人。」隨從似對此古歌有所領會，遂跪下稟告：「那綻放的白花名叫夕顏，這花名似人名，這種花都是在這種奇異的牆根邊上開放的。」源氏公子目睹此種情景，說：「這是可憐的薄命花啊！給我摘一朵來。」隨從正在摘花之時，一個身穿單層黃色薄紗和服長裙的可愛女童，從一扇雅致的拉門裡走了出來。她手裡拿著一把熏香撲鼻的白扇子，說道：「請將花放在扇子上獻上吧。」

　　源氏公子仔細端詳方才送來的盛著夕顏花的白扇子，嗅到芬芳飄逸的薰衣香，感受到用扇人的親切。他還看見扇面上用揮灑自如的筆調書寫：

　　露沾夕顏增光彩，料是貴人遠道來。

　　源氏公子覺得這首和歌雖是信筆寫就，行文卻是上乘的。在這種地方，竟然住著如斯女子，實在令他感到意外，覺得饒

有興味。於是在一張懷紙上，特意用不像是自己的字跡寫下數語，交給剛才摘花的那個隨從送去曰：

暮色蒼茫天朦朧，遠觀夕顏心虛空。

在唯光千方百計，穿針引線下，源氏公子終得與夕顏幽會。他刻意隱蔽行蹤，不讓對方探明身分，但為了避忌人們的目光無法和她幽會的夜晚，總是擔心夕顏會不會不知去向而焦灼萬分。因此對夕顏笑說：「看來我們倆當中必有一人是騙人的狐狸精囉，那麼妳權且把我當作狐狸精，受騙一次吧。」他的親切使夕顏完全順從，她心想：「跟他去也無妨。」源氏公子雖然覺得自己這樣做非常不體面，但是夕顏一心一意信賴自己的這份心，確實非常值得珍惜。

八月十五之夜，月光普照大地，月光透過板屋縫隙篩落進來。臨近黎明時分，鄰居家的人們早早開始忙碌，物件撞擊發出叮叮噹噹的聲響，隱約傳來腳踏杵搗米，石頭撞擊碓臼發出的砰砰聲，以及在搗衣板上捶打粗布衣裳的聲音，隔著板牆彷彿就在耳邊旋蕩。然而夕顏天真爛漫，性格豁達，四周嘈雜的聲響和粗魯的人們，她都置若罔聞，毫不介意。

源氏公子打開拉門，和夕顏一起眺望戶外的景色。庭前花草樹木上的露珠，在曉月殘光的映照下閃爍生輝。源氏公子在宮中，即使近在咫尺的蟋蟀唧唧，聽起來也像是從遙遠的他方傳來，此處的秋蟲鳴聲此起彼伏，喧囂嘈雜彷彿就在耳邊作響，反而覺得別有一番情趣，大概是緣於他深戀夕顏，故萬般缺點都能寬容吧。

夕顏身穿白色夾衫，罩了一件質地柔軟的淡紫色外衣，色澤雖然並不華麗，但她的體態嫻娜多姿，言談舉止楚楚動人。

源氏公子向她立下不僅是今生，還有來世的海誓山盟，夕顏逐漸對他不存戒心，坦誠相待。

豈料，就在源氏公子將夕顏安置到附近院落不久後，夕顏便猝死。源氏公子吞聲哭泣度日，悲痛病倒。皇上聞知此事，興師動眾，在各家寺院舉辦各種祈禱法會，諸如舉辦陰陽道的祈求病體康復的祭祀、驅除惡魔的祓禊、密教的念咒祈禱，許久之後，源氏公子才恢復氣色。

* * *

源氏公子患瘧疾，施行咒術、祈禱等各種療法都未見奏效。聞說北山某寺有個神通廣大的高僧，遂帶四五名貼身侍從，連夜起程。

時值三月末，櫻花遍野盛放，春霞靉靆，深山寺廟裡的老僧操作法術，畫符念咒祈禱，並讓源氏公子喝下符水。入春日長，源氏公子閒來無事，在傍晚彩霞漫天飛舞的昏暗時分，信步向圍著廟旁細荊條籬笆的地方走去，窺見有位尼姑在念經，身邊有兩位秀麗的侍女，還有幾個女童，進進出出，嬉戲玩耍。其中一個約莫十歲的女孩子，身穿潔白的衣衫，罩上一身金黃色外衣，相貌十分可愛，眉宇間飄蕩著一股靈氣。源氏公子不由得定睛凝視著她，竟覺長相、神態都酷似自己傾心思慕的伊人，情不自禁潸潸流下熱淚。

這時，僧都的弟子前來邀請公子至草庵，庭園掛上燈籠，池水邊上點燃了篝火，隨著源氏公子的走動，衣袖裡流瀉出來的薰衣香順風飄蕩，洋溢美妙的風情。僧都為源氏公子講述人事無常以及來世因果報應的故事，可是白天小女孩兒的身影，

總在心中縈繞，眷戀不已。打聽之下方知那尼姑是僧都的妹妹，察大納言的妻室，夫死後出家。而那小女孩則是兵部卿親王與察大納言女兒所生，血統上是藤壺的姪女。

源氏公子頓時了然她的長相何以酷似思慕的那個人，心底湧動著一股強烈的思緒：「安置在身邊，按照自己的理想很好地去調教培養她長大成人，權且代替伊人，朝夕相見，也可以得到一點慰藉……。」

源氏公子乘機向僧都表達願作小女孩兒若紫的保護人，僧都以小女孩兒年紀太小，誦經爲由便匆匆辭去。這時天空急降驟雨，山風呼嘯，寒氣襲人。多愁善感的源氏公子著實難以成眠，裡屋的人似乎也還沒就寢，雖然她們動作輕微，但是念珠碰撞肘的聲音還是隱約可聞。柔軟的衣衫輕微的沙沙聲，聽起來相距似乎很近，於是源氏公子悄悄地來到房門前，輕輕地推開了圍在室外兩扇屏風之間的縫隙，並拍響了扇子，以表示招呼。隔著屏風，源氏公子表達自己的真心渴望，若紫的外祖母老尼回道：「她還是個不諳世事的天真幼女，恐怕還不能理解公子如此不凡的氣度，因此，恕難從命。」

源氏公子隨侍從起駕返京，妻子葵姬一如往常深隱內室，在左大臣萬般焦慮地勸說下雖勉強出來，卻正襟危坐，紋絲不動，活像物語繪卷中的淑女。儘管源氏公子想傾吐心中所思和北山之行的見聞，可是她一臉冷淡，倍覺共處的歲月愈長，彼此的隔閡就愈深而痛苦不堪，也讓他越發想將若紫迎接過來。翌日，源氏公子寫了一封信給老尼，又寫了一封給僧都，委婉地談及此事。另附上一張以情書體裁寫的小紙片，曰：「魂牽夢縈係山櫻，情懷無限皆盡傾，時常惦掛著夜間的山風會否摧

殘山櫻。」

　　遭拒之後，又在折疊打結的書信裡，附歌一首，歌曰：
「淺香山影戀情深，山泉高懸誠可恨。」

　　老尼答歌曰：「雖知拂逆將後悔，山泉影子不願隨。」

　　不久，源氏公子從僧都的來函中得知老尼作古，於是將十
歲左右的若紫接至二條院，安排在西廂殿。此後源氏公子沒進
宮的時候，便陪若紫聊天，精心地寫了許多字畫，教她臨摹當
代風格的字帖範本，還特地製作偶人和若紫一起玩。若紫與源
氏公子親昵地說話，投在源氏公子的懷抱裡，毫不靦腆，也無
所顧忌。

　　脫掉喪服，換上高貴女子穿著的紫之上斜靠俯臥的樣子，
宛如飽含露珠的石竹花，美麗又可愛。她心靈手巧，操箏的動
作很美，領悟得很快，再困難的曲調，只需教一次她就記住
了，因此源氏公子覺得她才是自己盼望已久的意中人。

　　八月二十日之後的隔天，黎明殘月高懸，天空呈現悽愴的
景色。葵姬生子後還是熬不過病痛而逝，源氏公子一邊回想起
葵姬近年來的狀態，一邊在想：自己為什麼總認為她終究會理
解自己的心情，而忽視了她的感受，自己任性輕浮行事，以致
被葵姬視為薄情人而抱恨終生地辭世。他早晚都誠懇地為愛妻
誦經念佛，深深地沉浸在哀慕和追思中，歎息不已，而有厭世
之感。

　　可是他想起紫之上，夜間徑直回二條院西廂殿，將小帷幔
撩起，仔細端詳。但見紫之上靦腆地略微側向一邊，那含情脈
脈的身影和髮型，竟和魂牽夢縈的藤壺皇后一模一樣。源氏公
子走到紫之上身邊，對她傾吐別離期間的思念之情，不久便結

為夫妻。

　　源氏五十一歲，紫之上四十三歲這年春天，在二條院舉行了《法華經》千部供養法會。但紫之上的病情依舊不見起色，挨過了夏季，溘然長逝。臘盡春回，源氏五十二歲，終日誦經念佛，活在思念與悔恨的情懷中，七月乞巧更是鎮日枯坐沉思，即興詠歌曰：「牛郎織女雲霄會，秋露恰似死別淚。」

　　夏去秋來，臘盡冬殘，源氏命女侍燒毀所有過往情書，和紫之上寄來的信箋詩歌，便遁世出家。

　　豔陽高升，原野上的朝露很快便了無痕跡。源氏痛感人生如夢，像朝露一般，愈加萬念俱灰。

走廊燈　引經據典

1. 情似孤舟甫離岸，漸行漸遠漸生疏。
2. 一花一木，故人相植。一思一念，今人成痴。
3. 喜愛諸如胡枝子花瓣上的露珠，一摘花，露珠即滴落，欲拾起即消失的玉筱葉上的霰子那樣的婀娜多姿、纖弱溫柔的女子。
4. 源氏將許多螢火蟲裹在便服下的薄綢襯衣袖裡，藏在身邊，不使螢光透露出來。這時他裝作整理帷幔的樣子，突然將螢火蟲全都放了出來，四周頓時發出了星星點點，鮮豔的亮光。

頂崁燈　思辨探索

　　源氏物語發生在宮廷皇族，卻極少言陰謀鬥爭；圍繞源氏公子與身邊女子們的情感，而不涉及倫常道德。這部小說純粹是美學上的追求，是在淤泥一般複雜關係裡凸顯真情真性的蓮花。表面上見到的是

源氏公子母親桐壺更衣過世，依戀繼母藤壺女御。

源氏公子娶葵姬，愛戀夕顏。

源氏公子帶回若紫，在正妻葵姬死後，結為夫妻。

紫之上過世，源氏公子燒詩書出家。

擁有令人目眩的美貌的源氏公子，沉溺於嚮往的懸念與得不到而糾結之苦、得到卻短暫如露珠的風流情史，實則是孤單、寂寞的，籠罩在對所有逝去懷念之悲的情緒，與物之憐、物之哀的審美意識。

「光華燁燁」、「俊美如玉，簡直不像是人間物」、「連猛夫仇敵見了也要對他微笑」……在書中，處處可見人們讚歎集富貴、才貌、風情、姿采於一身的源氏公子。

以心理學上戀母情結解讀源氏公子，則其一生都在追尋神似藤壺女御的女人，都試圖尋找填補失去母親的空虛，得到依偎庇佑的感覺。為此，他不惜越過禮數與倫理，愛上父親的妾而生下一子，周旋於眾家女子情愛之中、流放地方。她們之間有政治結合的正妻葵姬，受哥哥之託而娶的三公主，有夜去朝離短暫如露水的情人，母親的影子藤壺，以及一手調教為理想女性，最後成為鍾愛的妾的紫之上。

若以女性的角度觀看故事中的女子是被愛者，相對也是擁有精神自由者，單純天真地享受歡愛。如夕顏，有人說夕顏是牽牛花，也有人說是匏瓜花，是開在貧窮人家院落中，被人隨意攀折的花朵。但正是如此無依無靠而全心依附順從的心思，與名苑花朵不同的氣質，讓她擁有自我獨特的魅力而牽動人心，難以忘卻。

至於紫之上，源氏公子教以琴棋書畫，既表現出他刻意培養才德，塑造完美女性形象，也透過源氏公子和紫之上主體性的覺醒，明白彼此的依附，終以出家及死亡了結這樣糾結的痛苦。

河合隼雄《源氏物語與日本人：女性覺醒的故事》認為紫式部透過創作追尋「成為自己」的渴望，因此這部作品不是「主角光源氏的故事」，而是「作者紫式部的故事」，更是「古代女性自我追求的故事」。這些個性迥異，內心豐富的女性聚集起來，可以圓滿一個以光源氏為中心的曼陀羅圖，具體表現出紫式部的內在。

光明燦爛、明媚動人的源氏集人間之權貴，得天皇格外嬌寵，風

流倜儻，忙於四處拈花惹草，無所顧忌。表面上這不過是皇親國族的風流韻事、公子哥兒遊戲人間，玩弄女性的輕浮情節。但從政治文化角度看，平安時代母權強大，丈夫彷彿通勤似的到妻子家過夜，結婚的束縛並不明確。男性貴族通常依循「出人頭地」的「定型故事」生存，是以源氏公子必須與左大臣之女成婚而得到外戚力量，在宿命的生命形式下，不願投入權力鬥爭的源氏公子能做的似乎也只能在彈琴吹笛、談情說愛中找到真實的精神存在。

《源氏物語》被稱為「日本的《紅樓夢》」，二書有許多相似處，如男主角都被十二金釵眾星拱月、出現四百多人；最初都以手抄本傳世，《源氏物語》三十三回後是續書、《紅樓夢》八十回後是續書；內容都呈現貴族日常生活、滲透佛教思想、男主角都因情悟道，遁入空門，在某種程度上，都表現出富貴情歡總成空，人生無常之哲學觀點。

「物語」是日本特有的文學體裁，這本書融入日本和歌，表現出典麗的韻味，並藉景烘托環境氛圍，帶出唯美細膩的情節，以及人物內心獨白，創造出委婉、細膩、縝密、真實的藝術高度。《源氏物語》第二十五回中，作者藉源氏公子對玉鬘所言，提出為選擇以此形式留存的價值與創作手法：「物語者，初不限於某人某事的真實記述，作者將所見事相百態，屢見不鮮，屢聞不厭，希望傳諸於世的種種細節記錄下來。當其欲表揚之時，難免盡選其善而書之；當其欲求讀者共鳴之際，則又不得不誇張渲染，使其惡集一處。大體而言，都是事出有據，很少是完全虛構的。」言詞間，隱含辯駁他人誤以為這是捕風捉影，胡編亂造的虛構故事，而忘所記錄的事實，同時帶有女性希望以文立名，以書言志的企圖。

問題解讀	問題思考	問題行動	問題結果
母愛	失去的母愛可以找到替代嗎？	源氏公子愛戀繼母，輾轉於眾女子之間，一心培植若紫成為目中理想的女人。	源氏公子與繼母生子、寵愛若紫，終在她抑鬱而死後出家。

櫥窗燈　震盪效應 —— 相關閱讀

　　清少納言與紫式部、和泉式部並稱為平安時代的三大才女。

　　清少納言和紫式部都曾擔任中宮的女官，並因家學淵源，深通和歌，熟諳漢學，近侍過天皇和皇后十年，寂寂終老於遠離京城的島上。為《枕草子》寫跋文的人記敘清少納言道：「定子皇后崩逝後，妳鬱悒度日，未再仕官，而當年親近的人次第謝世，沒有子嗣的妳，晚年孤單無依，便託身為尼，遠赴阿波地方隱遁了。」

　　在日本文學史上，《枕草子》和《源氏物語》並稱平安時代之文學雙璧，極受尊崇。《枕草子》之名說法不一，多認定「草子」是草稿、稿本，所以「枕草子」就是個人放在枕邊隨意翻閱的筆記，也就是個人的隨筆、雜感、手記之類，影響後來的散文的發展。

　　這部日本最早的隨筆文學共計三百零五段，透過作者心情與思緒的真實寫照，以及對眼前的事件與景物的入微刻畫，可看出作品的隨意性以及片段性的特點。依周作人在《日本古代隨筆選》所言，《枕草子》的內容分為三類：

　　一是根據當時流行的「物盡」（一種用列舉的方式描寫事物的古舊文體）寫成的文字，如「山」、「節日」、「高雅的東西」等，類似唐

朝李義山「雜纂」的寫法，列舉「不快意」、「煞風景」等各事，以類相從，只是更為擴大。作者通過長期、細緻和深入地觀察和思考，將彼此相關、相悖的事物加以分類，然後圍繞某一主題加以引伸。

二是日記回憶形式的段落。在皇后定子逝世以後，清少納言離開宮廷後的幾年中，回憶舊事，不勝感念之記述。

三是感想的各段。清少納言晚年出家為尼，過著孤獨冷清的生活，對於自然和人生興感。內容不僅涉及山川草木、人物活動，還有京都的特定的自然環境在四季之中的變化，綴成感想而成。

內容撿拾皇室生活、男女之情、人生體驗及山川花草等多樣風貌，展現日本人的審美觀點與當時的生活形態，尤其是清少納言所捕捉的內心漣漪。如〈懷戀過去的事〉：「枯了的葵葉，雛祭的器具。在書本中見到夾著的，二藍以及葡萄色的剪下的綢絹碎片。在很有意思的季節寄來的人的信札，下雨覺著無聊的時候，找出了來看。去年用過的蝙蝠扇。月光明亮的晚上。這都是使人記憶起過去來，很可懷戀的事。」

在書的起首寫著：「春，曙為最。逐漸轉白的山頂，開始稍露光明，泛紫的細雲輕飄其上。」三兩筆點墨，將繁盛的春意簡約如蟬翼，卻輕飛至每個翻開書頁的心。清少納言在書末再三申辯：只是將所見所思所感的點點滴滴趁百無聊賴書下而已，並不指望別人會看到，但那寂寞孤賞已透露出待知音的心情，特別是強烈的自我：「冬天以特寒為佳。夏天，以無與倫比熱者為佳。」

〈樹木的花〉這章寫的是「藤花是花房長垂，顏色美麗的，怒放著為佳。水晶花的品格比較低，沒有什麼可取，但開的時節很是好玩，而且也許有子規鳥躲在樹蔭裡，所以很有意思。在賀茂祭的歸途，紫野附近一帶貧陋的民家，雜木茂生的牆邊，看見有一片水晶花在雪白地開著，很是有趣。好像是青色裡衣上面，穿著白色單襲的樣子，那正像青朽葉的衣裳，非常有意思。」

由從篇章的題目，如：四時的情趣、掃興的事、人家看不起的事、可憎的事、使人驚喜的事、擔心的事、無可相比的事、稀有的事、感人的事、愕然的事……，可知作者善於捕捉瞬間的印象和感受，洋溢女性的細膩和別樣情思，有時只是淡淡的幾句話，但餘味無窮。

源氏物語

阿拉丁神燈

英雄旅程

　　《一千零一夜》，又稱《天方夜譚》，內容涵蓋古波斯、阿拉伯半島和印度的民間故事集。

　　這本書是民間作家的集體創作，經過數百年口傳，由手抄本、聽寫本到成書，透過幾百年來不同地區的文人與民間藝人不斷添加、合併、改寫產生新故事。該書一直在阿拉伯地區流傳，但只是普通的民間文學，不太受到重視，手抄本約在十世紀左右從波斯文翻譯成阿拉伯文，十八世紀初傳到西方，大受歡迎，影響西方的文學創作，也塑造西方人心目中阿拉伯世界的形象。

　　根據阿拉伯文獻資料，《一千零一夜》的源頭是在古印度與中國之間的薩桑王國，生性嫉妒的山魯亞爾國王懷疑王后行為不檢而鬱鬱寡歡。女巫告訴他天下所有女人都是不可信賴的，於是國王殺死所有女奴僕與王后，此後懷恨的國王每天娶一個少女，隔天即殺之。宰相的女兒山魯佐德為拯救無辜的女子，自願嫁給國王，以講述故事的方法吸引國王，每夜講到最精彩處天剛好亮了，國王聽著聽著入迷，就這麼一直講了一千零一個故事，也在山魯佐德的潛移默化下，平息仇恨之心。

　　《一千零一夜》包括富有民族特色的寓言、神仙故事、愛情故事、滑稽故事，以及歷史人物的言行記載。連環包孕故事的形式，有單獨成篇的，也有構架在另一個故事之上，大故事裡有另一些小故事，或如連環般一個接一個，最後才顯露結局。再加上人、魔、動物、精靈上天遁地的奇幻情節，以及帶著神祕的異國風情通俗文化，往往令讀者欲罷不能而沉浸其中。家喻戶曉的〈阿拉丁神燈〉、〈阿里巴巴和四十大盜〉、〈辛巴達的故事〉原是中東民間故事，後也因此特質加入《一千零一夜》一書中。這本書內容豐富，規模宏大，反

映當時伊斯蘭世界以波斯文明爲古典文明的現象，故被高爾基譽爲世界民間文學史上「最壯麗的一座紀念碑」。

細看名著

　　阿拉丁父母一心盼望兒子學縫紉，繼承父業，但貪玩成性的他成天鬼混，十歲那年，父親因憂鬱成疾而死。阿拉丁十五歲那年，一個從非洲摩洛哥長途跋涉而來的魔法師，假稱是他父親同母異父的兄弟，半騙半哄地帶他穿過了一座又一座花園，來到巍峨的高山腳下。一路上，魔法師吹噓今天要做一件驚天動地的大事業，並鼓勵阿拉丁必須用行動證明自己長大了。

　　魔法師一邊點燃樹枝，一邊從胸前的衣袋中掏出別致的小匣子，取出乳香撒在火焰中，對著冒出來的青煙低聲吟起咒語。隨著一聲霹靂巨響，地面轟然裂開，露出一塊長方形的雲石。魔法師要阿拉丁握著石板當中的銅環，不停地唸自己和父母的姓名來揭開石板，然後順石板下地道的十二級臺階走到底層，那裡每間房子擺滿黃金白銀，但千萬不能停下腳步，否則會立即變成一塊黑石頭。到達第四間房子時，會發現屋中有一道緊閉的房門，這時要喊著自己和父母的名字去開啟它，就會進入一座花園。記得別管閃著奇光異彩的果樹，只管沿通道走下去，大約五十步遠的地方有一間富麗堂皇的大廳，沿著三十級梯階梯子上去，取下掛在天花板上的油燈放在袋裡帶回來。

　　魔法師囑咐畢，就脫下戒指戴在阿拉丁食指上，說道：「這個戒指能保護你不受任何危害和恐怖的威脅，當你勝利歸

來，你將成為世界上最富有的人。」

　　阿拉丁按照魔法師的吩咐順利拿到油燈，但退出大廳回到花園時，他看見樹枝上結滿誘人的燦爛的寶石果子，心想這些裝飾品真好看，便裝滿每個衣袋，還解下圍巾來包，然後纏在腰間。但因為身上東西太重，阿拉丁怎麼也爬不出去，於是他伸出手來，對魔法師說道：「伯父，拉我一把，我無法跨上。」

　　魔法師面露凶光，要阿拉丁先把油燈遞給他，但油燈放在袋子最底層，難以取出。魔法師誤以為阿拉丁不願將神燈交給他，便唸起咒語，把乳香往空中一撒，石板慢慢滑到地道口上，阿拉丁就這樣被埋在寶庫的地道中。

　　原來這魔法師經過四十年潛心鑽研，感應到中國卡拉斯山腳下有一個巨大的寶藏，最奇妙的就是那一盞看來不起眼的神燈。誰擁有那盞燈，便可成為不可戰勝的萬能者，而能拿到寶藏的人只有出生在當地某貧民家，名叫阿拉丁的孩子。可是萬萬沒有料到，他費盡心思竟然功敗垂成，失望地離開中國，返回非洲老家。

　　被埋在地道的阿拉丁聲嘶力竭地吶喊，痛哭流涕的哀求了三天三夜，終於醒悟魔法師不是伯父，而是心懷鬼胎，招搖晃騙的妖道。黑暗中阿拉丁無意間磨擦到戒指，瞬間，一位威風凜凜的巨神出現在他面前，並用洪亮的聲音向他說道：「主人，您有何吩咐？」

　　雖然阿拉丁因為眼前魁梧的巨神，形貌酷似傳說中所羅門大帝時代的妖魔，嚇得兩腿發抖，但一想到戒指是魔法師給的護身符，便勇氣十足地說出心願。話才剛說完，大地突然裂

開，他便回到家。母親一見久未歸來的阿拉丁，高興得拿起剛紡好的棉紗到市上換得食物。

　　阿拉丁心想還不如把那盞燈賣了，可以換更多錢。母親見燈有些髒，於是抓了一把沙土擦拭，巨神乍然出現，粗聲粗氣地說：「我應命來了，妳要我做什麼？只管說吧。我是這盞燈的僕人，也是妳的僕人，會不折不扣地按照妳的命令行事。」

　　阿拉丁見母親嚇得魂不附體，連忙從容地說：「燈神啊！給我弄些可口的食物吧。」轉眼燈神就端來一席豐盛的飯菜，道道是山珍海味，都擺在精緻名貴的銀托盤中。

　　從此母子倆守著這祕密，靠燈神拿來的食物過日子。食物吃完時，阿拉丁就拿一個盤子到集市去變賣換回食物，並把多餘的錢攢起來。阿拉丁完全改掉以前調皮搗蛋的壞毛病，斷絕那些遊手好閒的朋友，跟著生意場中大小商人努力學習經營的訣竅，提高投資求利的本領。

＊　　　＊　　　＊

　　這天，阿拉丁在大街上漫步，得知白狄奴・卜多魯公主將前往澡堂沐浴熏香，城中各商家奉命停業，城中居民也要閉戶一天，違者將處以絞刑。這禁令反倒引起阿拉丁極大興趣，他不顧危險躲到澡堂後面偷窺。當他看見取下面紗的公主光豔照人如天仙，頓時墜入愛河，從此失魂似的茶不思飯不想。

　　眼見阿拉丁被愛情的火焰折磨得不成人樣，母親只好依阿拉丁的意思，將帶回來的璀璨寶石當禮物去請求皇帝答應把女兒許配給兒子。但是求見的人太多，母親根本沒機會跟皇帝見面交談，就這麼連續跑了一個月。

皇帝聽完阿拉丁母親的請求，不以爲然地大笑，及至見獻上的珠光寶色無一不是稀世珍品，才驚詫地大聲說：「有這樣珍寶的人，足夠有資格作白狄奴‧卜多魯公主的丈夫。」但爲準備嫁妝，允諾三個月後再來迎娶。

　　一心想讓兒子成爲駙馬的宰相，耍手段從中作梗，硬是讓皇帝改變心意。得知消息，怒火中燒的阿拉丁命神燈在今晚舉行婚禮後，把他倆連床帶人一起搬來。那晚，宰相的兒子被關進廁所，公主驚嚇得顫慄不已，一句話也說不出來。第二天黎明，這對新人被神燈送到了宮中洞房裡，公主和宰相的兒子面面相覷，驚嚇過度便暈過去了。第二天晚上又是如此。皇帝見公主臉色憔悴，追問宰相兒子，他說完自己的遭遇後，聲淚俱下地請求解除婚約，還他自由。

　　皇帝馬上宣布解除婚約，下令停止慶祝婚典所有活動。眾人都莫名其妙，議論紛紛，只有阿拉丁一個人暗中發笑。

　　三個月期滿的這一天，皇帝在阿拉丁母親懇求下履行諾言，因爲阿拉丁竟然能完成宰相帶著挑釁意味所建議的聘禮條件：四十個純金大盤盛滿名貴寶石、四十名窈窕佳麗、四十名壯碩太監，還另外加碼承諾將蓋一座宮殿贈給公主。

　　阿拉丁在燈神的幫助下，到花崗石和紅玉石建成的澡堂沐浴薰香，穿上古今帝王都沒見過的御用衣冠，在四十八名僕人的前後護衛下，騎著高頭駿馬，馬鞍上嵌滿金銀珠寶，浩浩蕩蕩往皇宮出發。阿拉丁相貌英俊，舉止大方，一路上，侍衛們按阿拉丁的吩咐，把金幣一把一把地撒向人群。那派頭和氣勢，讓人們對阿拉丁的敬佩之情溢於言表；慈善可親的舉止，也讓那些人知道阿拉丁出自貧窮的裁縫家，卻不嫉妒反而說這

是上天的安排，並祈求他福壽。

　　阿拉丁雄姿英發，談吐高雅，詩一般的語言以及恰如其分地引用優雅的詞藻，博得在場的文武朝臣由衷欽佩。皇帝親切地拉著阿拉丁的手，在樂師奏樂中與朝臣們步入宴會廳，準備舉行訂婚儀式。阿拉丁當場許諾要為心愛的白狄奴・卜多魯公主建造一幢適合她崇高地位和尊貴身分的居室。

　　神燈領了阿拉丁的指示，在皇帝賞賜皇宮前的土地上矗立起巍峨壯麗的建築物。名貴的碧玉、花崗石、雲石經過精雕細鑿，像天上的雲霄寶殿，特別是樓上有二十四扇格子窗的望景亭臺，嵌有各色璀璨的寶石，其構思之新穎，做工之考究，是凡人所無法想像的。宮殿裡的貯藏室裡有堆積如山的金銀珠寶、綾羅綢緞；布置得美輪美奐的寢室內擺放著堂皇的臥具、富麗的陳設和罕見的裝飾品；餐廳擺放的餐具非金即銀，晶亮無比；馬廄裡飼養著一匹匹健壯的高頭駿馬，前廳還有大批供使喚的宦官、奴僕以及美若天仙的婢女。

　　第二天清晨，皇帝看見這幢宏偉壯麗的宮殿，心想阿拉丁必定是得天之佑，否則怎能在一夜之間完成這樣人間非凡的藝術。皇宮和整座城市因為歡慶公主的結婚大典而歡聲雷動，皇家送親隊伍浩浩蕩蕩，八十名手持管弦樂器的歌女玉指彈撥出和諧悅耳的美妙樂曲，嵌寶石金蠟臺上的巨大燭火散發出樟腦和龍涎香的氣味。穿上霞帔，戴上美麗鳳冠的公主在眾人歡呼聲中，與阿拉丁共拜天地，正式結成夫妻。

　　阿拉丁新婚之後，過著甜蜜安定的生活，每天在侍從們前呼後擁下，去城中巡遊，藉把大量金幣撒給街道兩旁的人群來廣施博濟。阿拉丁的聲譽愈傳愈遠，朝野上下對他的愛戴和

信任與日益增，尤其是他為對抗敵國入侵，身先士卒，衝鋒陷陣，殺得敵人棄甲曳兵，狼狽逃竄。捷報傳來，全城歡騰，皇帝親自出城迎接他凱旋歸來，老百姓夾道爭睹他們心目中的英雄，整個城市都籠罩在歡騰的氣氛中。

＊　　＊　　＊

話說非洲魔法師卜卦得知阿拉丁成為神燈主人，正坐享榮華富貴，氣得肺都要炸了。懷著希望和仇恨的複雜心情，魔法師再次風塵僕僕來到中國。

他訂做幾盞油燈後，在大街小巷高喊道：「舊燈換新燈喔！」人們聽他這麼叫喊，都笑他是瘋子。喧譁聲如願地引來公主讓女僕拿房中的舊燈，非洲魔法師見燈心喜，立刻把它塞在胸前衣袋，跑到荒無人煙的野外，迫不及待地掏出神燈一擦，咬牙切齒地對燈神說：「把我和阿拉丁的那幢宮殿、裡面所有的人和東西全搬到我的家鄉非洲去。」

隔天早晨，皇帝發現新宮殿不在了，怒命人把在山上打獵的阿拉丁捉回來，限他十天內找回到公主，否則就處死。阿拉丁神志恍惚地從城裡晃到郊外，就在他蹲下去用河水洗臉，雙手碰著手指上的戒指時，戒指神突然出現在他面前。阿拉丁喜出望外，大聲說道：「把我的宮殿和我的公主，全搬到這兒來。」

「主人啊！這是神燈的權職，我實在無能為力，不過把您送去宮殿倒是我力所能及。」戒指神說完，便背著阿拉丁飛騰起來。當阿拉丁在伸手不見五指的夜色中，辨認出自己的宮殿時，他確信這是老天爺及時救援，給了他生存的希望。

隔天清晨，婢女伺候公主時，隨手打開了窗戶，一眼看見阿拉丁坐在牆邊。夫妻重逢，高興得熱淚盈眶，公主這才明白油燈的祕密。因為魔法師隨時把燈帶在身邊，一刻也不離開，所以阿拉丁當下叮囑公主裝得若無其事，假意討好並答應魔法師的求婚，待時機成熟再把麻醉劑滴在酒杯裡，想盡辦法讓他喝下去。

　　當晚，公主陪著魔法師吃喝，見他有幾分醉意便說起喝交杯酒就表示雙方定下了終生的習俗。魔法師被公主的甜言和舉動弄得神魂顛倒，欣然舉起公主遞來的酒杯，酒一下肚，便頭暈眼花，重重地倒在地上，昏迷過去。阿拉丁迅速從魔法師袋裡取出神燈，一刀解決了魔法師的性命，並把他燒成灰。接著他拿起神燈一擦，命令燈神把宮殿放回原處。

　　但誰也沒料到已被燒為灰燼的魔法師有一個同胞哥哥，也是本領高強，精通各種占卜的大魔法師。他利用公主的善心，假扮是神通廣大的醫生，成功混進宮殿。發誓要替弟弟報仇的他在連聲讚美後，露出遺憾的表情說：「這裡獨缺一個稀罕、名貴的神鷹蛋，如果用它來掛在屋頂的正中央，那麼整幢宮殿就真的是舉世無雙的人間樂園了。」

　　一向使命必達的神燈這次竟然大發雷霆，扯開洪亮、恐怖的嗓音吼起來：「我和神燈的其他奴僕任勞任怨，忠實地伺候你，可是你還不知足，為了消遣娛樂，居然要我去取我們天后的蛋供你夫婦玩耍取樂！」

　　阿拉丁這才明白非洲魔法師來此的目的，決定將計就計，當非洲魔法師假惺惺替他祈禱治病，右手暗中伸進長袍，拔出藏在腰間的七首，準備殺掉阿拉丁時，阿拉丁猛然扭住大魔法

師的手臂，奪過七首，一刀插進大魔法師的心窩，即刻要了他的性命。

　　阿拉丁憑著機智與勇敢戰勝兩個勁敵，粉碎魔法師兄弟倆的罪惡陰謀，擺脫危害。幾年之後，皇帝逝世，阿拉丁繼承帝業，受到百姓的擁護和愛戴，和白狄奴‧卜多魯公主相親相愛，白頭偕老。

走廊燈　引經據典

1. 人的生命早已被注定，因而只能循序依循。（補鞋匠邊爾魯夫的故事）

2. 愛情本是一點唾涎，擴散起來，卻可能變成汪洋大海呢！（海姑娘和他兒子的故事）

3. 人總是潛藏著一種痼疾，若你細細觀察，用心注意，便會發現那些欺詐與心機，所以你切記不可與之接近。（女王祖白綠和糖飯桌子的故事）

4. 去吧，闖出危險，勇往直前。遠離故園，不要哀憐。宇宙何處不能棲身？不必憂心忡忡，人生如夢，災難總有盡頭。命運支配著人，你唯一的依靠是自己。（航海家辛巴達的故事）

5. 命運驅使著，若要理智清醒的人流離失所，必先使其耳聾眼瞎，還叫他的理智像脫髮一樣喪失。當安排徹底實現，才恢復人的理智和思想，讓他追憶往事，吸取教訓。你別問這事如何發生，冥冥之中，自有隱伏的理由。（巴士拉銀匠哈桑的故事）

魔法師誘騙阿拉丁取神燈。

阿拉丁順利拿回神燈，想盡辦法與公主成婚。

魔法師兄弟先後謀害阿拉丁，取走神燈。

阿拉丁打敗魔法師，取回神燈，繼承皇位，與公主恩愛終生。

阿拉丁神燈

思辨探索

故事是人類歷史上最古老的影響力工具，它附身於經史子集之中，躍足於電影、廣告、新聞連環圖之間，也融入生活的世界。爲什麼我們喜歡聽故事？爲什麼我們總是需要故事？爲什麼總是不知足地需要更多的故事？爲什麼我們會跟著故事一起呼吸、心跳，我們會因爲故事而改變自己？

在人類由未知到已知的過程中，敘事的保存訊息、傳遞知識功用讓經驗更完整周備地被傳遞下去。隨著與世界互動關係愈來愈親密，故事背後的教化意涵也因此被散播，進而形成約定俗成的行事默契、道德規範。因此，在人類學家看來，講故事活動主要不是爲了消磨時間，而是讓人們更願意從充滿敵意的現實世界中暫時抽身，與別人一起遁入故事中充滿魅力的可能世界，乃至建立群體意識。

《一千零一夜》敘事的動機是拯救被殺的少女，這讓說故事本身承載吸引皇帝、免於被殺危機的任務，是以必須找到一個最適合的方式敘事。其一是故事套故事的結構方式，如〈阿拉丁神燈〉以連串插入式來製造一波未平一波又起，如葡萄串的高潮，讓故事由魔法師的陷害與得到寶藏，引出窮小子智娶公主，再帶出兩位魔法師相繼復仇，最後壞人死亡，好人得到賜福的圓滿大結局。其二是鮮明的對比，如宰相的私心阻撓、宰相之子的軟弱無能與阿拉丁的足智多謀。其三是浪漫主義結合現實主義，神燈與魔戒一夕間建造富麗宮殿的浪漫，與權力陰謀的現實，讓神蹟賦予弱小貧賤的百姓突破世俗界線，滿足超越身分、翻身轉命運的心理。

在內容上，這篇小說從起初如何具吸引力，到後來隨著流傳的時間與地域，每個說者聽者加入自我的見聞、想像、社會現象、真實事件，滲透文化習俗的情感思想，讓故事如滾雪球般愈來愈驚奇怪異，

也愈來愈像走馬燈充滿瑰麗的拼貼圖案與幻影，既是各民族在不同時代的創作，也是阿拉伯文學的代表。

　　這故事看似編造出奇異情節，滿足好奇，其實是我們需要故事來理解經歷的涵義，鞏固追尋奇蹟的意義，相信成真的期待。屬於波斯的魔法、沙漠移動的變數讓冒險致富、危機考驗、解決問題、夢想實現、改變命運……。這些集體夢想，成為一個裁縫師之子歷劫之後的蛻變成長、追求夢想得天之助而跨越層層挑戰的重要基底，同時傳遞出懷抱信念的人終將逆轉勝，再厲害的神力魔法依然無法戰勝單純善良的道理。

　　揉合現實與超現實的想像，也是小說百聽不厭的關鍵。神燈、魔戒是具神奇法力的載體，以不同的形式出現在《一千零一夜》故事裡，作為聽命主人使命必達，解救危難，改變命運的超能力。這些錦繡奇境的編織幻影其實奠基於真實，超現實也根植於現實，那如天使精靈、仙女神仙、祖靈信仰既是各民族古文化共同的元素，也是支持故事意義與現實人生信念的媒介。

問題解讀	問題思考	問題行動	問題結果
成長路上的考驗有何意義？	1. 我們如何通過考驗？ 2. 考驗帶來的改變是？	1. 阿拉丁鍥而不捨追求公主，以計策對抗魔法師。 2. 阿拉丁為國效命、將財富分享給人民。	1. 阿拉丁得神燈之助，與公主共結連理。 2. 阿拉丁繼承王位，得到大家愛戴與尊重。

阿拉丁神燈

神話學家約瑟夫・坎伯在認為各地的神話，存在固定的敘事結構：「一個英雄從平凡世界冒險進入一個非常世界 —— 得到了神話般的力量，並取得了決定性的勝利 —— 英雄帶著某種能力從這個神祕的冒險中回來，和他的同胞共享利益。」

在《千面英雄》中敘及「讓英雄成為英雄的過程」公式是：

1.啟程出發：由日常、熟悉、拒絕歷險的召喚，遇上師父或啟迪者穿越門檻到異常、陌生的未知。如阿拉丁隨著魔法師離開家鄉到荒野；釋迦牟尼見路上老弱殘苦之人，而想尋找生老病死之因而離開王宮到民間；蜘蛛人因為叔叔臨死的一句話：「能力愈大，責任愈重」而決定當城市英雄。

2.冒險啟蒙：這是英雄成長的轉折、故事核心，關注的是解決問題的心理、方法與歷程。故事中往往於此製造超自然的神奇領域、難以對抗的差距、險惡的敵人，如怪龍惡魔、階級權貴壓迫來製造阻礙。這奇異而又苦難的路途象徵現實與理想，英雄必然遭到欺騙、喪失鬥志、深受打擊的內心煎熬。如阿拉丁在娶得公主過程中的挫折與魔法師一次又一次的陷害；神話中薛西弗斯日復一日將巨石奮力推向山頂，巨石瞬間墜落，陷入了永無止息的苦役之中。

在這段學習未知世界的規則與生存模式的路上，唯有主角能體悟苦難受痛的意義，面對困境重拾信念，激勵意志、發掘自我的潛力才能摧毀脆弱和對手。或是因善良而得貴人盟友期勉提攜、獲得奇幻的力量相助，如桃太郎湊齊狗、猴子、雞三名夥伴前往鬼島。這是英雄的試煉，是成長蛻變的證明，讓原本平凡的人因為對自我存在的認知能力，而變得不平凡，讓自己從配角成為主角，贏得決定性的勝利，得到魔劍、聖杯或無形的智慧、武功魔力、名利權位等獎賞。

3.滿載歸返：英雄帶著戰利品重返日常之中，但在重返平凡的經歷上，還必須經過再一次的考驗才能跨越歸返的門檻，選擇繼續冒險或回到原來的世界生活。如《阿凡達》中，主角選擇幫助納美人對抗人類的侵略；阿拉丁將宮殿搬回家鄉，回到與公主的生活；《少年Pi的奇幻漂流》最終得以回到陸地重新展開生活。《魔戒》最後是回到家鄉的哈比人發起叛變，推翻薩魯曼的統治，薩魯曼死於僕人巧言手下，巧言則被哈比弓箭手奪去了性命。梅里和皮聘被人們封為英雄、山姆以凱蘭崔爾贈予的禮物重建夏爾，並與小玫・卡頓有情人終成眷屬。

　　敘事本身的意義是不斷辯證自己的價值觀，激勵自我、突破蛻變。阿拉丁從遊手好閒到志在娶得公主歸，從渾渾噩噩到自覺地施惠他人，從貧民到救國救民的英雄。在出發—歷劫—回歸的旅程中，英雄總是能通過種種手段來解決問題，這趟歷程讓他擺脫恐懼，對自己及周遭有著更透徹的認識，帶來新生。生命中，我們每個人都依著這周而復始的循環，接受考驗，度過危難，然後登上更高的山，看見自己無限的可能！

日本

平家物語

日本幕府及武士精神

　　《平家物語》是成書於日本鎌倉時代（十三世紀）的軍記物語，作者不詳，內容記敘1156至1185年間，源氏與平氏政權爭奪的史實。通篇兼用編年體與紀傳體，以作者對許多事件的看法、分析平氏衰亡原因形成主要結構，歸於無常的中心主題，被喻為日本的《伊利亞德》，與《源氏物語》並稱日本古典文學名著雙璧。

　　故事背景為平安末期貴族沒落，武士崛起，各方權勢角力，局勢紛亂。全書主要分為三個部分，第一部分敘述平清盛當上太政大臣後，藉勢將女兒嫁給高倉天皇，使外孫登基成為安德天皇，架空皇室，排除異己，獨攬國政，強行遷都福原，造成貴族公家不悅，不得不遷回京都。

　　第二部分是平清盛逝世，由於長子早逝，三子平宗盛繼承平家，家道逐漸衰落，源氏後代木曾義仲乘勢崛起，迫使平家撤到西國。而進入首都的義仲因軍隊為亂、饑饉相繼、軍心渙散，被源範賴、源義經追討，斬首示眾。

　　第三部分寫源義經因得後白河法皇信賴，追討平家屢建戰功，功高震主，引來哥哥源賴朝嫉妒而遭追殺致死。平家滅亡後，平清盛之妻抱著外孫安德天皇與三神器一同跳海而亡，演繹「盛者必衰、實者必虛」的無常觀，和「驕者無久，唯如春夜之夢。猛者遂滅，如同風前之塵」的虛無感。

　　《平家物語》有話本、讀本，話本為曲本，由盲人法師唱傳，一邊彈瑟琶，一邊唱曲詞，各地巡迴演唱，日本稱之為平曲。讀本由話成本成冊，多所增補，形成今所見之十三卷。

正月二十九日，源範賴和源義經為進軍西國追剿平家之事，向法皇啟奏。法皇宣詔：「本朝從古代傳下來的三件御寶：神鏡、神璽、神劍，要倍加小心，完好無損拿回宮來。」兩人領旨，躬身退下。

平家方面不曾料到當晚就會受到襲擊，夜半時分，源氏一萬大軍掩殺過來，喊聲震天。平家軍兵亂作一團，不是拿弓忘了箭，便是拿箭忘了弓，抱頭鼠竄的從馬縫中鑽出逃命。源氏東追西逐這些潰逃的敵兵，不久就斬殺了五百餘騎，傷者無數。平家大將軍、三位少將見大勢已去，從播磨國的高砂乘船逃往讚岐的屋島去了。

五日天暮時分，源氏從昆陽野進兵逼近生田森林，在各處布陣並燃起篝火。平家嚴陣以待，片刻不敢鬆懈。六日黎明，源氏一萬餘騎分作兩路，一路向一之谷西側進攻，一路迂迴到一之谷背後的山麓，經由丹波大路攻擊敵人背後。

這時正是二月初旬，峰巔雪融，早春之花初放，山谷鶯來，迷惘於雲霞之間。其上白雪皚皚高聳，循而下之，青山巍峨陡峭，松雪初融未盡，苔蘚曲徑幽幽，雪隨風舞疑是梅花。源軍揮鞭策馬疾馳，行至日暮均已到達，於是立刻排兵布陣，由山中的獵師帶路準備進攻。

六日夜半時分，熊谷穿著褐色直裰，外罩茜色皮革縫綴的鎧甲、紅色的防箭背心，騎著粟色名馬。兒子小次郎身穿淡澤澱葉狀花紋的直裰，外罩花繩紋理的鎧甲，騎著月白色戰馬。隨身的旗手穿著黃藍色直裰，藍底印黃色櫻花的鎧甲，騎著黃

平家物語

紅夾雜著白毛的馬。左邊是懸崖絕壁，他們從右邊策馬前行，經過人跡罕至的古道，朝著一之谷的海邊汀線走去。

夜色已深，土肥次郎實平率七千騎在一之谷附近的鹽谷等待時機。熊谷沿著海邊，趁著夜色的掩護機敏地穿過了鹽谷，逼近一之谷西邊的城門。正值夜色深沉，熊谷次郎呼喚兒子催馬來到平家寨前，高聲喊道：「俺乃是武藏國住人熊谷次郎直實和兒子小次郎直家，前來一之谷作先鋒。平家武士有敢對陣的，上來跟直家比個高低！趕快上來！」平家方面叮囑自己的人說：「不要聲張，等敵人的馬腿困乏之時，再放箭射他。」

天快放亮之時，熊谷策馬走近敵人柵寨，再次叫陣，平家的人聽了說道：「快去把這徹夜通名的熊谷父子擒過來！」立即精幹軍士二十餘騎打開寨門，躍馬上前。今天平山穿著白色斑點的印花直褐，外罩深紅皮革縫綴的鎧甲，鑲著兩道橫線的防箭背心，騎的是名叫目糟毛的名馬。他的旗手穿著黑革縫綴的鎧甲，頭盔下戴著遮掩脖子的護頸，騎的是略帶緋紅的月白色戰馬。平山通報姓名後與旗手二人衝過來，熊谷縱馬衝過去，兩人如火如荼地猛烈交鋒進攻。

平家的武士們見此強勁攻勢，覺得不易抵擋便退入城內，把敵人隔在城外，以弓箭防守。熊谷之子怒視著城裡大聲喊道：「我決心在一之谷以馬革裹屍而還。武士成名取決於對手，我是不隨便與別人交鋒的，出來跟我交手吧，快出來！」聽到這番喊叫，越中次郎兵衛在深紅色直褐上罩了紅皮革縫綴的鎧甲，騎著花白色的戰馬，便朝著熊谷疾馳而來。

熊谷父子二人緊靠在一起，把腰刀舉在頭頂，毫不畏懼，一步步向前逼近。越中次郎兵衛自覺不能抵敵，立即轉身退了

回去。熊谷高聲說道：「啊呀，這不是越中次郎兵衛嗎？看我不配作對手嗎？跟我交手比比吧！」「對不起，不能奉陪。」越中次郎說著便退下陣來，並一把拽住想躍馬上前的惡七兵衛，說道：「主將勝敗在此一舉，不能做無謂的犧牲。」

平家方面騎馬的武士不多，主要是在城垛口上陳兵放箭，但箭鏃雖如同雨點，混亂中卻難以射中敵人。

＊　　　＊　　　＊

各家的軍兵全部投入源平混戰，雙方交錯混雜，你進我出，通名報姓之聲震動山嶽，戰馬交馳之聲如雷鳴，箭鏃互射如同下雨。雙方都在奮力廝殺，勢成對峙，在此難解難分之際，源氏看出單從正面進攻難以取勝，於是七日黎明時分，從一之谷的後方登上了鵯越高地。

源義經率三十多騎領先，眾人緊跟，腳下是碎石子混雜著砂礫，向下看去，布滿青苔陡峭的岩石約有十四、五丈深。軍兵們驚得呆立著不敢向前，這時佐原十郎義連挺身率先騎馬下去，軍兵們也相繼跟隨。三千餘騎的吼聲由於山壁的回響，氣勢如十萬大軍。村上判官代康國率領人馬把平家的臨時營房放火燒了起來，恰遇狂風，在黑煙滾滾之中，平家軍兵驚恐萬分，紛紛往前面的海邊逃命。

平家正面及一之谷海濱方面的陣地，都受到源氏軍兵猛烈進攻，轉眼西面的陣地陷落了。防守山嶺的越中前司盛俊大將索性勒住馬，等著與敵人決一死戰。這時，豬俁小平六則綱揮鞭踩鐙，躍馬而來，剛一交手便被擊落馬下。據說豬俁是關東八國有名的勇士，能輕易地掰掉鹿角上的分枝。越中前司更是

出名的大力士，人們親眼看見二、三十人合力才能做到的事，他一人就能夠勝任，更可怕的是，六、七十人才推得動的大船，他輕輕鬆鬆推上拖下。

豬俣被按壓在下動彈不得，想拔出刀子，但他張開手指卻握不攏刀柄，想開口講話，卻被壓得太緊發不出聲音，眼看就要被割下首級了，但他絲毫不氣餒，稍稍喘了口氣，泰然自若地說：「如今形勢，源氏強盛，平家已見衰敗，應該放了我，可保全你們一家幾十口的性命。」越中前司聞言大怒道：「我盛俊固然不肖，但確屬平家一門，絕不向源氏求情。」說著就要斬他的首級。這時豬俣又說道：「真不像話，已經投降的人，還要被摘取人頭嗎？」越中前司說：「既然這樣，就饒了你吧！」便把他拽了起來。

過了一會兒，有個身穿黑革縫綴的鎧甲、騎著月白色戰馬的武士飛馳而來。越中前司怒目瞪視這馳來的敵人時，豬俣乘其不備，猛然頓足立起，大吼一聲，雙手向越中前司胸前鎧甲用力一推，立即騎在他身上，把越中前司的腰刀拔出來，掀起鎧甲下端，狠命刺了三刀，然後割了首級，給自己記下了一大戰功。

＊　　＊　　＊

平家敗退往海邊逃去，熊谷次郎直實策馬向海邊追去，不久，果見一武士穿著繡有仙鶴的直裰、上淺下深的淡綠鎧甲，頭盔上打著鍬形結，佩帶著鍍金的腰刀，背後插著鷹羽箭，手裡拿著纏籐的弓，騎的是圓斑灰毛駿馬，配著金飾的雕鞍。熊谷喊道：「喂，我看你是位大將軍，臨陣脫逃，不感到羞恥

嗎？快回來！」那人轉回身來，正要上到岸上之時，熊谷次郎躍馬上前與之交鋒，立即將他擊落馬下，按住要割取他的首級。把頭盔揭掉看時，竟是個十六、七歲的少年，和兒子小次郎年齡相仿，容顏很是秀麗，怎好利刃相加呢！

於是說道：「你到底是何人，報上名來，我可救你。」「你又是何人？」「我是武藏國住人熊谷次郎直實。」「這樣說來，碰到了你，我倒不想通名了。對你說來，我算得上是個像樣的對手，你砍了首級去問吧，人們會認得出的。」熊谷次郎聞聽，想道：「果真是個了不起的大將軍。殺了他一個人，該打敗的仗也勝不了；不殺他，該勝的仗也敗不了。自家的小次郎受了輕傷，我心裡就難受，假如殺了他，他父母又該是如何悲傷呀！算了，饒了他吧。」

可是往後面一看，土肥和梢原率五十左右騎兵跟了上來。熊谷忍淚說道：「我本想不殺你，可是我們的大隊軍兵趕上來，無論怎樣你是逃脫不了了，若落在別人手中，同樣難免一死，倒不如由我動手，以後給你祭祀供奉吧。」「那麼就請快動手吧。」熊谷非常憐惜這個少年，不知如何下手，但覺眼前發黑，心內恍惚，哭著取了這少年的首級，並且嘴裡嘟噥著說：「唉，身為武士是最可憾的了，若不是生於武勇之家，哪能落得如此下場！」他舉袖掩面，悲哀哭訴，割下那人鎧甲下面的直褃，把首級包裹起來，同時把那人裝在錦袋裡的笛子取過來掛在腰間，心中暗想：「怪可憐的。今天早晨這些人還在城裡享受管弦之樂，這少年是個有身分而風雅的人呀。」

事後才知道，這少年乃是修理大夫平經盛的兒子，官任大夫，名叫敦盛，生年一十七歲。據說這支笛子是因他祖父忠盛

擅長吹笛，鳥羽天皇賜給的，經其父經盛又傳給他。他也是吹笛名手，常常把這笛子帶在身邊，並給它取名叫作小枝。雖說這音樂娛樂乃不足掛齒的小事，但卻成了熊谷次郎日後出家入道，皈依佛法的機緣，說來也真是可悲可歎。

＊　　　＊　　　＊

源平兩家的軍兵戰死不計其數，城垛口前，鹿砦下面，人屍馬骸堆積如山，流血漂擼。

小松公平重盛的末子備中守師盛，主從七人正搭乘小船撤退之時，備中守落入海中，忽上忽下的沉浮。這時，町山的部曲本田次郎率十四、五騎追到，伸出撓鉤將師盛拉扯上來，當即砍下首級。據說死時年僅十四歲。

平家大敗，殘軍紛紛乘船逃去，源氏因為沒有水軍，故沒有追擊。這些船隨潮水推引，借海風吹蕩，朝紀伊路駛去，有些船駛往蘆屋海灣，在浪濤中搖曳；有些船則從須磨沿明石浦駛去；也有的駛經淡路海峽，漂泊到繪島的岩石岸邊。在這煙波浩淼的途中，似這般任憑風吹浪逐，在各港各島間輾轉漂泊，彼此的生死確是未卜。相從的國有十四個，相隨的兵有十萬餘騎，進抵京城只差一日的行程了，原以為收復京師勢如破竹，然而卻在一之谷慘遭失敗，難怪人們全都心灰意冷。

走廊燈　**引經據典**

1. 深山藏樹影，獨見櫻花俏。
2. 叢蘭欲茂，秋風敗之；王者欲明，讒人蔽之。

源氏軍隊夜襲，平家軍陣慌亂，大將軍乘船而逃。

熊谷父子叫陣列，平家退守城中。源義經策劃兵分兩路，火燒平家營寨。

豬俁綱智取越中前司盛俊大將首級，熊谷斬修理大夫平經盛之子首級。

小松公平重盛的末子被殺，平家乘船逃往各地。

平家物語

3. 這個小島背山面海，岸上的松風，海上的波濤，所見所聞，無一
   不帶上了無邊的惆悵。

4. 塵世生活是非常無聊的，因為生在世上就一定會有種種願望，而
   願望落空就會心生怨恨，只有出世離俗，皈依佛門，才是唯一的
   出路。

5. 祇園精舍鐘聲響，訴說世事本無常。娑羅雙樹花失色，盛者轉衰
   如滄桑。驕奢者絕難長久，宛如春夜夢幻；橫暴者必將覆亡，彷
   彿風前塵埃。

頂崁燈　思辨探索

　　《平家物語》是平家的輓歌，從個人的對打、氏族間的爭鬥、
地方的暴動，以至全國性的內亂，無休止的禍亂，既呈現平安時代
「哀」的文學精神，也凸顯武士貞亮死節的形象，因此描述中強調戰
術而淡化戰爭場面，偏重人物的臨場表現與反應。

　　源義經是日本史上的戰神，軍事天才。本文選錄第九卷〈一之谷
奇襲〉，背景是平家棄京逃往九州後，在讚岐屋島建立行宮，控制山
陽道及瀨戶內海，前線重回攝津福原準備重振勢力。

　　本文敘述源範賴與源義經兵分二路夾擊，源義經率萬餘騎兵潛入
一之谷，以聲東擊西之計，率騎兵轉入山中，迂迴到平家本陣後方。
黎明時分，源義經率軍由急坡縱馬而下，出奇致勝大破平家。

　　內容選取三場對峙，一是源軍熊谷父子與平家越中次郎兵衛，展
現出臨危不亂，見勢權變，不強出頭的容忍。從穿著、軍備的細膩描
繪中顯露對武士莊重自持的禮敬，而報上名來和與足以匹敵者較量，
則表現武士自尊尊人，公平對抗的昂然態度。

　　二是豬俁小平六則綱與越中前司盛俊大將，兩個孔武有力的奇才

在一瞬間斷出勝負，但真正的武家精神就在冷靜克制，不到最後一秒鐘絕不放棄的意志。至於熊谷次郎直實與年僅十七歲的平敦盛，事件中加入大量對話、獨白，一方面形成敵陣脫困躍入海中，原本可逃過劫難的，轉身上岸應戰，慘遭殺害，威武不屈的武士精神；另方面顯現惺惺相惜，悲憫同理的柔情。同時藉世代所傳的笛子，傳遞出武士人文涵養與平家絕滅的命運。他臨戰前夕吹奏優雅之曲，感動眾人的悲壯，已成日本文化的一部分，三百多年後化爲《敦盛》舞曲，是戰國強人織田信長的最愛。本能寺之變，重兵圍困下，傳說信長引火揮刀高唱《敦盛》，自裁於烈焰中。

三是小松公平重盛的末子備中守師盛，即使乘船出逃，依然被追殺，應證了江戶時代的《葉隱聞書》該書開宗明義所言：「武士道者，死之謂也。」

然而，源義經不知道自己百戰百勝，仍逃不過被白河法皇利用來對付源賴朝的工具，以致兄弟鬩牆，遭全國追捕。走投無路之下投靠自幼保護他的藤原秀衡，秀衡死後，其子藤原泰衡迫於源賴朝威脅，決定拿義經的首級換取奧州藤原王朝的安泰，派家臣領率五百騎突襲源義經。源義經獨自進入佛堂中誦經祈求往生淨土，爲避免妻女受辱，手刃愛妻鄉御前與四歲的女兒龜鶴御前後引刀自裁，結束了短短三十一年的人生。家臣們捨命決戰，各自斬殺多人後壯烈戰死或自刃，其中以弁慶身上插滿羽箭，死而傲然矗立不動如山最爲人稱頌。

對於源義經悲劇的一生，日本人敬其堅毅不拔、忠烈勇武，感其精彩絕倫、智謀神算，不僅以故事、戲劇歌詠禮讚，並於神社奉祀。岩手縣的平泉因是奧州藤原氏的據點，而被列入世界文化遺產，佛教淨土建築中尊寺中有源義經的忠臣武藏坊弁慶之墓，與相關祭堂。

《義經記》是記載源義經的傳奇，敘述源義經藉由陰陽師鬼——法眼女兒的相助而盜得《六韜》、《三略》，日後因這些兵書而屢建

戰功。同時衍生出源義經未死之說，如北逃渡海進入北海道、渡海西行進入蒙古，成為一代霸主成吉思汗。這些神仙鬼誕之說，雖是畫蛇添足，但也反映出後人試圖以神奇之說平衡命運對他的不公不義，表露無限不捨與哀思。

問題解讀	問題思考	問題行動	問題結果
戰爭的意涵	戰爭的意義與代價、勝利的原因與結果。	源氏兵分兩路，計謀智取，勇戰不懈。	平家殘敗，死者不屈，敗者逃匿。源義經創下戰績，眾將建立功勳，展現武士氣勢，源氏取代平氏得到政權。

櫥窗燈 **震盪效應——相關閱讀**

源義經消滅平氏，建立鎌倉幕府，開啟日本歷史武家政治。

幕府本指將領的軍帳，後演變成政治體制，其最高權力者為征夷大將軍，亦稱幕府將軍。1185年到1867年德川幕府的德川慶喜還政於天皇前，日本經歷鎌倉幕府、室町幕府、德川幕府三個幕府時期，計六百八十二年當中，日本天皇名存實亡，幕府成為實際的政治中心，政權掌握在武士階層之手，又名武家政治。

說到幕府，就不得不談日本武士，他們最初以封建貴族莊園護從的身分出現，隨著武士不斷壯大而分為將軍、大名、家臣、足輕、鄉士等級，成為日本政治舞臺上舉足輕重的勢力。

封建武士忠於主君、尊敬祖先、不顧身家，報恩克己、崇尚個人榮

耀與家族名譽的道德規範，自德川幕府經長期發展為成文的準則的武士道。明治時代之後，武士地位被削弱，但因軍國主義興起，武士道「忠君」、「愛國」精神轉化為對天皇的徹底服從與勇武，不僅成為軍人的信條，也成為日本教育的中心。

武士道融合神道教、佛教、儒學修行，追求名譽而非財富，勇於實踐而非知識，重視文化傳承與禮儀而非自我，超脫生死，追求極致並體現於義勇奉公，絕對戒律的克己精神。日本文化的核心便是武士道精神，不僅訓練武士劍道、弓道、柔道、相撲以成為日本的傳統文化，與佛教傳入的詩文、繪畫、音律、服飾、飲食、瓷器的禪宗文化所衍生的花道、茶道、香道、書道也是代表日本雅文化的精髓。

傳奇武士源義經、平安時期「學問之神」菅原道真、文學家三島由紀夫、第二世界大戰中的神風特攻隊，他們都因為失敗各自以悲壯方式走向死亡。這是將死亡視為人生美學，是「每朝悟死，死便無懼」的頓悟，也是武士的行動。或許這也是日本歷經泡沫經濟的低迷失落、毀滅性震災、核災的震盪襲擊，卻始終展現穩定強大的韌性的原因。如此沉默無聲而又堅忍不拔的精神，是日本的「大和魂」，也是武士精神忠貞愛國的顯現。

平家物語

孫行者三調芭蕉扇

佛洛伊德本我自我超我

　　吳承恩（1506～1582年），字汝忠，淮安府山陽縣（今江蘇省淮安市淮安區）人，明代小說家。

　　父取「承恩」之名，期能讀書做官，上承皇恩，下澤黎民，做一個青史留名的忠臣。自幼一目十行，過目成誦，富有文才，精於繪畫、書法、詞曲、圍棋。《淮安府志》評價他「性敏而多慧，博極群書，爲詩文下筆立成，清雅流麗，有秦少游之風。復善諧謔，所著雜記幾種，名震一時」。

　　個性不同流俗，剛直不阿的他在科舉中屢遭挫折，大約五十歲才補得歲貢生，曾任浙江長興縣丞，寄趣於詩酒之間，晚年絕意仕進，閉門著書，賣文爲生。

　　一生窮苦潦倒，喜讀野言稗史的吳承恩以志怪小說的形式表達內心的不滿和憤懣。他自言：「雖然吾書名爲志怪，蓋不專明鬼，實記人間變異，亦微有鑑戒寓焉。」作品多散佚，代表作爲《西遊記》。

　　《西遊記》是中國第一部神魔長篇章回小說，馮夢龍將此書與《水滸傳》、《三國演義》、《金瓶梅》定爲四大奇書。故事想像奇特，幻想豐富，情節神奇莫測，以宋刊《大唐三藏取經詩話》、《大唐西域記》等民間傳說和話本、戲曲爲基礎，增補潤色再創作而成。內容融合「儒、釋、道」思想，敘述唐僧、孫悟空、豬八戒、沙和尚師徒四人與白龍馬，一路降妖伏魔，經歷九九八十一難，終於到達西天見到如來佛祖，取得無上真經，修成正果得到封號的故事。

　　學者對此書的寫作目的說法不一，或認爲是教人誠心爲學，或認爲是取當時世態諷刺揶揄，加以鋪陳描寫。魯迅《中國小說史略》言此書創作於明嘉靖年間，以取經爲主軸，實則諷刺明朝政治，帶有吳承恩在實際遭遇不平的抒發與寄託。

　　唐三藏遵菩薩教旨，收了行者孫悟空、八戒、沙僧和白龍馬，同心戮力，趕奔西天。哪知前行處熱氣蒸人，問了當地老人，方知此處名火焰山，八百里內寸草不生，除非求鐵扇仙，一搧芭蕉扇熄火，二搧生風，三搧下雨。行者聽到「鐵扇公主又名羅剎女，是大力牛魔王妻子，二人之子是紅孩兒……」頓然大驚失色。原來牛魔王和孫悟空是結拜兄弟，紅孩兒武功非凡，又在火焰山修行三百年，修煉成三昧真火，口裡吐火，鼻子會噴煙。他聽說吃唐僧肉可以長生不老，用狂風卷走唐僧，和孫悟空大戰，假扮觀音菩薩騙擒豬八戒。孫悟空一時難以降服，幸虧觀音菩薩用玉淨瓶的甘露熄滅了三昧真火，給紅孩兒戴上金手鐲才收服了他，跟在觀音菩薩的身邊作了善財童子，終成了正果。

　　有這番過節冤仇，如何借得這扇子？

　　果真，羅剎女聽見「孫悟空」三字，便如灑鹽入火，火上燒油，惡狠狠地取了披掛，拿著兩口青鋒寶劍打了出來。行者上前躬身施禮，羅剎女一心為兒報仇，雙手掄劍，往行者頭上砍，行者全不閃避，只嚷道：「快借我使使！」羅剎女道：「我的寶貝原不輕借。」雙方你來我往，不覺鬥到西方墜日頭，羅剎女見行者棒重，卻又解數周密，料鬥不過他，便取出芭蕉扇，一陣陰風，大聖飄飄蕩蕩如旋風翻敗葉，流水淌殘花，滾了一夜，直到天明才落在小須彌山。

　　行者得須彌山靈吉菩薩贈如來所賜的「定風丹」，再度駕筋斗雲至翠雲山，以鐵棒打著洞門叫道：「開門，開門！老

孫行者三調芭蕉扇

孫來借扇子使使！」羅剎女聞言，心中悚懼道：「這潑猴真有本事，我的寶貝搧著人要去八萬四千里方能停止，他怎麼才吹去就回來？」於是雙手提劍打了出來，戰經五七回合，羅剎女手軟難掄，急搧芭蕉扇，孫行者身強善敵，巍然不動。羅剎女慌忙收回寶貝，轉回洞裡，將門緊緊關上。行者搖身變作小蟲兒，從門隙處鑽進，嚶的一翅，飛在茶沫之下。羅剎女渴極，接過茶，兩三氣就喝了。行者就這麼到她肚腹之內，使命踩踏，羅剎女疼得面黃唇白，在地上打滾，直叫饒命。

行者順利拿到扇子，直奔莊院。師徒們俱拜辭老者，一路西來。行者高舉扇至火邊盡力一搧，那山上火光烘烘騰起；再一搧，火焰揚起百倍；又一搧，那火足有千丈之高，行者急回，兩股毫毛已燒淨，這才知上當受騙了。

＊　　＊　　＊

土地公跟大聖說道：「這火其實是大聖放的。此間原無這座山，因大聖五百年前大鬧天宮，太上老君將大聖安於八卦爐內，煆煉之後開鼎，大聖蹬倒丹爐，下面幾個磚內有餘火，到此處化為火焰山。我本是兜率宮守爐的道人，當被老君怪我失守，降下此間，做了火焰山土地公。」

土地公又說道：「狐王之女玉面公主有百萬家私，二年前訪見牛魔王神通廣大，情願倒陪家私，招贅為夫。那牛王棄了羅剎女，久不回顧。若大聖渴求牛王借得真扇，一則搧熄火焰，可保師父前進；二來永除火患，可保此地生靈；三者赦我歸天，回繳老君法旨。」

行者聞言，吩咐沙僧、八戒保護師父，隨即忽的一聲，

渺然不見，半個時辰便停立巔峰之上觀看。忽見松蔭下有一女子，手折了一枝香蘭嫋嫋娜娜而來，大聖閃在怪石之旁，定睛觀看，那女子生得嬌嬌傾國色，緩緩步移蓮。貌若王嫱，顏如楚女。高髻堆青麀碧鴉，雙睛蘸綠橫秋水，湘裙半露弓鞋小，翠袖微舒粉腕長，朱唇皓齒，錦江滑膩蛾眉秀，賽過文君與薛濤。

那女子一聽大聖是鐵扇公主派來請牛魔王之言，怒得徹耳根子通紅，潑口罵道：「牛王到我家尚未二年，我不知送給賤婢多少珠翠金銀，綾羅緞匹。年供柴，月供米，自在受用，還不識羞，又來做什麼！」大聖聞言，知是玉面公主，故意掣出鐵棒大喝道：「妳簡直是陪錢嫁漢，妳不知羞，卻敢罵誰！」那女子見了，唬得魄散魂飛回頭便走，大聖吆吆喝喝緊跟其後。

卻說那女子跑得粉汗淋淋，入門便倒在牛魔王懷裡放聲大哭，牛王聽聞說如此便拽開步，拿了一條混鐵棍出來。行者在旁，見他那模樣與五百年前又大不同，——頭上戴一頂水磨銀亮熟鐵盔，身上貫絨穿錦繡黃金甲，足下踏卷尖粉底麂皮靴，腰間束攢絲三股獅蠻帶。一雙眼光如明鏡，兩道眉豔似紅霓。口若血盆，齒排銅板。吼聲響震山神怕，行動威風惡鬼慌。四海有名稱混世，西方大力號魔王。

大聖整衣上前，深深的唱個大喏，說明來意。牛王聞言，心如火發，咬響鋼牙痛罵，掣混鐵棍劈頭就打百十回合。正在難解難分之際，只聽得山峰上有人叫道：「牛爺爺，我大王多多拜上，幸賜早臨，好安座也。」牛王丟下一句「我到一個朋友處吃酒去」，便閃人了。

大聖好奇的將身幌一幌，變作一陣清風趕上。不多時，到了一座山中，牛王寂然不見。大聖聚了原身，入山尋看，那有一面清水深潭。大聖撚著訣，唸個咒語，搖身一變，變作一隻螃蟹，徑沉潭底，仔細看時，但見——朱宮貝闕，與世不殊。黃金爲屋瓦，白玉作門樞。屏開玳瑁甲，檻砌珊瑚珠。祥雲瑞靄輝蓮座，上接三光下八衢。高堂設宴羅賓主，大小官員冠冕珠。忙呼玉女捧牙槃，催喚仙娥調律呂。長鯨鳴，巨蟹舞，鱉吹笙，鼉擊鼓，驪領之珠照樽俎。鳥篆之文列翠屏，蝦鬚之簾掛廊廡。八音迭奏雜仙韶，宮商響徹過雲霄。青頭鱸妓撫瑤瑟，紅眼馬郎品玉簫。鱖婆頂獻香獐脯，龍女頭簪金鳳翹。

　　那上面坐的是牛魔王，左右有三、四個蛟精，前面坐著一個老龍精，兩邊乃龍子、龍孫、龍婆、龍女。

　　大聖心中暗想道：「這牛王在此貪杯，要等他散可久了，況且就是散了，他也不肯借扇給我，不如偷了他的金睛獸，變作牛魔王，去哄騙羅刹女借扇子，送我師父過山爲妙。」

　　大聖將金睛獸解了韁繩，跨上雕鞍騎出水底，變作牛王模樣來到翠雲山芭蕉洞口。聞得通報，羅刹女忙整雲鬟，急移蓮步出門迎接。入得門後應酬數語，大聖便問道：「近聞悟空那廝保唐僧，將近火焰山界，恐他來問妳借扇子。我恨那廝害子之仇未報，等我拿他分屍萬段，以雪我夫妻之恨。」羅刹女聞言，滴淚說借出的是把假扇。大聖問：「真扇在於何處？」羅刹女笑嘻嘻的從口中吐出，把一個杏葉兒大小的東西遞與大聖。大聖接在手中，暗想：「這小小東西，怎能搧得火滅？恐怕又是假的。」羅刹女見他看著寶貝沉思，忍不住上前，將粉面貼在行者臉上。大聖乘機問：「這小小東西，如何搧得八百

里火焰？」羅剎女酒後真性，説出方法：「怎麼自家的寶貝事情都忘了？只將左手大指頭撚著那柄兒上第七縷紅絲，唸一聲『葽嘘呵吸嘻吹呼』，就會變成一丈二尺長，哪怕他八萬里火焰，都可一搧就滅。」

大聖默記在心，把扇兒含在口裡，把臉抹一抹現了本相，縱身踏祥雲，跳上高山，將扇子吐出來，跟著鐵扇公主説的步驟，果然長了有一丈二尺長短，祥光晃晃，瑞氣紛紛，上有三十六縷紅絲，穿經度絡，表裡相聯，比前番假的大不相同。

*　　　*　　　*

卻説那牛魔王在碧波潭底與眾精散了筵席，出得門來，不見金睛獸，知是孫悟空搞鬼，遂搖身一變，化作八戒，抄小路，當面迎著大聖道：「哥哥一路辛苦勞碌，我來拿扇子。」孫大聖不疑有他，便將扇子遞給他。

牛王接過手現出本相，開言罵道：「潑猢猻，認得我麼？」行者見了，心中自悔。八戒適時趕來，牛王使寶劍，八戒使釘鈀，孫大聖舉掄鐵棒，三般兵器叮噹響，鬥了百十餘合。牛王遮架不住，敗陣回頭就奔洞門，卻被土地陰兵攔住洞門，慌得卸了盔甲，丟了鐵棍，搖身變作一隻天鵝飛走。

牛王喘噓噓的自口中吐出扇子，遞與羅剎女。出門來，早有大聖掄棒當頭，牛魔即駕狂風而跳，眾神四面圍繞，土地兵左右攻擊。這一場打得颯颯陰風砂石滾，巍巍怒氣海波渾。牛王拚命鬥五十餘合，敗了陣，往北就走。早有五臺山祕魔岩神通廣大潑法金剛阻住道：「牛魔，你往哪裡去！我等乃釋迦牟尼佛祖差來，布列天羅地網，至此擒汝也！」正説間，隨後

孫行者三調芭蕉扇

有大聖、八戒、眾神趕來。魔王慌轉身向南，抽身往東、向西走，都遇眾神捉拿。正在倉皇之際，托塔李天王並哪吒太子領魚肚藥叉、巨靈神將叫道：「吾奉玉帝旨意，特來此剿除你也！」牛王急了，搖身變作大白牛，哪吒太子飛身跳在牛王背上，用斬妖劍往頸項上一揮，把個牛頭斬下。頭落處，隨即又鑽出一顆頭來，一連砍了十數劍，隨即長出十數顆頭。哪吒取出火輪兒掛在那老牛的角上，便吹真火，焰焰烘烘，把牛王燒得張狂哮吼，搖頭擺尾求饒。

孫行者與四大金剛等簇擁著白牛到芭蕉洞口，老牛叫道：「夫人，將扇子出來，救我性命！」羅剎女聽叫，急卸了釵環，脫了色服，挽青絲如道姑，穿縞素似比丘，雙手捧那柄丈二長短的芭蕉扇子。

卻說那三藏與沙僧，盼望行者，許久不回，十分憂慮。忽見祥雲滿空，瑞光滿地，飄飄颻颻，蓋眾神護佑。孫大聖執著扇子，盡氣力揮了一扇，火焰山平平熄焰，寂寂除光。行者又搧一扇，只聞得習習瀟瀟，清風微動。第三扇，滿天雲漠漠，細雨落霏霏。行者執扇子，使盡筋力，又往山頭連搧四十九扇，斷絕火根。

羅剎女跪地拿回扇子，從此自新，隱姓修行，後來也得了正果，經藏中萬古流名。行者、八戒、沙僧，保著三藏繼續前進。

走廊燈 引經據典

1. 敢問路在何方，路在腳下。

唐三藏一行到火焰山，熱氣蒸騰，無法前進。

孫悟空用計向鐵扇公主借的芭蕉扇是假扇。

孫悟空假扮牛魔王，得眾神之助，借得芭蕉扇。

搧滅火焰山之火，師徒四人順利往西天行。

孫行者三調芭蕉扇

2. 一葉浮萍歸大海，人生何處不相逢。

3. 見性志誠，念念回首處，即是靈山。

4. 人情似紙張張薄，世事如棋局局新。貧居鬧市無人問，富在深山有遠親。不信但看宴中酒，杯杯先敬富貴人。

5. 乾坤浩大，日月照鑑分明；宇宙寬洪，天地不容奸黨。使心用術，果報只在今生；善布淺求，禍福休言後世。千般巧計，不如本分爲人；萬種強徒，怎似隨緣節儉。心行慈善，何須努力看經？意欲損人，空讀如來一藏！

思辨探索

　　《西遊記》情節以神與魔一正一反，一道一妖兩條線平行於西天路上的衝突爲結構：一是唐三藏爲首的取經團隊，得天之助領的是神界之力，孫悟空、豬八戒、沙和尚以及坐騎都是犯天戒立功折罪的謫仙；一是妖魔，都以吃了唐三藏的肉便能長生不老爲焦點。苦行與危難讓小說在一層又一層的鬥計弄策、一關又一關的秀技展藝間，迸發出精彩的張力與吸引力。

　　《西遊記》一百回故事中，「大鬧天宮」、「三打白骨精」、「孫悟空三借芭蕉扇」最爲人熟悉。本文鎖定借扇過火焰山事件，擷取第五十九回〈唐三藏路阻火焰山，孫行者一調芭蕉扇〉、第六十回〈牛魔王罷戰赴華筵，孫行者二調芭蕉扇〉、第六十一回〈豬八戒助力敗魔王，孫行者三調芭蕉扇〉，加以刪減口語化，期能以小見大，透視這部小說的內涵。

　　表面上，火焰山像路途中種種險惡，都是考驗西天取經的心志是否堅毅不屈，師徒四人是否能團結面對問題並解決之。有人認爲孫悟空是人心，唐僧是人身，豬八戒是人的情慾，沙和尚是人的本性，

白龍馬是人的意志力。人的身體（唐僧）總是會被慾望（豬八戒）牽著走，於是人（師徒幾個）就容易離開內心（悟空）設定的界限，一出界限便遇上種種心魔（妖怪）。西行之路上，心（悟空）引領著人（師徒幾個）不斷前進，一路上悟空降妖即是去心魔。

從唐三藏面對眾僧的疑慮時，回答道：「心生，種種魔生；心滅，種種魔滅。」看《西遊記》寫的是「遭遇魔難，自我修行」的歷程，處處都是修行，是修煉。除唐三藏死心踏地取經，其餘三人內心都在懷疑、放棄、逃避中掙扎。八十一劫難各種妖魔精怪盡出，自熊羆怪、白骨精、青獅精、紅孩兒、獨角兕大王、蠍子精、鐵扇公主、牛魔王、九頭蟲、黃眉怪、紅鱗大蟒到蜘蛛精、樹木精怪等，關關難過關關過，是成長歷程，不僅是四人關係的磨合到融合，從不以為然到志同道合的過程，更是唐僧證道成佛的路。

火燄山的火是孫悟空當年大鬧天宮煉丹爐裡的火，因此火焰山燒的是心火，芭蕉扇滅的是心火。他與牛魔王是結拜兄弟，身上都具有魔／神／人性，孫悟空打死妖精、與牛魔王打鬥也是跟自己內在的魔較勁。「心淨孤明獨照，心存萬境皆清。但要一片志誠，雷音只在眼下。」唯有精心力修「戒、定、慧」，才能到達西遊記靈山行的終點雷音寺，但真正的靈山卻是克服了自身的種種習氣，魔障消滅之後的內心。

《西遊記》是象徵世界為審美主導的神魔小說，以弱化本體世界而強化象徵世界的書寫策略，透過嘲諷、醜化、幽默、誇大、通俗的藝術手法將經典通俗化。

傳統理想典型英雄想像往往強調出身高貴，與眾不同，擔負命定與生俱來而不得不然的使命。但唐三藏善良軟弱，無法辨別妖魔的真實與虛妄，堅持取經卻無能為力，反倒是孫悟空的形象是亦神亦魔亦儒亦道亦俠，深具吸引力。

問題解讀	問題思考	問題行動	問題結果
劫難	1. 生命中一定會有劫難嗎？ 2. 在劫難逃，該如何面對？ 3. 劫難的意義是？	西行遇火焰山，孫悟空追問找出源頭。積極求鐵扇公主、牛魔王借扇，幾經打鬥、用計。	得眾神相助，成功借扇撲滅火焰山之火，順利西行。

櫥窗燈　震盪效應——相關閱讀

　　《西遊記》中唐三藏（唐僧）的原型玄奘（602年～664年），靠雙腳行遍古老印度，是漢傳佛教史上最偉大的譯經師之一，也是中國佛教法相唯識宗創始人。

　　佛教自東漢傳入中國，到唐已七、八百年，宗派之間因翻譯與解經產生爭論，原有經書不足以用，故玄奘經西域往大乘佛教起點犍陀羅（今阿富汗與巴基斯坦間），尋找《瑜伽師地論》，希望爭論背後的真相，統一各大派背後的哲學基礎。但當玄奘七世紀來此時，原本崇尚佛教，最早為佛陀、菩薩造像的國家外教雜亂，繁盛已成一片荒蕪。玄奘只好繼續南下到印度那爛陀寺這所國際佛法學校，當時住持戒賢大師精通此經，玄奘聽經三年始通。《瑜伽師地論》記錄從基礎到最高層次修行、精神轉化的狀況，貫串佛家各種理論。瑜伽指精神、心靈上鍛鍊修行，觀相應於觀的境界，行相應於行的境界，以得到相應之果。

　　以今日觀之，玄奘也是旅行家、冒險家、地理學家。回唐後，口述《大唐西域記》，簡要確實地記錄西行經歷百餘國所見所聞。因唐太宗想藉以觀政，以成天可汗的企圖，故此書報告各國家面積、位置、風土民情、商業政治，後成為了解印度古史的重要憑藉。

特別的是《西遊記》前五回講孫悟空出身、六到九回敘述唐三藏父母與其出身，也就是從孫悟空說起而非唐三藏，如此弔詭的布局顯示出悟空的重要性並不亞於師父。

　　小說中孫悟空從出生、成長、奮鬥，直到鬥魔戰妖而成聖佛，這曲折過程，與精神分析學家佛洛伊德本我、自我與超我的結構理論可以相應。孫悟空大鬧天宮所揮灑出的桀驁不馴，叛逆氣勢所耍弄衝撞的規模是原始的。「齊天」的慾望就是不斷地脫離現狀，屬滿足本能衝動的我的慾望的本我。

　　因為確知逃不過如來佛手掌心這個天界的社會規範，只好保護唐僧西天取經，金箍是箝制馴服的有形工具，卻是孫悟空一時好奇自己戴上的，這讓他不得不接受被定住的限制，合乎個人的生物慾望和社會規範之間相互協調折衷的「自我」。

　　依馬斯洛的需求理論來解讀，本我、自我這兩個階段以滿足生理的需要、安全的需要、愛與歸屬的需要，甚至是受尊重的需要。孫悟空因識魔抗妖而成為取經隊伍中的智者、前鋒者，備受八戒、沙僧佩服。追求自我成就的需要促使他承擔責任，克服困難，積極展現自我，完成使命，這是因應社會文化的行為規範和道德期待，形成「超我」的動力，使他最後戰勝心魔，收心斂性，達到悟道悟空，超越個人或靈性的境界。

孫行者三調芭蕉扇

中國

杜十娘怒沉百寶箱

被觀看的女性

俯瞰名著（名著導讀）

馮夢龍（1574～1646年），字猶龍，號龍子猶、墨憨齋主人、姑蘇詞奴、顧曲散人等。南直隸蘇州府長洲縣（今江蘇省蘇州市）人，與其兄畫家馮夢桂、其弟詩人馮夢熊並稱「吳下三馮」。

少時有才情，博學多聞，曾與錢謙益等名人結社作文。為人曠達，不拘一格，科舉屢考不中，以教書為生。後受魏忠賢迫害，五十七歲始為貢生，李自成破北京，崇禎帝自縊煤山，馮夢龍悲痛欲絕，著書宣傳抗清，清順治三年憂憤而死，一說被清兵所殺。

他是明代文學家、戲曲家，曾編竹枝詞，出版商與之熟稔，輒邀寫作、出版套書。最有名的作品為《喻世明言》、《警世通言》、《醒世恆言》，合稱「三言」。與凌濛初的《初刻拍案驚奇》、《二刻拍案驚奇》合稱「三言二拍」，是中國文言短篇小說的經典代表。

明朝萬曆是歐洲文藝復興時期，顧炎武、黃宗羲、李贄、李卓吾、湯顯祖、袁宏道等思想家與文學家一時輩出，提出新觀點與個性化的文學視野。馮夢龍承繼衝破禮教束縛，追求個性解放的時代特質，以話本、戲曲、民歌等通俗題材與表現形式寫人間世情。

《三言》的內容部分是原創，但也有不少是宗元明話本改寫古今通俗小說，將創作置於立言框架中，目的在警世、喻世、明世、照世、覺世。其故事反映了明朝市井小民的思想感情，以及反抗封建禮教和追求個性解放的行動，藉以昭示良規雅道。

閱讀燈 **細看名著**

李甲是浙江紹興府人，與同鄉柳遇春同遊京都教坊司院，與一個名姬相遇。那名姬姓杜，名媺，排行第十，院中都稱為

杜十娘。兩彎眉畫遠山青，一對眼明秋水潤，臉如蓮萼，分明卓氏文君；脣似櫻桃，何減白家樊素。可憐一片無瑕玉，誤落風塵花柳中！

杜十娘今十九歲，七年之內遇過無數王孫公子，一個個情迷意蕩，爲她傾家蕩產而不惜。卻說李甲自從遇了杜十娘，喜出望外，把滿懷情思都傾注其上。十娘因見鴇兒貪財無義，久有從良之意，又見李公子忠厚志誠，有心向他。但李公子懼怕父親，不敢應承，雖是如此，兩人海誓山盟，朝歡暮樂，終日相守有如夫婦。

初時李公子大方撒錢，別的富家巨室聞名上門，杜十娘拒而不見，老鴇只能諂笑奉承，莫可奈何。日往月來，不覺一年有餘，李公子囊篋漸漸虛空，老鴇臉色難看，言語尖酸。李甲父親聞知兒子嫖院，幾次寫信喚回家去，但他迷戀十娘，一拖再拖，等到後來根本不敢回家。

古人說：「以利交往的關係，利益散盡就會疏遠。」杜十娘與李公子真情相好，老鴇幾度教十娘打發李甲離開不成，便時時激怒，叱責十娘道：「以前我們前門送舊，後門迎新，門庭若市，熱鬧如火，錢帛堆得如城牆。自從李甲來這鬼混一年多，別說新客上門，連舊主顧都斷了，分明接了個鍾馗老，連小鬼也沒得上門！」

杜十娘忍耐不住便應道：「李公子不是空手上門的，也曾花過大錢。」媽媽道：「彼一時，此一時，妳對那窮漢說，有本事出幾兩銀子給我，妳就能跟他去。」

十娘說：「此話當真？」媽媽知道李甲衣衫都典盡了，壓根拿不出錢，便答應十天內，只要他拿出三百兩就放人，否則

休怪無情。

　　當晚，十娘與公子在枕邊商議終身之事。十娘問：「郎君雖然錢都花盡了，京城裡難道沒親友可以借貸。如果湊出三百兩，我就是你的人了，從此不必受老鴇的氣。」

　　隔日，李甲來到三親四友處，假稱想借錢回鄉，親友知他一年多來迷戀煙花，都拒絕支助。李公子一連奔走了三天，分毫無獲，沒臉回杜十娘處，只得住同鄉柳監生寓所。柳遇春聽李甲說來龍去脈後，搖頭說道：「杜娘是第一名姬，要從良哪怕沒有千金聘禮，鴇兒怎會只要三百兩？這定是設計打發你出門。」

　　公子聽說，半晌無言，心中疑惑不定，在柳監生寓所一連住了三天。杜十娘十分著急，教小廝去街上把李甲尋回。十娘問道：「借錢的事結果如何？」公子眼中流下淚來。十娘問：「莫非人情淡薄，不能湊足三百金嗎？」公子含淚道：「不信上山擒虎易，果然開口告人難。一連奔走六日，一雙空手，羞見芳卿，所以不敢進院，並非我不用心，實在是世情如此。」

　　十娘道：「這話別讓虔婆知道，今夜且住，妾別有商議。」十娘自備酒肴與公子歡飲，睡至半夜，對公子道：「郎君果真不能籌到一點錢嗎？我的終身大事該如何？」公子只是流涕，不能答一語。漸漸到五更天亮，十娘說：「我藏有碎銀一百五十兩，只剩下四天，希望你能努力籌到另一半錢。」

　　公子驚喜過望，來到柳遇春寓所，把昨夜來的事情說了。遇春大驚道：「此女子是有心人，你絕對不可辜負這真情，我會幫你籌錢。」當下柳遇春留李公子在寓，各處去借貸，兩日之內，湊足一百五十兩，交給公子時說：「我幫你籌錢，不是

為你，而是可憐杜十娘一片痴情。」

李甲拿了三百兩銀子，喜從天降，笑逐顏開來見十娘，兩個歡天喜地。次日，十娘跟姊妹中借得白銀二十兩作為旅費，把三百兩銀放在桌上，離了虔婆大門，從此如鯉魚脫卻金鉤去，擺尾搖頭再不來。

二人拜謝柳遇春後，便捨陸從舟，下船時，李公子囊中已無分文餘剩。十娘借稱眾姊妹合贈，必有所濟，於是取鑰開箱拿出一個紅絹袋，裡面整整有五十兩白銀。

不久，行至瓜州，公子僱了民船，約定明日清晨過江。月明如水，深夜無人，公子和十娘坐在船頭傳杯交盞喝到半酣，十娘應公子所請，取扇按拍，開喉頓嗓歌《拜月亭》雜劇裡的《小桃紅》，那聲音響過行雲，美妙得游魚出聽。

鄰舟孫富，年方二十，家資巨富，生性風流，聽得歌聲嘹亮，心想：「此歌者必非良家，如何得見？」輾轉尋思，通宵不寐。次日孫富命移舟泊於李家舟之旁，推窗假裝看雪，恰值十娘清晨梳洗方畢，纖纖玉手揭起舟旁短簾。孫富窺見這國色天香，魂搖心蕩，乃倚窗高吟詩道：「雪滿山中高士臥，月明林下美人來。」

李甲聽聞伸頭出艙，少不得閒談，孫富邀約上岸就酒肆中一酌。孫富低聲問道：「昨夜尊舟清歌的是何人？」李甲於是細說從頭，把如何與北京名姬杜十娘相好，後來如何借銀，今打算求老父接納之……都說了一遍。

孫富沉吟半晌，故作愀然之色道：「『婦人水性無常』，況煙花之輩少真多假。她既是六院名妓，相識滿天下，難保將來不會背叛。再者，尊大人怎會同意你娶不節之人，就算勉強

答應，日後必不能和睦家庭。若是因妓而棄家，海內必認為你是好色，浪蕩輕浮之人，如何立足於天地之間。」

公子聞言，茫然自失，移席求教。孫富道：「兄若能割愛，我願以千金相贈，你便能回家稟報不曾浪費分毫，尊大人必然相信，從此家庭和睦。我並非貪麗人之色，實在是為幫你解困。」李甲原是沒主意的人，心裡懼怕父親，被孫富說透胸中猶疑，回與杜十娘商議。

杜十娘一再詢問公子何以鬱鬱，李甲只是歎息，始終不開口，半夜擁被而起，幾度欲言不語，撲簌簌掉下淚來。十娘把公子抱入懷裡軟言撫慰，公子被逼不過，只得含淚說出孫富意欲以千金聘汝，我得千金才有臉見父母，而妳也得所歸。說罷，淚如雨下。

十娘放開兩手，冷笑一聲道：「出這計謀的人真是大英雄，你找回當年的千金，我歸他姓，不致成為拖累，真是兩全其美的計策。明早快快答應，待對方把錢交到郎君之手，妾始過舟，千萬別被騙了。」

四更時，十娘便挑燈梳洗道：「今日之妝，乃迎新送舊，非比尋常。」於是刻意修飾，花細繡襖極其華豔照人。

孫富喜甚，即將白銀一千兩送到公子船中。十娘親自檢看分毫無爽後，便以手招孫富。孫富一見，魂不附體。

十娘取銀開鎖，內皆抽屜。十娘叫公子抽第一層來看，只見滿滿的翠羽明璫，瑤簪寶珥，約值數百金。十娘立刻投之江中，李甲與孫富及兩船之人，無不驚詫。又命公子再抽一箱，裡面放的是玉簫金管，又抽一箱，全是古玉紫金玩器，價值數千金，十娘全丟進水裡。舟中岸上觀看的人多得像牆堵，齊聲

叫道：「可惜，可惜！」最後又抽一箱，箱裡還有一匣是整把夜明珠、祖母綠、貓眼石，這些珍奇異寶前所未見，沒法知道價錢多少。眾人齊聲喝彩，喧聲如雷。十娘又想投入江中，李甲大悔，抱持十娘慟哭，孫富也來勸解。

十娘推開公子，對著孫富罵道：「我與李郎備受艱苦，好不容易才走到這步，你巧言讒說破壞姻緣，斷人恩愛，是我的仇人，死若有知，必當告訴神明！」又對李甲說：「我在風塵中數年，私有積蓄，本是爲終身打算。自從遇郎君，山盟海誓白首不渝。誰料你辜負我一片真心，今天在眾目之前，開箱展示，是爲讓你知區區千金並不珍貴。我守身如玉，只恨你有眼無珠，苦命的我才剛脫離風塵，又遭拋棄。今天眾人各有耳目，證明我不負郎君，是郎君辜負我！」

眾觀者無不流涕，都唾罵李公子負心薄倖。公子又羞又苦，且悔且泣，正想向十娘謝罪，十娘抱著寶匣往江心一跳。眾人急呼撈救，只見雲暗江心，波濤滾滾，杳無蹤影。

當時旁觀之人咬牙切齒，都爭著要拳毆李甲和孫富。二人急叫開船，分途遁去。李甲在船中看到千金，想起十娘，愧悔憂鬱成疾，終身不癒。孫富受驚，臥床月餘，終日見杜十娘在旁詬罵，最後奄奄而逝。

卻說柳遇春束裝回鄉，臨江洗臉時，銅盆掉到水裡，漁人打撈上來的竟是裝滿明珠異寶的小匣子。當晚夢見杜十娘，她哭訴李郎薄倖之事，感謝當年慷慨借一百五十金，以此聊表寸心。

後人評論此事，認爲孫富謀奪美色，輕擲千金，不是好人。李甲不識杜十娘一片苦心，碌碌蠢才，根本不值得一提。

十娘千古女俠，怎不能遇見佳侶，白頭偕老，實在是錯認李公子，明珠美玉投於盲人，以致萬種恩情化爲流水，可惜啊！有詩歎云：「不會風流莫妄談，單單情字費人參，若將情字能參透，喚作風流也不慚。」

引經據典

1. 易求無價寶，難得有情郎。（賣油郎獨占花魁）
2. 酒不醉人人自醉，色不迷人人自迷。（玉堂春落難逢夫）
3. 聰明男子做公卿，女子聰明不出身。若許裙釵應科舉，女兒哪見遜公卿？（蘇小妹三難新郎）
4. 勸人安分守己，隨緣作樂，莫爲酒、色、財、氣四字，損卻精神，虧了行止，求快活時非快活，得便宜處失便宜。（蔣興哥重會珍珠衫）
5. 祖師度我出紅塵，鐵樹開花始見春，化化輪回重化化，生生轉變再生生。
   欲知有色還無色，需識無形卻有形，色即是空空即色，空空色色要分明。（白娘子永鎮雷峰塔）

思辨探索

　　商人文化／士大夫文化、男人宗法文化／女人文化，在小市民文化現實的價值觀與傳統思維有段差距。唐傳奇作者多是士大夫，因此筆下男性家庭背景多是富有學識，具有鮮明才性者，屬於小眾文藝美學。宋代城市人口大增影響消費，勾欄瓦舍等表演藝術以及說書盛行，雅／俗文學生產形式、藝術思想與書寫交融。

杜十娘心許李甲，李甲花盡錢財，老鴇逐之。

李甲籌錢為杜十娘贖身，兩人搭船回鄉。

李甲以千兩賣杜十娘，杜十娘憤其薄情，將珠寶、樂器投入江中。

杜十娘投江而死，魂報柳遇春之恩。李甲纏疾終身，孫富奄奄而逝。

杜十娘怒沉百寶箱

三言二拍作爲世情小說源頭，深刻地呈現平民生活，關注女性被犧牲的愛情悲劇，以及在傷痛毀滅的過程中，展現出堅毅的意志和毅力。

　　〈杜十娘怒沉百寶箱〉透過悲劇形象的女性，鮮明地顯現出她的憤怒，那是對李甲背叛愛情的控訴、對輕視她爲可以千金換得的孫富的詛咒、是對這個社會以道德禮教合理地陷歡場女子於絕境的仇怨、是對自己識人不明遇人不淑的命運嘲笑。因此杜十娘沉的不是百寶箱，不只是錢，而是對李甲的寄託，對愛情的失望，對這社會文化讓她無立足之地的絕望。

　　從現實的角度看，不符合當時社會期待的杜十娘，必然會落得兩敗俱傷。一是她只要愛情，不要功名，她叫李甲不要考試，所以社會價值取向的世俗，無法善待之。二是李甲的忠厚性格特徵在文中並無法見得，而是透過杜十娘自己觀點陳述，這讓她託付終身的基礎顯得薄弱。三是李甲對杜十娘有社會階級的優越感，當李甲受到孫富煽動若帶妓女杜十娘回家，父親將失望、朋友將笑之，就被說動，足見他對杜十娘的愛並非建構於真情，而是溫存關係。

　　歡場中，錢是考驗轉折點，老鴇的貪財與杜十娘的不惜財是對比。杜十娘明知李甲分文皆無，卻隱瞞積蓄，要他四處張羅，是爲測試李甲是否真心真情，是否願爲兩人的愛情捨下自尊，拋開顏面。百寶箱象徵杜十娘青春夢想，第一層翠鈿、夜明珠是女兒首飾，代表美貌形象與自我裝點的珍愛。第二層玉簫金管是才情之喻，是透過人之氣吹出的生命氣息。第三層古玉舊器，乃吸日月精華，帶著歲月痕跡與時間錘鍊，蘊涵著心靈的深度。因此那一層層珍寶、樂器、稀世之物代表的不僅是錢財，更是杜十娘珍貴的才藝、尊嚴，與守護終身幸福的堅持。這是對李甲的最後考驗，得到的大悔、慟哭已無濟於事，槁木死灰的杜十娘保持她僅要的尊嚴，選擇悲壯的死亡，完成她的

「怒」，她的「痛」。

　　三言二拍中，空間場域設計為情義空間而非情慾化場域，儘管杜十娘聰慧有主見，勇於追求真愛，但李甲終究還是把她當成有價品，跟那些以為用錢財就能把玩她的紈袴公子相同，杜十娘徹底失望了。李甲、孫富、二船之人、二岸之人驚訝呼歎的是「可惜」，他們惜的是錢財，依然看不見杜十娘這樣的女子被整個社會邊緣唾棄的憤怒與悲慟。作者詳述杜十娘要李甲抽出給世人看見財貨，並親自投入的場景、特意安排眾人有目共睹的確認過程，就是要讓杜十娘之怒，天地共鑑，是痛斥李甲與世人有眼無珠。

　　以文化參照面的他者角度來看，故事的每個人都代表某種價值觀，帶入很多視域形成對應狀態。老鴇逐利的尺、李甲父親官宦的尺、兩岸觀者文化的尺、孫富第一次見杜十娘時言此必非良家的尺……衝撞很多既有的價值體系。

　　整個文化如何看此女子？杜十娘對自己沒信心，也對李甲不信任，因此她留空間給李甲長出眼光，卻始終得不到真正尊重她、珍惜她的眼光，真正看見的是柳遇春的眼光。死後報應與報恩之敘透露出小說家立書的苦心，透過評者稱杜十娘為女俠，顛覆了青樓女子是女禍之說，安撫她被價格化悲劇的不平，而與那姊妹淘同是有情有義之人。

問題解讀	問題思考	問題行動	問題結果
真愛	1.什麼是真愛？真愛是否存在？ 2.當真愛與家族期待、倫常關係、社會文化衝突時，還能維繫嗎？	杜十娘勇敢追求真愛，李甲無法面對父親，將她以千金轉讓給孫富。	杜十娘怒沉象徵真愛夢想的百寶箱，所謂真愛中不敵現實。

震盪效應 —— 相關閱讀

　　約翰‧伯格的《觀看的方式》敘述道：「從孩提時代開始，女性就被教導和勸戒應該不時觀察自己，於是她必須將自己『一分為二』，同時讓自己成為一個『審視者』（主體），也同時成為一個『被審視者』（客體），並在這種矛盾對立的狀態下組構她自己。她必須觀察自己和自己的行為，因為她給別人的印象，特別是給男性的印象，將成為別人評判她一生成敗的關鍵。別人對她的印象，取代了她原有的自我感覺……男性先觀察女性，才決定如何對待她們，結果女性在男性面前的形象，決定了她所受的待遇。」

　　觀看形式因此成了一種權力的展現，被觀看者，一方面透過觀看者的眼睛反觀自己，同時為滿足觀看者的界定而改變、修正、形塑自己，以討好、滿足獲得到被肯定的評價。這說明何以廣告裡的女人必須身材曼妙，男性用品店、汽車銷售的show gril、檳榔攤的女孩無一不穿著清涼，球類比賽的啦啦隊莫不健美玲瓏，偶像劇裡的佳人更依照符合男性對女性幻想的美貌、裝扮、個性、能力打造。

　　詩詞歌賦裡的女性也多是忍受空閨寂寞，痴心守候，或為寡婦、怨婦忍氣吞聲受盡委屈，即使小說家對女性的觀看位置較具同理、理解，但終究還是要臣服於現實的倫常規範。杜十娘生存的土壤是整個社會，是科考功名、經世致用之道所建構的土壤，所以作為觀看被控制的女人，講究門當戶對，重視出身階級的審視之下，她無法生存。

　　三言中另一篇讓人痛快淋漓的故事〈快嘴李翠蓮〉，敘述李翠蓮聰明漂亮，四書五經、紡紗織布、烹飪刺繡等女紅無所不通，具有被觀看眼光形成的「四德」。但當她違反以順為正的妾婦之道，伶牙俐齒理直氣壯地數落父母、兄嫂、媒人、丈夫、公婆，來表達對禮教家法、規矩管束的不滿，這強大的抗拒性和自信，只能出嫁為尼，被隔絕在世俗之

外。到了二十世紀，張愛玲〈金鎖記〉裡的曹七巧被兄嫂所迫嫁大戶人家，丈夫自小癱瘓，小叔覬覦的是她掙來的遺產，被黃金枷鎖緊緊套住的她認清現實的殘酷，變得比任何人冷酷無情。她竟然不惜戕害兒媳，斷送女兒的婚姻，讓兒女沉醉鴉片菸裡，因為那是她唯一可以占有的。

　　女性主義在西蒙・波娃提出「女人不是生成的，而是形成的」，主張女性應和全體人類一樣自由而獨立的存在，沒有永恆固定的女性氣質或命運。這概念鼓舞女性重新定義自己的存在，勇敢地做抉擇，努力改變處境，進而全面參與塑造過去一直由男人所塑造的世界。但傳統觀念、社會習俗、文化框架結構性的限制仍如把牢固的鎖，正如《觀看的方式》所說：「男人注視女人，女人看自己被男人注視。」「她就會變成別人羨慕的對象，而別人的羨慕又會讓她更喜愛自己。」

中國

_____

黛玉葬花

叔本華的悲劇精神

　　曹雪芹（1715～1763年），名霑，生於清江寧府（今江蘇省南京市），祖籍遼陽，清內務府正白旗包衣世家出身，負責打理宮廷雜務。

　　很多學者認為《紅樓夢》是部自傳小說，書中賈家與曹雪芹真實家族的事蹟有很大的關係。曾祖父曹璽為內廷侍衛，祖母是康熙帝的奶媽，備受寵信。其後曹璽三代六十年掌管江寧織造，負責採辦皇室江南地區的絲綢。康熙六次南巡，有四次由曹寅負責接駕，曹寅二女均被選為王妃，這些都成為《紅樓夢》中氣派奢華的榮、寧二府、為貴妃省親特意興建的大觀園，以及龐大的人際網絡。

　　雍正帝即位，曹家逐漸失寵沒落進至被抄家，隔年全家遷回北京。從此十三歲的曹雪芹由錦衣玉食頓入舉家食粥酒常賒，從雕梁畫棟到茅椽蓬牖，瓦灶繩床，靠著賣畫和親友的接濟生活。

　　「滿紙荒唐言，一把辛酸淚。都云作者痴，誰解其中味？」曹雪芹以十年歲月，將一生殘酷經歷的冷暖現實，所見聞的綺麗繁華與窮愁潦倒淬鍊出的體會寫入《紅樓夢》，全書尚未完稿，因貧病無醫而「淚盡而逝」。

　　《紅樓夢》原名《石頭記》，又名《情僧錄》、《風月寶鑑》、《金陵十二釵》、《金玉緣》，於乾隆年間以抄本流世，經胡適考證，八十回後為高鶚所補。

　　由於傳世版本多，學者們對於《紅樓夢》的作者與內容的解讀歧異，探討的角度繽紛，而形成紅學，開展出豐富學術討論與引人入勝的文化風采。

元妃怕省親興建的大觀園荒蕪，遂下了諭令：「命寶釵等在園中居住，寶玉也隨進去讀書。」

寶釵住蘅蕪院，黛玉住瀟湘館，迎春住綴錦樓，探春住秋爽齋，惜春住蓼風軒，李紈住稻香村，寶玉住怡紅院。每日只和姊妹丫鬟們一處，或讀書，或寫字，或彈琴下棋，作畫吟詩，以至描鸞刺鳳，鬥草簪花，低吟悄唱，拆字猜枚，無所不至，倒也十分快意。

那日正當三月中旬，早飯後，寶玉走到沁芳閘橋桃花下一塊石上坐著，展開《會真記》，從頭細看。一陣風過，樹上桃花落得滿身滿書滿地都是花片。寶玉要抖將下來，恐怕腳步踐踏了，只得兜了那花瓣兒來至池邊，抖在池內。花瓣兒浮在水面，飄飄蕩蕩，竟流出沁芳閘去了。

回來只見地下還有許多花瓣，寶玉正踟躕間，只聽背後有人說道：「你在這裡做什麼？」寶玉一回頭，見是黛玉，肩上擔著花鋤，花鋤上掛著紗囊，手內拿著花帚。寶玉笑道：「來得正好，妳把這些花瓣兒都掃起來，撂在那水裡去罷。我才撂了好些在那裡了。」黛玉道：「撂在水裡不好，你看這裡的水乾淨，只一流出去，有人家的地方兒什麼沒有？仍舊把花糟蹋了。那畸角兒上我有一個花塚，如今把它掃了，裝在這絹袋裡，埋在那裡，日久隨土化了，豈不乾淨。」

寶玉聽了，喜不自禁，笑道：「待我放下書，幫妳來收拾。」黛玉道：「什麼書？」寶玉見問，慌得藏了，便說道：「不過是《中庸》《大學》。」黛玉道：「你又在我跟前弄

黛玉葬花

鬼，趁早兒給我瞧瞧！」寶玉道：「妹妹，要論妳，我是不怕的，妳看了好歹別告訴人。真是好文章。妳要看了，連飯也不想吃呢！」一面說，一面遞過去。黛玉把花具放下，接書來瞧，從頭看去，愈看愈愛，不頓飯時，已看了好幾齣了。但覺詞句警人，餘香滿口。一面看了，只管出神，心內還默默記誦。寶玉笑道：「妹妹，妳說好不好？」黛玉笑著點頭兒。

寶玉笑道：「我就是個多愁多病的身，妳就是那傾國傾城的貌。」黛玉聽了，不覺帶腮連耳都通紅了，登時豎起兩道似蹙非蹙的眉，瞪了一雙似睜非睜的眼，桃腮帶怒，薄面含嗔，指著寶玉道：「你這該死的，胡說了！好好兒的，把這些淫詞豔曲弄了來，說這些混帳話欺負我。我告訴舅舅、舅母去！」說到欺負二字，就把眼圈兒紅了，轉身就走。

寶玉急了，忙向前攔住道：「好妹妹，千萬饒我這一遭兒罷！要有心欺負妳，明兒我掉在池子裡，叫個癩頭黿吃了去，變個大忘八，等妳明兒做了一品夫人，病老歸西的時候兒，我往妳墳上替妳馱一輩子碑去。」說得黛玉「噗嗤」的一聲笑了，一面揉著眼，一面笑道：「一般嚇的這麼個樣兒，還只管胡說。」寶玉一面收書，一面笑道：「快把花兒埋了罷，別提那些個了。」二人便收拾落花。正才掩埋妥當，只見襲人來找寶玉去請安。

黛玉正欲回房，剛走到梨香院牆角外，只聽牆內笛韻悠揚，歌聲婉轉。黛玉知是那十二個女孩子演習戲文，雖未留心去聽，偶然兩句吹到耳朵內：「原來是奼紫嫣紅開遍，似這般都付與斷井頹垣。」倒也十分感慨纏綿，便止步側耳細聽。聽了這兩句：「良辰美景奈何天，賞心樂事誰家院。」，不覺點

頭自歎，心下自思：「原來戲上也有好文章，可惜世人只知看戲，未必能領略其中的趣味。」

再聽時，恰唱到：「只爲妳如花美眷，似水流年。」黛玉不覺心動神搖。又聽道「妳在幽閨自憐」等句，越發如醉如痴，站立不住，便一蹲身坐在一塊山子石上，細嚼「如花美眷，似水流年」八個字的滋味。忽又想起前日見古人詩中，有「水流花謝兩無情」之句，詞中又有「流水落花春去也，天上人間」之句；又兼方才所見《西廂記》中「花落水流紅，閒愁萬種」之句，湊聚在一處，仔細忖度，不覺心痛神馳，眼中落淚。

*　　*　　*

四月二十六日是芒種節，上古風俗：「這日，都要設擺各色禮物，祭餞花神，言芒種一過，便是夏日了，眾花皆卸，花神退位，需要餞行。」所以大觀園中之人都早起來了。女孩子們或用花瓣柳枝編成轎馬的，或用綢錦紗羅疊成千旄旌幢，每一棵樹頭每一枝花上，都得用彩線繫了這些物事。滿園裡繡帶飄飄，花枝招展，更兼這些人打扮的桃羞杏讓，燕妒鶯慚，一時也道不盡。

且說黛玉因夜間失寢，次日起來遲了，聞得眾姊妹都在園中做餞花會，恐人笑她痴懶，連忙梳洗了出來。剛到了院中，寶玉進門便笑道：「好妹妹，妳昨兒告了我了沒有？叫我懸了一夜的心。」黛玉便回頭叫紫鵑收拾屋子一面往外走。寶玉見她這樣，打恭作揖的。黛玉正眼兒也不看，各自出了院門，一直找別的姊妹去了。

黛玉葬花

寶玉心中納悶，想了一想：「索性遲兩日，等她的氣息一息，再去也罷了。」因低頭看見許多鳳仙石榴等各色落花，錦重重的落了一地，因歎道：「這是她心裡生了氣，也不收拾這花兒來了。等我送了去，明兒再問著她。」說著，只見寶釵約著他們往後頭去。寶玉道：「我就來。」等他二人去遠，把那花兒兜起來，登山渡水，過樹穿花，一直奔了那日和黛玉葬桃花的去處。將已到了花塚，猶未轉過山坡，只聽那邊有嗚咽之聲，一面數落著，哭得好不傷心。寶玉心下想道：「這不知是哪屋裡的丫頭，受了委屈，跑到這個地方來哭？」一面想，一面煞住腳步，聽她哭道是：

　　「花謝花飛飛滿天，紅消香斷有誰憐？游絲軟繫飄春榭，落絮輕沾撲繡簾。閨中女兒惜春暮，愁緒滿懷無著處。手把花鋤出繡簾，忍踏落花來復去？……未若錦囊收豔骨，一抔淨土掩風流。質本潔來還潔去，不教汙淖陷渠溝。爾今死去儂收葬，未卜儂身何日喪？儂今葬花人笑痴，他年葬儂知是誰？試看春殘花漸落，便是紅顏老死時。一朝春盡紅顏老，花落人亡兩不知！」

　　寶玉在山坡上聽見，先不過點頭感歎，次又聽到「儂今葬花人笑痴，他年葬儂知是誰？」「一朝春盡紅顏老，花落人亡兩不知」等句，不覺慟倒山坡上，懷裡兜的落花撒了一地。

　　試想林黛玉的花顏月貌，將來到無可尋覓之時，寧不心碎腸斷？推之於寶釵、香菱、襲人等，終歸無可尋覓之時，則自己又安在呢？將來斯處、斯園、斯花、斯柳，又不知當屬誰姓？因此一而二，二而三，反覆推求了去，真不知此時此際如何解釋這段悲傷！正是「花影不離身左右，鳥聲只在耳東西。」

寶玉遇黛玉拿著花帚來葬花。

黛玉讀《會真記》出神，經過梨香院聽見曲文感傷落淚。

芒種節餞花神，寶玉至花塚聽聞哭聲。

黛玉吟〈葬花詞〉，寶玉感悟萬物終將成空。

黛玉葬花

引經據典

1. 任憑弱水三千，我只取一瓢飲。
2. 女兒是水做的骨肉，男人是泥做的骨肉。我見了女兒，我便清爽；見了男子，便覺濁臭逼人。
3. 滴不盡相思血淚拋紅豆，開不完春柳春花滿畫樓，睡不穩紗窗風雨黃昏後，忘不了新愁與舊愁。
4. 為官的，家業凋零；富貴的，金銀散盡；有恩的，死裡逃生；無情的，分明報應；欠命的，命已還；欠淚的，淚已盡。冤冤相報實非輕，分離聚合皆前定。欲知命短問前生，老來富貴也真僥幸。看破的，遁入空門；痴迷的，枉送了性命。好一似食盡鳥投林，落了片白茫茫大地真乾淨！
5. 世人都曉神仙好，只有功名忘不了！古今將相在何方，荒塚一堆草沒了！世人都曉神仙好，只有金銀忘不了！終朝只恨聚無多，及到多時眼閉了！世人都曉神仙好，只有嬌妻忘不了！君生日日說恩情，君死又隨人去了！世人都曉神仙好，只有兒孫忘不了！痴心父母古來多，孝順子孫誰見了！

思辨探索

　　《紅樓夢》成書於十八世紀清朝盛世，集中國文化精華，詩詞歌賦戲曲各類文體，儒道釋的哲學思想。

　　興與衰，是貫串全書的主題，內容包含禮出大家所表現日常生活、飲食起居器用的精緻文化，與倫常規矩中的人情世故、官場權力階級象徵「紅樓」昌明隆盛之富貴。其間交織出兩條線，一是賈府盛極必衰，展演出鏡花水月總成空的無常，大觀園裡十二金釵華麗背後

的蒼涼；一是寶玉因空見色、由色生情、傳情入色、自色悟空而捨下一切出家的歷程。

本文以「葬花」爲主，融合二十三回〈西廂記妙詞通戲語，牡丹亭豔曲警芳心〉、第二十七回〈滴翠亭楊妃戲彩蝶，埋香塚飛燕泣殘紅〉、第二十八回〈蔣玉函情贈茜香羅，薛寶釵羞籠紅麝串〉裡的敘述而成。

《紅樓夢》以春夏秋冬爲時間軸，一方面藉春之葬花、夏結海棠詩社、秋時留得殘荷聽雨眠、冬來雪漫大地茫茫一片乾淨，鋪陳生命情懷的節奏。另方面將人物地點集中於大觀園之興起、發展與幻滅，表現深刻的悲劇感。大觀園黛玉葬花是大觀園發生的第一件事，在春天最後一天芒種節時，女孩們以嘉年華會式的熱鬧色彩來送春、餞花神，興滋滋地在花柳樹梢繫上轎馬、五色綵帶，好讓春神花神乘轎駕馬，隨著絲綢風捲歸去。在這斑斕熱鬧的儀式中，黛玉缺席了，而在看似無心而巧合地以自我的方式餞別春天。

黛玉與寶玉同葬桃花時，不捨的是怕流出大觀園的花被糟蹋，堅持的是「乾淨」二字，因此她溫柔地將落花裝在絹袋裡，埋在土裡，心裡盈滿對青春盛美生命的憐憫。深層的意涵則是以花作爲女孩的象徵，要保持單純潔淨的方式便是永遠留在這理想世界，唯有留在女兒們青春堡壘的大觀園，才不必受禮教箝制，不必在世俗觀看中失去最乾淨的天真，最爛漫的清淨。

《會真記》說的是張生與紅娘的愛情故事，這是寶玉從茗煙那拿到的禁書。他認爲相對於《四書》、《五經》，這是「真是好文章。妳要看了，連飯也不想吃呢！」由中可見寶玉的性情志向不在科考，而在人間真醇之情。同時，由「要論妳，我是不怕的」，可見寶玉明白黛玉也是性情中人。二人分享此書，及黛玉看了之後，「愈看愈愛，不頓飯時，已看了好幾齣了。但覺詞句警人，餘香滿口。一面看

了，只管出神，心內還默默記誦。」這些投入其中，感動心誦的描述
更進一步的表現黛玉知情、動情、追求情的少女心。

因此《會真記》既是自由戀愛的隱喻，也給予二人真實面對情
感，突破心防與禮教的勇氣。「我就是個多愁多病的身，妳就是那傾
國傾城的貌。」畫龍點睛地道破寶玉心思，黛玉帶腮連耳都通紅了的
嬌羞表情，真實地反應內心，也確立兩人心意已許的關係。

《牡丹亭》是另一個隱喻。「原來是奼紫嫣紅開遍，似這般都付
與斷井頹垣」、「良辰美景奈何天，賞心樂事誰家院」到「只為你如
花美眷，似水流年」，黛玉的心情自感慨纏綿、心動神搖到越發如醉
如痴，站立不住。作者藉杜麗娘思春惜春到憂恐春去的心情不正如春
天的桃花，在最美的時候竟然凋落。生與死，青春的短暫在一瞬間迸
開，黛玉乍然陷入深深的自憐，串聯起悲苦的身世，所讀詩文裡的凋
零，遂至「心痛神馳，眼中落淚」，最慘烈絕望的慟哀。

第二次葬的是鳳仙石榴等各色落花，寶玉在眾人忙著踐花神時，
獨惦記黛玉，以及她那份惜花的心情，於是來到花塚。豈料聽見黛玉
如偈語般的詩語：「質本潔來還潔去，不教汙淖陷渠溝」，道出大觀
園是人間淨土，葬花是為隔絕現實世界險惡詭詐，但這樣的守護能維
持多久？也反映出黛玉孤傲不阿，堅持自我的個性。

「誰知道我這個薄命的人什麼時候忽然命喪？今天埋葬落花，
人們都笑我痴呆，等到我死去的時候，有誰把我掩埋？」這一聲聲探
問，由葬花之痴想轉至自身未來，和無法確知的未來縹緲茫然，尤其
是孤苦伶仃、寄人籬下、倍感淒涼的心態。順此，春殘花落在黛玉這
樣多愁善感，絕世聰慧的心裡，悟出的是直指生命的本質：「不信請
看那凋殘的春色，花兒正在漸漸飄落，那就是閨中的少女衰老死亡的
時刻。一旦春天消逝，少女便也老去，花兒凋謝人死去兩不知」。

愛情有人性與社會的期待框架，林黛玉在死亡的面前看到愛情的

向度，未來葬花由誰來執行？誰陪行？誰是訊息宿者？死亡、情愛、生命在誰身上？在花這種至美者的身上放入至情、至性的靈魂之聲，情感的深度帶給愛的跳躍，呼應愛情的至美與至情，然而愛卻必須通過死亡的訊息詢問，愛的向度才被建立。無怪乎寶玉痛得哭倒於花塚，這是痛苦與海誓山盟內在連繫，非任何人所能詮釋。

「茜紗窗下，公子無緣。黃土壟中，卿何薄命。」如果將葬花詞也視為隱喻，似乎暗示寶黛之間的情愛。儘管二人都懷抱相屬的意願，但如此追尋只能容於大觀園而不容於世，同時預示黛玉將死於寂寞悲慘的命運。

這樣的感歎、震撼，讓寶玉頓時明白這埋香塚是「諸豔歸源」，黛玉〈葬花詞〉悼念花落春歸，何嘗不是預示大觀園裡的生命終將飄零四散，歸於塵土，賈家必將走向衰落淪落。

《紅樓夢》第一回中，作者便言：「凡用『夢』用『幻』等字，是提醒閱者眼目，亦是此書立意本旨。」「假作真時真亦假，無為有處有還無。」以此看葬花情節，實為整本書主題思想所在。

問題解讀	問題思考	問題行動	問題結果
生命本質	現實與理想	黛玉葬花，不讓花流出大觀園，以保其乾淨。	痴心想保花之潔，但命運豈操之於手？
	短暫無常	眾人餞花送春神歸，寶黛傷春悲泣。	黛玉領悟如花美眷，似水流年，悲未來有誰葬己。寶玉思及將來亦到無可尋覓之時，心碎腸斷。

　　王國維以叔本華的哲學中的悲劇精神解讀《紅樓夢》。

　　叔本華認為人生的悲劇性是先天無可逃遁的，因為意志（某個層面可以稱作「本能」）是來自人「缺乏」而產生的盲目衝動，不受理性控制，因此意志將永遠得不到滿足，而陷入「欲求─滿足─欲求─」的循環。痛苦就是意志（慾望）不能滿足的結果，快樂與幸福就是意志達到目標。

　　世界的本質，人生命的核心其實就是痛苦，在短暫的歡愉之後，是漫長的渴求追逐，或者空虛無聊，於是再次產生欲求，以逃避可怕的無聊感。因此叔本華說：「人生就像是一個鐘擺，在痛苦與無聊間從一頭到另一頭，而這兩者其實人生的組成部分」。

　　《紅樓夢》由十二金釵、江南四大家的聚合、賈府鐘鳴鼎食的富貴，到賈母、王熙鳳、黛玉相繼死亡，豪府被抄，樹倒猢猻散，無不與苦痛相始終的悲劇。

　　叔本華認為第一種悲劇由極惡之人所造成，第二種悲劇出於盲目之命運者，第三種悲劇但由普通之人物，普通之境遇而不得不如是，無惡人可責，無惡運可怨。寶玉的木石前盟（黛玉前身為靈河三生石畔絳珠草，寶玉是神瑛侍者，日以甘露灌溉。後絳珠仙草吸收天地日月精華，修生女身，為報答神瑛侍者灌溉之恩，隨神瑛侍者一同下凡歷練還恩。）被迫與薛寶釵結成金玉良緣，屬於通常之人情，通常之不得不然之悲劇，可說是悲劇中之悲劇也。

　　寶玉最後完成科考生子，斷然一身袈裟出家去了，表面上是「絕父子，棄人倫，不忠不孝之罪人」，實則是對光耀門楣、繼承家業、學而優則仕的傳統斷絕。賈府與寶黛之間的大起大落，應證叔本華的主張：只有當承認這世界就是 —— 無，取消了表象，取消了世界，意志才會永恆地停止，達到「寂滅中的極樂」的境界。也正因為《紅樓夢》超越了作者個人之生活經驗而表現人類根本問題，由直觀的物質世界，進入精神與哲學，故得以偉大而成為文學經典。

中國

鏡花緣

志怪奇幻小說

投射燈 俯瞰名著 (名著導讀)

　　李汝珍（1763年？～1830年），字松石，號松石道人，北京人，歷經清乾隆、嘉慶、道光三朝。十九歲隨任鹽官的兄長至蘇州，看盡當時官場上的逢迎勢利，也因家境富裕，廣讀詩書，精通經文算數、音韻、醫學，優遊茶棋篆隸。學識淵博的他不屑科考的八股文，也不阿權貴，因此終身不得意。

　　晚年寫成的百回《鏡花緣》是李汝珍的代表作，與《西遊記》、《封神榜》、《聊齋志異》都帶有濃厚神話色彩。《鏡花緣》之名寄託塵世如鏡中花，水中月之意，李汝珍在其中極盡顯現經史子集、算學藥學、治水等知識。他自言「恰喜生逢聖世……讀了些四庫奇書，享了些半生清福。心有餘閒，涉筆成趣，每於長夏餘冬，燈前月夕，以文為戲，年復一年，編出這《鏡花緣》……。」顯見這是文人自娛而非投合讀者之作，故可馳騁創新實驗，涉筆成趣。

　　這本小說前五十回描述武則天時，唐敖、林之洋等人遊歷海外的奇幻見聞，與食仙草入小蓬萊成仙。行文中既藉君子國、女兒國評論世態，寄寓理想，又處處展現百科雜學藝能，創造出與《紅樓夢》之言情小說、《官場現形記》之譴責小說、《儒林外史》之諷刺小說迥然不同風格的才學小說類型。後五十回寫百花仙子謫降凡間的唐敖之女尋父，在鏡花嶺下收得唐敖書信，命參加女科，以續後緣。武則天開科考試，錄取一百名才女，聚宴中展現出琴棋書畫、詩詞歌賦、燈謎酒令各種技藝，以及得仙人幫助滅武后的故事。

　　魯迅將其歸為清「才學小說」，可與《萬寶全書》（匯集傳統文化和現代科學知識的生活百科）相比，胡適盛讚它是中國版的《格列佛遊記》，是一本浪漫迷離的中國古典長篇小說。

　　武則天篡位爲帝，天下尚安。這天瑞雪紛飛，武后與公主、上官婉兒等正飲得高興，只覺陣陣清香撲鼻，朝外一望，原來庭前臘梅開了，不覺大喜，醉筆草草寫了四句：「明朝遊上苑，火速報春知：花需連夜發，莫待曉風催。」寫罷，吩咐太監拿去用了御寶，並命御膳房明早預備賞花酒宴。

　　上林苑的臘梅仙子和水仙仙子見了這道御旨，趕忙到洞中送信。誰知這天百花仙子跟麻姑下棋，因爲天晚落雪還沒未回洞。牡丹仙子四處尋訪，毫無蹤跡，菊花、蓮花、海棠、芍藥、水仙、玉蘭、杜鵑、蘭花、桃花和百草等四季花仙無計可施，只得向上林苑報到。

　　次日，天氣和暖，池沼都已解凍，滿園谷鳥啁啾，花團錦簇，香氣迎人。武后大喜，排設筵宴，下詔命群臣齊至上林苑賞花。

　　然而百花仙子卻因違抗天紀，紊亂花時，連同九十九位花神被貶到人間。百花仙子被謫，降生嶺南秀才唐敖家，其妻林氏夢見登上五彩峭壁，故取名爲小山。將產時，異香滿室，似花香又非花香，三日之中，時刻變換，竟有百種香氣，鄰舍莫不傳以爲奇。小山生成美貌端莊，天資聰俊，喜愛讀書，過目即能不忘，不但喜文，並且好武，因此有才女之名。

　　唐敖自進學後，無志功名，一年中往往有半年出遊在外。這年又去赴試，連連捷報中了探花，沒想到有人上奏說他曾跟討伐武后的徐敬業、駱賓王是結拜兄弟，將來恐不免結黨營私。幸而密訪唐敖，並無劣跡，因此施恩，降爲秀才。唐敖氣

惱之餘，而有遠離紅塵之意，遂與出海經商的妻舅林之洋、舵工多九公一同遠去。

這天船行至東荒第一大嶺，林之洋提起這山東連君子國，北連大人國。大人國似有雲霧把托住人腳，走路並不費力，君子國個個一派文氣。這兩國過去是黑齒國，渾身上下，無處不黑。其餘如勞民、聶耳、無腸、深目等國，莫不奇形怪狀。

說話間，船已停泊在山腳下。林之洋提著鳥槍火繩，唐敖身佩寶劍上了山坡。唐敖心想：「這樣的高山，怎會沒有名花異草？不知機緣如何。」這時遠遠山峰上走出一個長相像豬的怪獸，身長六尺，高四尺，渾身青色，兩隻大耳，口中伸出四個長牙如象牙拖在外面。見多識廣的多九公說：「此獸名叫『當康』，不僅是牠鳴叫之聲，也因每逢盛世才會露其形，今忽出現，一定是象徵天下太平。」話還沒說完，此獸果然發出幾聲「當康」之鳴，就跳舞離去。

唐敖正在眺望，忽被從空落一小石塊打中頭，不由吃驚問：「這石頭從何而來？」向前仔細看，只見鳥形似鴉，身黑如墨，嘴白如玉，兩隻紅足，頭上斑斑點點有許多花紋。林之洋問：「九公可知這鳥搬取石塊有甚用處？」多九公道：「當日炎帝的小女兒，遊東海時不慎落水而死，她的陰魂哀怨不散，於是變成精衛鳥，每天銜石，一心把海填平，以消此恨。」唐敖聽了，不覺歎息不止。

一行人往樹林深處走去，看見一棵大樹，高五丈，壯有五圍，上面並無枝節，卻有像禾穗般的無數稻鬚，每穗約長丈餘。可惜稻還未熟，倒是草叢裡找到一顆三寸寬，五寸長的大米。唐敖道：「這米若煮成飯，豈不像冬瓜那麼大嗎？」多九

公説：「此米還不足爲奇！我在海外曾吃過一粒大米，寬五寸，長一尺，滿口清香，精神飽滿，足足一年都不餓。後來才知那就是宣帝時，背陰國所獻的『清腸稻』」。

正說時，唐敖在路旁折了一枝青草，其葉如松，青翠異常，葉上生了一顆如芥子般的果實。唐敖取下果實，把青草吃下，又把那果實放在掌中，吹氣一口，頓時從果實中生出一枝青草，也如松葉，約長一尺；再吹一口，又長一尺；一連吹氣三口，共有三尺之長，放在口邊，隨又吃了。林之洋笑道：「妹夫要這樣狠嚼，只怕這裡青草都被你吃盡哩。這芥子忽變青草，是何物？」多九公驚奇地說：「這名掌中芥，人若吃了，能立空中，所以叫作『躡空草』。老夫在海外多年，今日也是初次才見，若非唐兄吹它，老夫還不知就是躡空草哩。」

唐敖拗不過林之洋的慫恿，將身一縱，果如飛舞一般兩腳登空，離地約有五、六丈。林之洋拍手笑道：「妹夫這是『平步青雲』，如果在半空中行走，兩腳不沾土，豈不省些鞋襪？」唐敖聽了，果真就要空中行走，誰知剛要舉起腳就墜落了。

*　　　*　　　*

不久來到了君子國，城門上寫著「惟善爲寶」。城裡人煙輳集，無論富貴貧賤，舉止言談，莫不恭而有禮，衣冠言談與天朝一樣。奇特的是鬧市裡的買賣不聞討價還價的殺價聲，反而是賣家高貨賤價，買者硬要商家提高價錢，雙方相讓不下，最後是兩個老翁從公評定，買家照價拿了八折貨物，這才交易而去。唐、多二人不覺暗暗點頭。

路旁見兩個老者鶴髮童顏，滿面春風，舉止大雅。唐敖心知非等閒之人，拱手見禮，受邀至其家。話談之間，老者言：「國主有嚴諭，臣民如果進獻珠寶，不但燒毀，還會受刑。」因此官員謙恭和藹，完全沒有官架子，更別說仕途習氣。接著問唐敖道：「聽說貴處生兒育女有三朝、滿月、百日、週歲的習俗，富貴家莫不殺雞宰羊，擺宴筵設戲。所謂『上天有好生之德』，上天既然賞賜子女給人們，人們不知感念卻反而殘殺生靈，既是浪費，也是造孽，怎能期望子女福壽？還聽說你們爲了祭祀屠宰耕牛。沒有牛，五穀不長，這豈不是恩將仇報？宴客時，席前方丈羅列珍饈，窮極奢華，追逐高價之風所及，宴會一定有燕窩，既不嫌棄它像粉條，也不討厭它的味道同嚼蠟，實在令人不解。又聽說三姑六婆或哄騙銀錢，或拐帶衣物，甚至哄騙良家婦女因此失身。至於婦女纏足，若不如此即不爲美！」

　　正說得高興，有一老僕慌慌張張進來稟報：「國主因各處國王約赴軒轅祝壽，有軍國大事，面與二位相爺相商，少刻就到。」

　　二人於是匆匆告別，不多時，回到船上。

＊　　　＊　　　＊

　　走了幾日，到了大人國，國中以嶺爲城，嶺外都是稻田，嶺內才有居民。三人到了市中，一切光景與君子國相仿，只是每個人足下的雲五顏六色，形狀不一。這時有個乞丐腳登彩雲走過，唐敖問九公：「聽說雲之顏色，以五彩爲貴，黃色次之，黑色爲卑，爲何這個乞丐卻登彩雲？」多九公解釋道：

「雲之顏色全由心生，關鍵在行為善惡，不在富貴貧賤。胸襟光明正大，足下就會出現彩雲，倘或滿腔奸私暗昧，足下自生黑雲。雲由足生，色隨心變，因此國人皆以黑雲為恥，遇見善事莫不踴躍爭先，毫無小人習氣，故鄰邦以『大人國』呼之。」

忽見街上民人都向兩旁一閃，讓出一條大路。原來有位官員走過，頭戴烏紗，身穿官服，上置紅傘，前呼後擁十分威嚴，腳下圍著紅綾。多九公道：「此等人，因腳下忽生一股惡雲，其色似黑非黑，類如灰色，人都叫作『晦氣色』。凡生此雲的人必是暗中做了虧心事，因此在他腳下生出這股晦氣，教他人前現醜。他雖用綾布遮蓋以掩眾人耳目，哪知卻是『掩耳盜鈴』。只要痛改前非，一心向善，雲的顏色就會隨心變換。若惡雲久生足下，不但國王會查訪其劣跡，重治其罪，國人也會因他甘於下流而避開。」

走了幾時，到勞民國，只見人來人往，面如黑墨，無論坐立，身體一直搖搖擺擺。幸好勞動筋骨，並不操心，再加上這地方不產五穀，人們以果木為食，因此個個長壽。後來到的是聶耳國，個個耳垂至腰，走路時兩手捧耳而行。相書言：「兩耳垂肩，必主大壽」，誰知此國自古以來，從無壽享古稀之人。

多九公道：「聶耳國之耳還不甚長，老夫曾在海外見一附庸小國，那裡的人兩耳下垂至足像兩片蛤蜊殼，恰恰將人夾在其中。睡時，一耳作墊被，一耳作蓋被，兩耳極大的，兒女都能睡在其內。」

經過的無腸國也奇，吃下去的食物在胃裡並不曾停留，而

鏡花緣

是一通到底排泄出去，因此食量大，又易飢餓。窮人明明腹中一無所有，偏裝作充足樣子，富人收存排出的東西讓僕婢下頓之用。

正自閒談，忽覺酒肉之香。唐敖問：「這香味讓人聞之垂涎！茫茫大海，從何而來？」多九公道：「此地是犬封境內，古書又名『狗頭民』，生就人身狗頭，除吃喝之外，一無所能，因此海外把他又叫『酒囊、飯袋』。過了此處，就是元股產魚之地。」唐敖道：「我們何不上去看看？」多九公吞吞吐吐地說：「聽說他們都是有眼無珠，不識好人，萬一被他狂吠亂咬起來，那還了得！」

唐敖道：「小弟聞犬封之旁，有個鬼國？」多九公道：「他們整夜不睡覺，以夜作晝，陰陽顛倒，行為似鬼，故有『鬼國』之稱。」

這日路過元股國，那裡的人頭戴斗笠，身披坎肩，下穿魚皮褲，腳底漆黑，都在海邊取魚。眾水手都要買魚，於是將船泊岸，三人沿著海邊看漁人網起一條怪魚，一個魚頭十個魚身，鳴聲如犬吠；又見那邊網起幾條大魚，才擺岸上，轉眼間一齊騰空而去。唐敖道：「小弟向聞飛魚善能療痔，可是此類？」多九公連連點頭道：「哪裡只是醫痔，還能成仙哩！黃帝時，仙人寧封吃了飛魚，死了二百年又重生。」忽見海面遠遠冒出一個魚背，金光閃閃，上面許多鱗甲，其背豎在那裡，就如一座山峰。唐敖道：「海中竟有如此大魚，無怪古人說：大魚行海，一日逢魚頭，七日才逢魚尾。」

　　　　　　　　＊　　　＊　　　＊

　　來到女兒國，多九公來約唐敖上去遊玩。唐敖因聞得太宗命唐三藏西天取經，路過女兒國幾乎留住，所以不敢登岸。多九公笑道：「此地非彼地。女兒國的男子拔去鬍髭，穿衣裙，作為婦人管理家事，女子反穿靴帽為男人，從皇帝到輔臣都是女子。」

　　諸人進城，細看那些人身段瘦小，裊裊婷婷，雖是男裝，卻是女音。有個小戶人家門內坐著一個中年婦人：一頭青絲黑髮，油搽得雪亮，鬢旁珠翠耀眼，耳墜八寶金環，身穿玫瑰紫的長衫，下穿蔥綠裙兒，裙下露著小小金蓮。一雙盈盈秀目，兩道高高蛾眉，臉上脂粉胭脂嬌媚，再朝嘴上一看，竟是絡腮鬍子！

　　話說此地向來風俗儉樸，唯獨婦人穿戴，哪怕手頭拮据也要設法購求。林之洋特地帶來胭脂花粉來賣，並單獨來到國舅府談生意，豈料國王一面問話，喚來幾個宮娥隨後七手八腳，幫林之洋穿上玉帶蟒衫裙褲，戴上簪環首飾之類。

　　林之洋細問宮娥，才知國王將他封為王妃，等選了吉日就要進宮。正六神無主發慌時，又有幾個身高體壯，滿嘴鬍鬚的宮娥走來，手拿針線壓住他穿耳洞，又俐落地纏足。那宮娥先把林之洋右足放在自己膝蓋上，在腳縫內抹上白礬酒，用力將五個腳指曲作彎弓後，一面用白綾狠纏，一面以針線密密縫。不到半個月，腳面已彎曲折作兩段，十個腳趾腐爛化膿。

　　不知過了多少天，膿水流盡只剩幾根枯骨，兩足變得瘦小。頭髮用各種頭油已經搽得光可鑑人，身上每日用香湯熏

鏡花緣

洗，打磨得細嫩乾淨，兩道濃眉修得彎如新月，點上朱唇，滿頭朱翠，卻也窈窕。國王見他面似桃花，腰如弱柳，眼含秋水，眉似遠山，愈看愈喜，又把兩足細細觀玩。林之洋被弄得滿面通紅，坐立不安，羞愧要死。

國王回宮，愈想愈喜，擇定明日吉期進宮。這日晚上，林之洋足足哭了一夜。次日吉期，眾宮娥一大早來替他開臉、梳妝、穿戴上鳳冠霞帔，簇擁來到正殿。忽聽外面鬧鬧吵吵，喊聲不絕，國王嚇得驚疑不止。

原來是連年水患，唐敖撕下國王張貼的榜文，高聲疾呼「不要財寶祿位，只要放了此人，我即興工。」百姓聞言，一時聚了數萬人，齊至朝門，七言八嘴，喊聲震耳，又將國舅府圍得水泄不通。國王不得已放了林之洋，唐敖也以疏通之法治平水患，三人相見，真是悲喜交集。

走廊燈 **引經據典**

1. 福近易知，禍遠難見。
2. 但行好事，莫問前程。
3. 學問無大小，能者為尊。
4. 長將有時思無日，莫待無時思有時。
5. 人見利而不見害，魚見食而不見鉤。

頂崁燈 **思辨探索**

中國人素來對海上迴繞著神奇鋪陳，秦始皇、漢武帝都曾派人去尋仙，被學者認為是巫書的《山海經》所記錄的植物多具有神祕而

武則天令百花同時盛開，百花仙子因此被謫降人間受罰。

唐敖與林之洋、多九公遊歷海上，見奇花異草，各國奇事異俗。

林之洋被女兒國國王召為妃子，受穿耳洞、纏足之改造。

唐敖以治水為交換條件，救出林之洋。

鏡花緣

不可測的藥性，有的食用後記憶力大增，或從此不長青春痘、不怕打雷。其中不乏具寓言式的徵兆，如紫河車取自剛成人形的嬰兒，與孕婦胎盤和十多種珍貴藥材所製，可以祛除百病，青春永駐，修煉之人服此則能飛升，長生不死。

李汝珍並未出國，也不曾遊歷海上，《鏡花緣》裡光怪陸離的描述，其實有所本，如發出嬰兒叫聲的人魚、穿胸國都源自《山海經》、《淮南子》、《博物志》。不過李汝珍顯然在越出陸地人間世的現實之外，有意渲染對當時社會的觀察與道德觀、價值觀。因此一方面假借認得所有奇事和異物的多九公報導所見，另設定商人林之洋、捨功名追求自我的唐敖，讓整個走向海上旅途發展出龐雜而瑰麗的折射。

故事設定在武則天時，似乎有意藉女子當朝，衍生出對女性才德的重新界定，因此有百花仙子成為才女、女兒國裡性別易位的設計，藉以批判纏足之風。至於清腸稻、躡空草、鳴聲如犬吠的十頭身魚、飛魚等奇花異卉、珍奇鳥獸則如今日旅遊嘗盡各國美食，平添無限驚異的滿足。

如果說《小王子》遊歷的七個星球各象徵某些類型人物，《鏡花緣》裡呈現的是更豐富多樣的人性。君子國中對奢靡風俗的反諷、大人國腳下雲能反映人心善惡，和為諷刺心術不正者，所編造出穿胸國的故事。該國之人行事偏差，心漸離本來的位置，造成胸破了大洞，只好移植狼心或狗肺填補其洞，成了名副其實的狼心狗肺之人。另如以昆蟲習性反射貪婪人性的蠶女，吐絲勾引男人，吸其精氣，是不守婦道，淫樂放蕩的女子。至於知人知面不知心的兩面國，則透過頭蒙浩然巾（明代男子盛行戴巾帽，背後有長大披幅的一種頭巾，形如今之風帽）掩飾惡臉。初時待人和善有禮，沒有利用價值便立刻露出鼠眼鷹鼻，滿臉橫肉噴出毒氣，諷刺以仁義道德之浩然掩飾凶狠陰險，

居心叵測的人世相。

　　這些故事像是虛構，卻又無比真實，勞民國和今日的過勞現象、無腸國和過度消費的食物浪費，是不是很能對應？

　　本文摘取第一至三十八回，如果有興趣，不妨翻開這本書，跟著作者一起去看「面長三尺，頸長三尺，身長三尺，以長壽出名」的毗騫國、「人無男女之分，不生育，無子嗣，後其屍不朽，一百二十年活轉」的無繼國、面上無目，眼睛長在手上，可以眼觀六路，耳聽八方的無目國；通身如墨，嗜愛讀書，路不拾遺的黑齒國；身不滿一尺，怕被大鳥所害隨身帶器械防身的小人國；高七、八丈的長人國；紅髮蓬頭，大腳厚長，腳指走路，腳跟不著地的跂踵國；幅員廣大，視錢如命的白民國；儒巾素服的淑士國；樣如獼猴，能噴火的厭火國；晝熱潛水，日暮而出的壽麻之國；臂比身長的長臂國；身高不滿五尺，頭顱卻有兩尺長，愛戴高帽子奉承的翼民國；好吃懶做，吃了就睡，胸中鬱結的結胸國；滿嘴假話的豕喙國；終生懼睡，昏昏迷迷的伯慮國；以桑為柴，木棉織布的巫咸國；舌燦蓮花，能說鳥語，精通音律的歧舌國；上通天文下知地理，心血耗思而短壽的智佳國；人面蛇身，舉止謙恭的軒轅國；長生不老的不死國。

　　或許你能在其中找到最想去的國家，再不，去找找千年成仙果的曼陀羅、形如馳騁馬車，七吋小人的肉芝草吧！

問題解讀	問題思考	問題行動	問題結果
探訪另一個世界的必要性。	1.世界有多大，多神奇？ 2.人如何逃脫框架？	唐敖、多九公等至海外遊覽。	觀奇事易俗，看盡包羅萬象的生存方式。

　　對於大陸國家而言，海洋的廣闊無邊與變動性永遠是承載想像的舞臺。古今中外多少文學作品與發現都來自離開熟悉的環境，走向遠方異邦的冒險之途，邁往隨緣經歷的流浪之行。其動機或如〈虯髯客傳〉不與真天子爭天下，而至扶餘國，殺其主自立為王，標出遺民的新國度觀。或如《鏡花緣》裡的唐敖因不得志而縱情行旅，寄託道家思想與對世事的看法於奇邦異俗之中，導引出烏托邦的拼圖。或如鄭和銜命下南洋尋建文帝，而有《三寶太監西洋記》一書，敘碧峰長老助鄭和，用法術降服外夷三十九國，使之朝貢的神魔小說，除反映倭寇猖獗於東南沿海，更凸顯不恃兵力而恃法術的想像。

　　神話、志怪小說一直是文學的源頭，寄寓的是人類對世界的認識與解讀，以及對自然畏懼崇敬之心。因此除將人物天神化、自然神聖化，也常藉動物的特質神化人的超能力，如《山海經》描繪女媧是人首蛇身，西王母豹尾虎齒而善嘯。

　　在現實框架中，人無法滿足的想法會透過奇思異想實現，心理學者說這是逃避現實的平衡機制，但也有人認為這反而是對現實的挑戰。以此讀漢朝東方朔《神異經》：「西南荒山中出訛獸，其狀若菟，人面能言，常欺人，言東而西，言惡而善。其肉美，食之，言不真矣。」以及《鏡花緣》裡的兩面國，便能了解作者以此說彼，隱含狡詐虛偽者的嘲諷之意。

　　對抗無常感的長生不老、得道成仙，如劉向《列仙傳》、晉葛洪《神仙傳》、干寶《搜神記》，則顯示出道家思想與對永恆的嚮往。對於邪魔鬼祟的恐懼，化成唐傳奇中既有〈補江總白猿傳〉劫持婦女的妖怪，也有一路上藉鏡收妖滅怪的〈古鏡記〉，至神魔小說《西遊記》、三妖惑紂以助周的《封神傳》，不但融入儒道釋三家哲學，更實

現神助人事，完成正義天道的實踐。

　　不過，真正讓妖鬼多具人情，通世故，不再是誘惑者、殘虐者，當屬蒲松齡《聊齋志異》，詳細而委曲描繪神仙、狐鬼、精魅，用筆變幻而熟達。異曲同工之妙的是鎔鑄童話、神話、傳說的西方奇幻小說，以精靈、妖精、矮人、女巫、龍等形成虛構的世界，展演神祕的魔法體系，如《愛麗絲夢遊仙境》、《彼得潘》、《魔戒》，以及吸血鬼、狼人等。無論是在偎爐火旁閱讀的時代，或是電玩、手遊、3D電影的科技數位系統，就如周作人所說：「對於神異故事之原始的要求，長在我們的血脈裡，所以《山海經》、《十洲記》、《博物志》之類千餘年前的著作，在現代人的心裡仍有一種新鮮的引力。」這些充滿異質性的奇幻、魔幻，永遠具迷人的魅力。

鏡花緣

韓國

春香傳

韓國宮廷電視劇

　　《春香傳》與《興夫傳》、《沉清傳》同為朝鮮三大古典名著。內容敘述藝妓之女成春香和富貴公子李夢龍迂迴曲折的愛情故事，被譽為古朝鮮的《羅密歐與茱麗葉》，和中國《紅樓夢》、日本《源氏物語》並為亞洲三大古典巨著，深獲韓國人民的喜愛。

　　《春香傳》是在朝鮮民間傳說基礎上形成的小說，故事在十四世紀高麗恭愍王時代透過口傳、手抄，流傳於市井之間，時約中國明、清年間。約至十八世紀末，才形成完整的作品，先後出現過全州土版《烈女春香守節歌》、京版《春香傳》、漢文版《水山廣寒樓記》、《漢文春香傳》和抄本《古本春香傳》等，根據不同版本的流傳，兩人的結局也不盡相同。在文體上兼具敘事的「說」，和韻文的「唱」，可代表用韓文寫成的傳統文藝作品。

　　這部作品之所以在十八世紀末、十九世紀初的李朝封建社會定型，是基於當時朝鮮人民對於貴族驕奢淫逸，統治黑暗腐朽的憤怒和反抗，對封建制度的揭露和抨擊，故藉此愛情故事打破封建社會等級觀點。

閱讀燈 **細看名著**

　　朝鮮第十九代肅宗大王即位以來，政治清明，天下太平，風調雨順，百姓擊壤高歌。

　　話說朝鮮全羅道南原府，藝妓月梅與前任使道所生的女兒成春香，七歲入塾，聰穎過人，孝敬雙親，鄰里誇獎。南原府使李翰林之子李夢龍，年方二八，溫文儒雅，神采奕奕，詩文可比李白，書法直攀王羲之。

那一天，正值五月端午。熟讀詩書，諳曉音律的春香帶著侍女香丹，到郊外踏青盪鞦韆。她香似蘭草的秀髮繫成的辮子上，別著閃閃發光的金鳳釵，絲綢的長裙隨著款款挪移的腳步，掀起微微弧線。行至林間，脫去水藍紋的斗篷和外裙，掛於樹枝之上，然後將紫色緞面繡花的唐鞋置於草地，伸出纖纖玉手抓住那用熟麻做的柔軟的鞦韆繩，輕輕一蹬，鞦韆悠悠盪起，衣裙被風掀起，忽而閃現的紅色內衣，好像一面鮮豔的紅色旗幟。

　　李公子遠遠看見盪鞦韆的春香，神馳魄奪，聞是熟讀詩書，能詩善賦的女子，遂一路打探，到春香家邀吟詩文。春香聽後，心中暗想莫非有什麼緣分，但羞於啟齒。月梅察覺女兒的心事，便說道：「昨夜我夢見碧桃池中有一條青龍，這是一種好的預兆，聽說李府使的公子名叫夢龍，難道是應了此夢？依娘看，妳還是去看看吧！」

　　二人見面，春香芳心宛轉，眉黛含羞，粉頸低垂，眼波暗窺李公子，果然風流倜儻，風度翩翩，真如算命所言「天庭飽滿，富貴可期。」。李公子得知春香芳齡十六，父親早已辭世，只有母親，當下便言願和小姊結下秦晉之好。春香聽後沉思良久，言道：「您是貴冑公子，我是柴門賤妾，今日辱蒙以婚姻相許，倘若他年中途生變，我一片赤誠之心，只得獨守空房。」說罷，留下「大雁隨魚飛，蝴蝶隨花舞，小蟹隨貝居」這句謎語，便匆匆離去。

　　次日，李公子左思右想終於悟出了其中的隱意，夜訪春香。香丹引入後院草堂，環顧屋內四處陳設，頗多珍品，靠牆排列龍鳳衣櫃和各種壁櫥，梳妝臺前牆壁上掛有幾幅仕女畫，

都出自朝鮮名家之手。另一邊壁處處掛滿字畫，滿室生輝，再看那書桌前牆壁上掛著的一聯：「帶韻春風竹，焚香夜讀書。」李公子讀了暗暗稱讚春香冰清玉潔，重節守義，以此明心志。

月梅聽得李公子正襟危坐，自言絕非拈花惹草之輩，「春香及笄，待字閨中，我亦待窈窕淑女而娶，我們今日如締鴛盟，自然永無變悔，同心同德，之死靡它。」心想這番肺腑之言，莫非真應了昨夜的夢龍吉兆，考慮之後欣然應允，隨即於月下擺上香燭結為夫妻。

洞房花燭夜，新人鴛鴦衾被裡歡，燕昵之情過於琴瑟，情戀戀似蜂蝶戲花間。青春正好，二人吟詩誦詞，談心說事，如膠似漆勝於鴛鴦，不覺過了多少時日。若不是小廝來喚，李公子早把家裡拋於腦後。一登門，聞得父親升為同副承旨，將入京任職，明日即行，自己也得參加科舉。

李公子心知該為父親升遷高興，又苦於馬上要離開春香，頓時五臟六腑俱焚，渾身乏力，於是將與春香私定終身之事，一五一十地稟告母親。李母勃然大怒，令即刻退婚，指責道：「名門子弟婚姻大事必遵父母之命，豈可任性胡為，娶藝妓之女，非但敗壞門庭，且觸犯已婚的兩班子弟不得參加科舉考試的條規，自毀前程。」

李公子無可奈何，出門逕往春香家中，思及分離就在眼前，心裡痛苦得像煮沸了的豆漿一樣翻滾。一見春香殷殷切切的眼神，嗚嗚悲泣一股腦兒地全盤傾瀉為大聲哭喊，嚇得春香急忙把李公子抱在懷裡。俗話說：「獨自悲哀唯飲泣，有人相勸便嚎啕」，李公子聽了春香的勸慰，哭得更加淒慘。在春

香急問之下，李公子這才吞吞吐吐說出母親的意思，囁嚅著：
「事已至此，咱們二人就只得分手。」

　　春香聽此言臉色遽變，雙唇緊閉，全身顫抖，椎心泣血叫喊道：「公子你的心也忒狠了！天下竟有你這麼狠毒的人，哎喲，哎喲，我苦命啊……公子你休想春香是個賤骨頭就隨隨便便這樣拋棄。你離開我之後，我這個薄命的春香將食不甘味，睡不安枕，能活幾天呢？」

　　李公子對春香慎重地說自己絕非無情無義的負心漢，相思樹經過嚴冬，到了春天就會發芽生葉，相戀情總是寤寐難忘的，總有一天高中，必用高頭駿馬，雙人大轎來接。二人躊躇了半天，李公子跨上駿馬，含著淚，自言自語留了一聲後會有期，便策馬疾馳，剎那不見蹤影。

＊　　＊　　＊

　　幾個月之後，新任南原府使卞學道就職，此人出身豪門，雖有文彩卻刻薄尖酸，個性剛愎自用，冤案迭出，尤愛拈花惹草。他聽說春香色藝超群，便吩咐啟程南原府，一時間，府衙只聽到傳呼擺設接風筵席之聲，大小官員和門閥豪族一一前來獻禮參拜。禮畢，卞府使急如星火吩咐：「命人去點侍所有的南原藝妓。」

　　戶長奉命拿來南原妓女的花名冊，並用美麗的詞語來形容一個個妓女的姿態，一一唱名道：「雨後東山明月的明月小姊」、「漁舟逐水愛山春，爭妍春色是紅桃小姊」、「丹山一鳳失情凰，身在梧桐碧腰間。鳳乃山水之靈，百鳥之王，飢不啄粟，屬節貞操，屹立在那萬壽門前的彩鳳小姊」、「出淤泥

而不染，花中君子是蓮花小姊」、「雲淡風清近午天，訪花隨柳過前川，鶯鶯小姊」……。

　　所有的南原妓女雖都集聚在府裡，唯獨不聞春香之名，卞府使怒要吏房喚。吏房低聲提醒春香已與李公子結下了百年之好，此舉有敗名節，違逆倫常道德。怎奈卞府使為春香專程遠來，豈肯罷棄，於是勃然變色喝斥，愈加逼使。

　　卞府使一見春香花容月貌，當下威脅想強行留住。春香想了半晌，冷靜地回道：「府使大人所言惶悚莫解，我已終身許配李氏郎君，焉能事二夫，實難從命，若執意相逼，則命可喪，貞操不可悔。」卞府使聽了春香這一番理直氣壯的陳詞，起初嘲諷春香不識抬舉，接著鄙棄妓寮人家說什麼貞節，從古至今送舊迎新是你等妓女的本分兒，妄談什麼忠烈。

　　春香笑道：「自古以來，忠孝烈女史不絕書，晉州義妓盡忠報國，流芳千古；平壤藝妓月仙，進了忠烈祠；安東藝妓一枝紅非但建了忠烈祠，還受封一品夫人。你啊，千萬不要小覷這些賤妓之輩的忠孝貞節！」

　　卞府使被春香暗諷，惱羞成怒大聲叫道：「反了，反了，法有明文，反抗長官，發配充軍，妳這個不識抬舉的潑婦，必須從重處刑，置之死地，絕不能饒恕。」

　　春香不甘示弱地嚴詞抗拒道：「那劫奪有夫之婦的，為何無罪？」

　　卞府使氣得渾身發抖，立刻叫人將春香五花大綁，用力棒打。執杖使憐惜不忍，虛張聲勢地往刑臺邊打，技巧性地擦過春香身邊，只留下紅印，刑杖斷為兩截，飛轉墜到大堂階下。

　　每打一杖，春香便哭訴衷情，打了十五杖後，春香哭罵

之聲愈是淒屬嚴峻。打了二十杖之後，南原府全城轟動，男女老幼齊來觀看，個個咬牙切齒，歎息責罵。下府使益發凶猛，又一連打到二十五杖。春香哭訴道：「二十五道我的心——二十五弦彈夜月，不勝清怨卻飛來——雁陣在半空飛越，你們為我飛到漢陽三清洞，轉告我那李郎，說我在此受到飛災橫禍，遍體鱗傷，癱倒在塵埃裡。」

春香如泣如訴，聲嘶力竭怒道：「狗東西，你身為府使，休道我是個女孩兒家就容你欺負，要知道冤屈能使六月飛雪。我的一縷冤魂，必將奏訴當今聖上，看你這府使大爺如何逍遙法外。你要是有種，就快快把我處死吧！」

下府使怒氣沖沖，狠狠地喊道：「一入娼門則永世為妓，妳這個婊子找死！來人哪，立即把她套上大枷，打入死牢。」

昏昧之中，眼前忽見蝴蝶翩翩飛舞，春香夢中不覺隨蝴蝶來到仙殿，見湘君夫人娥皇和女英、漢明妃昭君、漢高祖的愛姬戚夫人切切申訴冤情之時，雞鳴報曉，湘君夫人連忙對春香言道：「幽明兩隔，陰陽有別，妳不可久留此地。」春香恍恍惚惚，好像眼前有一對蝴蝶在那裡飛舞，醒來方知是南柯一夢。

這個時刻，月影西沉，雁唳長空，風聲震響，忽聞獄門之外有個盲人遠遠吆喝，春香便讓母親請來問夢。盲人禱祝畢，把卦筒嘩啦啦地搖了一會兒，倒出一卦，喝彩道是「上上卦，千里相逢，親人見面，妳那李氏郎君不久就要來此解妳無妄之災，去妳心頭之恨。大吉大利，一切無憂。」盲人說話之際，只見一隻烏鴉飛過獄牆之上，嘉屋，嘉屋，叫了幾聲。盲人連聲恭喜，說道：「嘉者美也，屋者舍也，是美事即將入舍之兆

也。」

＊　　　＊　　　＊

這年，恰逢朝廷開科考，李公子胸懷萬卷，蟾宮折桂，高中狀元。皇帝授予李公子御史之職，命他暗察民心所向，當下欽賜錦衣、馬牌等諸物。李御史償了生平之志，出了宮闕，春風得意馬蹄疾，回拜高堂後便往各處查訪。

一路上，微服私行觀山看水，探市井民情，各邑首長聞說御史將來暗探，莫不忐忑不安，連夜趕著處理積壓未了的案件，上下衙役們也像熱鍋上的螞蟻，嚴肅以待。裝扮成乞丐模樣的李御史到了田野附近，聽得處處農耕謠，心裡暗喜今年豐收民生好。忽見到遠處走來一個小孩兒一邊奔走，一邊唱道：「今天初幾了，千里迢迢漢陽城，還需幾天才能到？若能有匹趙子龍的渡江青驄，今天便可趕得到。可憐春香大姊戀李郎，囚禁監獄命難保，可恨負心的李公子，一去不返音訊渺……。」

李御史聞聽聲立即叫住那個小孩兒，知是受春香所託，送信到前任府使李爺家中去，便索得信打開封皮，信上以血書遭官方之迫害，身陷囹圄，但志堅不可奪，身萬死而不辭，特馳書奉報，望死後能照顧母親。

李御史看畢，心如刀割，即刻策馬飛奔至春香家。只見滿屋塵土，蛛網四布，對聯被風吹得沙沙作響，滿園破敗淒涼。月梅乍見衣不蔽身，乞丐模樣的李御史既喜既憂。李御史佯說父親被罷黜官職，家破人散，坐吃山空，只得循來此借銀兩，從漢陽步行來此，飢餓難熬，有了什麼殘羹剩飯，給我點兒吃

吧！

　　月梅放開喉嚨斷喝道沒有，又聽李御史一副胸有成竹的口氣：「有我頂著，總會有風起雲湧——霆電閃之日啊！」氣得直罵：「你這個沒用的權門子弟，還有這種傲氣啊？你自己是泥菩薩過江，我可憐的女兒還死心塌地巴望著你，真氣死我了。」

　　次日早上，府裡大排筵席，南原府裡的各官盡來拜壽，笙蕭齊發，歌舞滿庭。李御史假意討杯祝嘏喜酒，留了一首諷刺詩：「金樽美酒千人血，玉盤佳餚萬姓膏。燭淚落時民淚落，歌聲高處怨聲高。」捲起了一場騷動之後離去。再度進到大堂時，已換穿繡衣官服坐在藤椅上，嚴肅地宣布即日起罷黜卞府使官職，押送到漢陽，依法治罪。

　　隨後在老百姓的歡呼聲中，李御史帶著春香母女和香丹離開南原，回與漢陽。肅宗大王見奏章，當下即封李御史為吏曹參議和大司丞之職，並封春香為貞烈夫人。李御史謝恩退朝，回到家中叩拜父母，稱頌聖恩，後官至判書，再升到宰相，與貞烈夫人成春香告老還鄉，膝下三男二女，個個聰穎正直，官居一品，五世其昌。

走廊燈　引經據典

1. 嗷呵呵，咿嗷呵！青雲功名享富貴，也難比我種田佬。嗷呵呵，咿嗷呵！耕種南田佬畦兮，含哺鼓腹無饑荒。
2. 你死後化為明沙十里海棠花，我死後化為彩蝶翩翩舞花下。蝶吻海棠花蕊香，花為彩蝶吐芳華，花間馥鬱惹人醉，彩蝶生死戀奇葩。

春香與李公子在端午時認識，經母親同意下成婚。

李公子隨家人入京，春香傷心欲絕。

春香堅拒卞府使，被綁打入獄，李公子高中狀元。

李御史罷卞府使官職，與春香回京復職，恩愛一生。

3. 我死之後，變爲一隻楚魂鳥，明月之夜，在那清靜空山裡，與杜鵑聲聲相應，驚醒我那李郎的好夢，在他懷抱裡放聲啼哭，解除萬端仇恨。

4. 今宵月下相會兮，三生有幸情有緣。我的卿卿兮，愛你意濃情綿綿。東山花雨細無聲兮，牡丹花開情意深。我的卿卿兮，愛似網眼結緣分。星漢牛郎望織女兮，織女月宮織絲綿。

5. 願那三湘之水化爲墨汁，把我的冤情寫成狀詞奏玉皇。願噓氣成風情似水，我乘風吹水一意想情郎。雪裡青松經千載，我也能比那孤菊傲秋霜，我和李郎兩情永不變。我郎若是青松，我就是那菊花黃，我歎息之聲化爲一陣清風起，那飄飄細雨就是我的眼。清風細雨天涯去，雨打風吹驚醒我那李家郎，天上雖有銀河阻，年年七夕織女會牛郎。

頂崁燈　## 思辨探索

　　本文改寫自柳應九漢譯本。《春香傳》的主線是春香與李公子在飽受煎熬磨折之後，終成眷屬的愛情故事；支線是作威作福的卞府使，貪色淫樂，強占春香不成而棒打苦虐，造成民憤眾怒。故事在李公子鋤奸斬魔、春香冤獄平反、卞府使丟官治罪中畫下浪漫的句點，也烘托出因果報應不爽之理。

　　從內容意涵來看，春香與李公子的愛情，違逆父母之命媒妁之言的傳統，宣示爭取自由戀愛、追求婚姻自主的權利。春香雖出身卑微，但飽讀詩書才藝過人，剛強有志氣量過人，在思想學養上足以與兩班翰林之子李夢龍匹配，顯示巾幗不讓鬚眉。兩人身分懸殊，卻因愛情而勇敢、堅持的信念，突破長久以來上流社會維護森嚴階級的霸權。春香爲維護自己的權利和人格，不惜以死正面對抗卞府使所象徵

的政治權力、傳統宰制，其節烈感動朝鮮人民以歌謠傳唱讚頌，其悲慘遭遇，不幸處境反映當時百姓所受凌虐。因此這部小說，一方面藉以春香形象的社會意義，歌頌人民的反抗鬥爭精神，另方面抨擊李朝官僚腐朽統治。

在人物形象塑造上兼採寫實與浪漫，如象徵官府政權的李公子之清官與卞府吏之腐敗在行事上形成對比。李御史明查暗訪，傾聽民聲，不同於當時社會腐朽兩班貴族，隱然具有反對社會醜惡、改變社會現狀之意。其次是在情節發展中表現人物思想和性格，以誇張醜化、鮮明作為勾勒卞府吏的醜態，與春香被審訊，坐監過程中不畏強暴，滔滔厲罵斥責，申訴滿腔憤懣和仇恨，堅守追求平等尊重立場的鋪陳。再者大量引用典故、詩詞，豐富人物情思與身分品味，可見受中國文化影響，也讓這源自民間文學，經過長期增衍而蔚成小說的古典風格。

問題解讀	問題思考	問題行動	問題結果
階級權力	階級是難以跨越的現實？	1. 春香與李公子在月梅見證下私定終身。 2. 春香嚴正反抗卞府吏之欺壓。	1. 春香與李公子之婚姻被皇帝認同。 2. 卞府吏解職送審。

櫥窗燈　震盪效應——相關閱讀

朝鮮王朝（1392年～1897年）被稱為李氏朝鮮，簡稱李朝，是朝鮮半島歷史上的最後一個王朝。

韓國深受中國文化的影響，以儒家思想定義基本的社會結構，建築、飲食、節慶，如春節、中秋節、端午節同樣是韓國人最重要的幾個日子。李氏王朝第四代君王世宗大王（韓幣面額一萬元人像）發明韓文拼音字母之前，不懂漢字者無法在朝為官。

　　1391年，高麗國王派軍進攻遼國，統軍李成桂投靠朱元璋，殺高麗國王，朱元璋以「朝日鮮明」之意，賜名朝鮮，取代高麗，遷都於漢陽（今首爾），將國都更名為漢城，從此成為明朝藩屬國。明朝後期，朝鮮被日本大舉進攻，滿清崛起，迫於武力不得不進貢稱屬，但念念不忘明朝之恩。及至晚清1894年甲午戰爭，臺灣割讓給日本，韓國脫離清朝，進入日本勢力，成為殖民地，並在1910年併入日本，直到1945年日本戰敗，日本統治下的朝鮮半島仍維持著形式上的王室，但主權、外交都在日本手裡。

　　十五世紀中期才發明韓國文字，在此之前，有聲音無文字，創作文學都是士大夫以漢字書寫。直至英美、日本商船要求開港，外來壓力下，韓國思考如何確保國家，如何進步，方從自己的語言出發，以韓文創作文學，建立自己國家文學。

　　朝鮮時期，外戚和王族爭鬥不斷，無論是爾虞我詐的權力角逐，或後宮祕史的演繹附會、佳麗三千母以子貴的生存奮鬥，都為宮廷劇提供了豐厚的創作題材。以影視流行作為國家產業的韓國幾乎每年都拍攝王朝背景的電視劇，從《李祘》（2007）正祖李祘的宜嬪成氏；《王與我》（2007）成宗的繼妃昭和；《同伊》（2010）肅宗的後宮，英祖的生母同伊；《擁抱太陽的月亮》（2012）則是喪失記憶成為巫女的世子嬪，和年輕王子之間愛情故事的想像歷史劇；《張玉貞，為愛而生》（2013）著墨於肅宗冊封的妾室張禧嬪；《雲畫的月光》（2016）是微服私訪的王世子，與父親被通緝而女扮男裝「小太監」的愛情故事；《百日的郎君》（2018）則以在左相慫恿下弒兄殺妻奪

得了王位的國君之子為主，敘寫他目睹真相與喪母之痛，性情頓然冷峻。王世子長大後被左相暗殺而失憶，逃命鄉間，結識幼時玩伴而成婚、復仇、奪得王權的故事。

現代人何以如此迷戀古典宮廷劇？其一，不外乎時空所產生的迥異境界，典麗的服裝華宴、華美的建築裝飾、王室的執著情愛，既能滿足尋奇獵異的想像，也能強化麻雀變鳳凰的想像、對愛情的憧憬與堅定信念。其二，宮廷所象徵的歷史文化、典章制度、禮儀修為既是國家民族的縮影，也滿足小老百姓的心理替換機制。其三，現實不得意與被壓抑的情緒，藉由劇中小宮女攀上枝頭、女子跨越性別而進入男性社會，得以寄託希望。至於壞人絕滅，正義重回世界，也讓觀者一吐胸中之怨憤，感覺公理伸張，自己也終能獲得平衡。

偉大的故事因為兼具教訓與歡樂具有永恆的生命，這是《春香傳》以及無數受歡迎的小說、電影之所以歷久彌新，被長久流傳、翻新與詮釋的原因。

俄國

兩個地主

俄國藝術飲食文化

俯瞰名著 (名著導讀)

　　伊凡・謝吉耶維奇・屠格涅夫（1818～1883年），十九世紀俄國批判現實主義作家、詩人和劇作家，與托爾斯泰、杜斯妥也夫斯基並稱「俄國文學三巨頭」。因文字中圍繞社會性的思想，論辯性強烈，被譽為「小說家中的小說家」，其對俄羅斯語言規範的貢獻，則列寧譽為「俄國的語言大師」。

　　屠格涅夫出身富裕，父親是騎兵團團長，母親是擁有二十個村莊、五千名農奴的地主，個性專橫，對待農奴十分苛刻。母親去世後，他立即將家產分給農奴，使獲得自由。這經歷與日後在莫斯科大學、聖彼得堡大學、柏林大學所親見的西方哲學、現代化社會制度，形成屠格涅夫學習西方、廢除農奴封建制度、倡導人道主義的主張。

　　成名之作是以描寫農奴慘況的《獵人筆記》系列短篇小說，被稱為俄羅斯的《湯姆叔叔的小屋》。該書以一個獵人的視角，從民主主義的立場，透過行獵的路線進入俄國村莊，以農民、地主、官員、小市民乃至農奴等各行各業的角色，反映農村生活和農奴們的處境，喚醒俄國社會輿論，沙皇甚至因此書才下定決心廢除農奴制。其後發表《羅亭》、《貴族之家》、《父與子》等長篇小說，與俄國社會的巨變緊密相連，被譽為「藝術編年史」。

　　屠格涅夫一生未娶，終生追隨法國女高音寶琳・韋雅朵周遊歐洲各國，旅居巴黎買別墅，收藏各種名畫，慷慨提供巴黎的俄羅斯藝術家協會資金、開設僑民圖書館，卻又刻意地與激進的革命保持著距離。

　　屠格涅夫作品抒情而寫實，擅於將俄國民族性格、風土習慣融入情節，尤其是自然風景，故有「俄羅斯鄉村風景大師」、「浪漫的寫實主義者」之稱。

　　我很榮幸地向你們介紹兩位地主，我常在他們那邊行獵，他們都是極可敬、善良，深受附近幾個縣裡普遍尊敬的人。

　　退伍陸軍少將維亞切斯拉夫‧伊拉里奧諾維奇，早年身材非常結實挺拔，如今皮膚失去彈性，臉皮有點下垂，眼角密布亮閃閃的皺紋，一部分牙齒已經不在了。不過步履矯健，聲如洪鐘，看上去依然意氣風發，他自己也常撚著小鬍子，以老騎士自居。平日裡，他總穿一件雙排扣上衣，配上帶花點的軍式灰褲子。上衣鈕扣從來都是一直扣到頂，漿得挺挺的衣領上紮著大大的領結，戴帽子時會蓋住額頭，讓後腦勺整個暴露在外。

　　他很善良，就是有些主張和習慣會讓人咋舌。他對無錢無權徒有虛名的貴族，從來就不假辭色，不是歪著頭斜眼看他們，就是突然瞪大眼，漠然的掃他們一眼，不言不語，就算說話，腔調聲音都變了。如果面對社會地位卑微的人，他連看都懶得看，若要叫他們做事，就會先滿腹心事，猛問「你叫什麼來著？」然後像公鵪鶉叫喚一般，掃射一連串話。

　　他是出名的好色鬼，如果在縣城林蔭大道散步，瞧見風姿綽約的女人便連忙尾隨跟蹤。他很喜歡玩牌，不過通常只跟一些身分低下的人玩，因爲他們會尊稱他爲「大人」，這讓他可以擺擺架子，威風凜凜地隨意呵斥。當他跟省長或官員玩牌時，態度可是一百八十度大轉彎，那時候的他面帶笑容，唯唯諾諾，言語甜蜜，生性吝嗇的他就算輸了錢，也是一副笑呵呵的樣子。

兩個地主

他婉拒貴族長這榮譽稱號，美其名是寧願安閒自在，享享清福，說穿了是捨不得花錢。年輕時，他曾當某位高權重長官的隨從，但有人說他穿著整整齊齊的副官制服，在澡堂裡拿浴刷幫上司洗澡。不過誰也不知道這傳聞是否可信，奇怪的是他好像不願提起那段軍旅生涯，似乎也沒有打過仗。

以他的條件是很不錯的擇偶對象，但一直未婚，和一位三十五、六歲的女管家住在一座不很大的房子裡。在地主們招待省長、權貴們的盛大酒宴，或慶典儀式、宗教集會上，他隨侍左右，舉手投足表現非凡。他一向不求講究排場，甚至認為奢華有辱清譽，因此他的馬車和僕人們穿的衣服都相當老舊，幾匹老態龍鍾的馬服侍他一輩子了，現在還撐著。

他沒有什麼口才，因為他討厭爭論，總是避免發表各種冗長的談話。這樣做既能對付不聽從與失敬的人，也能在地位高的人面前表現莊重，至於對那些地位低和他瞧不起的人，說話便既尖酸又刻薄。他府上從來不招待任何人，正如傳聞所說的，他是個守財奴。即便有這種種缺點，他仍算是個出色的地主。鄰人們都說他是「規規矩矩、囉哩囉嗦、無私的老軍人。」

*　　　*　　　*

另一位地主邁爾特利·艾波羅那基是矮矮胖胖的小老頭，頭上沒幾根毛，雙下巴，大腹便便。他也是個光棍，但個性詼諧好客，無論寒暑，終年穿著條紋棉長衣。他經營田莊，有五百個農奴。很好面子的他，早在十來年前便從莫斯科的布捷諾普公司買回一臺脫粒機，把它鎖在庫房裡，心裡因此感到

踏實。只有在晴朗的夏日，他才吩咐套好馬車到田野裡看看莊稼，採些矢車菊。

他過的完全是老式日子，他住在老式建築，前室散發蠟燭和皮革的氣味，右邊餐具櫃裡擱的是煙斗和毛巾，餐室掛著家族成員的畫像，擺著一大盆天竺葵和一架寒酸的鋼琴，蒼蠅漫天飛。客廳陳設簡單：三張長沙發、三張桌子、兩面鏡子和一個聲音沙啞的鐘，上頭的琺瑯已變黑了，鐘面上有鏤花的青銅指針。書房裡有一張堆著紙張的書桌，淺藍色屏風上面貼著從上一世紀各種圖書中裁下的圖畫，幾個書櫃裡面堆著發霉發臭的書籍、蜘蛛和塵埃，一把笨重的安樂椅、一扇義大利式窗子和朝花園的門，不過已經釘死了……總之，應有盡有。

他家成群奴僕一律穿著老式服裝：高領的藍色長外套、深暗色的褲子和淺黃色的短坎肩。馬廄裡養著三十匹大大小小的馬，他自己組合了一輛重達一百五十普特的自製四輪馬車，出門時便乘著它。他待客非常熱情，山珍海味、美酒佳餚、典型的俄式厚酒肥肉，使客人熏然昏醉。他向來遊手好閒，無所事事，連《釋夢》這樣的書也讀不下去。

像這樣的地主在我們俄國數不勝數，既然如此，我為何獨獨提到他？這就要從我拜訪的經過來說……。

*　　*　　*

我在夏天晚上來到邁爾特利·艾波羅那基家，他剛做過晚禱，客廳還坐著一位年輕的神父，樣子十分靦腆，可能是剛出校門不久。邁爾特利·艾波羅那基照例非常親切地接待我──他對每個來客都真誠歡迎，一般情況下他是非常和善的人。

兩個地主

神父拿起帽子，起身站起來。邁爾特利‧艾波羅那基一邊握著我的手，一邊朝他說，「別走……我已吩咐他們去給你拿酒了。」

神父臉紅到了耳根，侷促地嘟嚷說不能喝酒。但邁爾特利‧艾波羅那基催促僕人端來一杯伏特加酒，並語帶責備。神父推三阻四地婉謝後，勉爲其難喝下那杯酒。

邁爾特利‧艾波羅那基目送神父離去後說：「我覺得他挺不錯，只是還很年輕，循規蹈矩守著教規，連酒都不沾。」

我們去到涼臺上，正要坐下來聊天，邁爾特利‧艾波羅那基朝下邊瞧了瞧，頓時陷入極度不安。

「這是誰家的雞？誰家的雞？」他大喊起來，「誰家的雞竟在我的花園裡亂竄？……尤什卡！快點去看看是哪一家的雞？我說過多少回啦，不許這樣的事發生，簡直太不像話！」

我現在仍記得那幾隻雞倒楣的樣子，兩隻花斑雞和一隻白鳳頭雞原本在蘋果樹下悠然信步，不時發出咯咯聲，非常自在。驟然間，一群僕人向牠們急奔過來，花園頓時炸開了鍋，熱鬧極了。三隻雞拍著翅膀慌張地叫喊著，到處亂竄，咕達咕達地吵翻天，僕人們跑著跑著撞摔倒在地。涼臺上主人發狂地指揮，大喊：「快，快，快，在那裡，快抓住牠！……」終於，一個僕人抓住了那隻鳳頭雞，把牠按住在地。正在這時候，一個十一、二歲的小丫頭越過籬笆從外邊跳進花園裡，她蓬頭散髮，拿著一根長棍。

「啊，是馬車夫葉爾米爾家的雞……喂，尤什卡！別去抓雞了，把娜塔爾卡給我抓來。」

說時遲，那時快，氣喘吁吁的尤什卡還沒有跑近那個嚇破

膽的小丫頭身邊前，女管家就抓住小丫頭的胳膊，在她背上啪啪地揍了好幾下。

「就該這樣，給她點教訓⋯⋯。不准她帶走雞」，地主大聲地添了一句，然後喜滋滋地朝著我說：「老弟，這回打獵打得怎麼樣呀？您瞧，我都出汗了。」說著，一陣大笑。

那晚夜色美好，我們一直待在涼臺上，僕人送上茶來。

我開口說遷到山谷大路旁的那幾家佃農的房子太差，太小了，周圍不僅連棵樹都沒，甚至沒有小魚塘，僅有的一口井根本沒用⋯⋯而且聽說，還把他們以前的大麻田也收走了。

邁爾特利·艾波羅那基回答道：「地界是這麼劃的，有什麼辦法呢？至於收回大麻田，沒有挖養魚塘──我是個老實人，全是按老規矩行事。依我看，老爺終究是老爺，莊稼人終究是莊稼人⋯⋯就是這麼回事。」

他已經說得這樣明白，對於如此不容置疑的理由，我自然無話可說。

他接著說，「那些莊稼人真令人頭痛，尤其是那邊兩家，先父在世時就挺討厭他們。唉，我終於把那兩戶中沒事幹的人都送去當兵了，這樣他們就會分散東西，但還是無法根除，有什麼辦法，這幫傢伙真能生，可惡極了！」

這時萬籟俱寂，晚風習習。每當有一陣風吹來，就會送來馬廄那邊傳來的鞭打聲。邁爾特利·艾波羅那基拿起斟滿茶的碟子，剛送到嘴邊，將鼻孔張開──真正的俄羅斯人張開鼻孔就意味著要喝茶了。不過，他張開鼻孔卻停了下來，豎起耳朵，一邊聽一邊點頭，然後才心滿意足地喝了一小口茶，露出最慈祥的微笑，似乎在享受那些鞭打聲，甚至忍不住隨著它們

的節奏打起拍子，嘴裡說著：「啪啪啪！啪啪！啪啪！」

他說這是按他的吩咐，給喜歡惹事的傢伙點教訓……就是那個在餐室裡幹活的瓦夏。

是侍候我們用餐的那個大鬍子。

當邁爾特利‧艾波羅那基眼睛閃著明亮而柔和的目光看著你時，你是怎麼也生不起氣來的。

「您怎麼啦，年輕人，您怎麼這樣盯著我看，好像我有多麼壞，您要知道懲罰是出於愛護。」

不久，我便向邁爾特利‧艾波羅那基告辭，乘車經過村子時，瞧見餐室聽差的瓦夏。我讓車夫勒住馬，喚他過來。

「喂，夥計，你今天挨打了？」我問他。

瓦夏沒有直接回答，反問道：「您怎麼知道？」

「是你家老爺對我說的。」

「老爺親口告訴您的？」

「你做了什麼，要被打呀？」

「唉！先生，這是我應該受到的懲罰，我該挨打。我們這兒不會無緣無故就受到懲罰，絕對不會有這樣的事。我們老爺不是那種人……全省都找不出他這樣的好老爺。」

我對車夫說：「走吧！」在回家的路上我一直在想，後來得出一個結論：「舊俄羅斯就是這樣的呀！」

走廊燈 **引經據典**

1. 你想成為幸福的人嗎？但願你首先學會吃得起苦。
2. 人的個性應該堅如磐石，因為所有的東西都建築在這上面。

退伍將軍維亞切斯拉夫・伊拉里奧諾維奇吝嗇、節省而勢利。

邁爾特利・艾波羅那基和善、好客、幽默。

邁爾特利・艾波羅那基不放過追雞的小女孩和佃農。

被鞭打的瓦夏自認應得懲罰，老爺是好人。

兩個地主

3. 幸福沒有明天，甚至也沒有昨天，它既不回憶過去，也不想將來，它只有現在。

4. 人生的最美，就是一邊走，一邊撿拾散落在路旁的花朵，那麼他的一生將美麗而芬芳。

5. 初戀，是一場革命。單調、正規的生活方式剎那間被摧毀和破壞了，青春站在街壘上，輝煌的旗幟高高地飄揚，不論前面等待著它的是什麼，死亡還是新的生活，它向一切都致以熱烈的敬意。

頂崁燈　思辨探索

　　屠格涅夫遠至德國時說：「我必須離開祖國，為的是從我所在的遠方，能更有力地攻擊我的敵人，……便是農奴制度。」這終身不渝的誓言貫串於他所有小說，但他並不明顯地表達情感思想和強烈的個人意見，而是在不採取任何立場的前提下，客觀敘述故事，呈現現實。同時以敏銳的觀察捕捉形象、畫面，藉由簡潔平實的語言，巧妙的譬喻和隱喻來凸顯人物，形成獨特的抒情風格。美國著名作家亨利‧詹姆斯熱情指出：「談到屠格涅夫時，務必不要忘記，他既是觀察家又是詩人，詩意貫串到他創作，有巨大的新穎感和力量。」

　　〈兩個地主〉是屠格涅夫寫實主義的代表作品之一，情節單純、結構清楚、敘事簡潔。屠格涅夫以乾淨質樸的方式介紹兩個地主，細膩地自其形貌、穿著、個性所外顯的言行舉止，引領讀者進入俄國農村，看見地主的真實生活。生活裡除交際應酬便無所事事，對貴族或有影響力的人極盡諂媚奉承，對地位卑賤者則殘虐無情地磨折，對比之中，準確而有力地再現當時真實情景。

　　作者嘲諷的筆調並不張揚，卻掩不住其辛辣，譬如開頭概括二個地主是「可敬、善良，深受附近幾個縣裡普遍尊敬」之人，然後在戴

帽子「讓後腦勺整個暴露在外」、對下人「像公鵪鶉叫喚一般掃射一連串話」、「很善良，就是有些主張和習慣會讓人咋舌」、「露出最慈祥的微笑，似乎在享受那些鞭打聲」等平靜的敘述之間，極盡其挖苦、輕蔑之能事。

屠格涅夫刻畫人物不僅寫形還寫神，透過兩個地主的表情和作為，寫出俄國民族性。維亞切斯拉夫·伊拉里奧諾維奇吝嗇地守護清譽，穿著用度節省寒傖，卻在與省長官員玩牌輸錢時毫不在意。虛榮地沉醉在頤指氣使，被叫大爺的稱呼裡，卻穿著軍服服侍長官，這是屠格涅夫所謂「俄國人懶惰又遲鈍，不習慣獨立思考和行動前後一致」，失去靈魂與自覺的人。另個地主邁爾特利·艾波羅那基非但以按老規矩行事、懲罰是出於愛護，將所作所為合理化，還戲弄年輕神父、欺負小女孩、迫害佃戶。僕人捕捉雞的鬧劇、夜風吹來鞭打聲與地主「心滿意足地喝了一小口茶，露出最慈祥的微笑」，深刻而鮮明地呈現權力的宰制與傲慢。

最後作者以「舊俄羅斯就是這樣的呀！」來歸納被推向絕境的佃戶無聲承受、被迫的小女孩被打、瓦夏認罪，並說全省都找不出他這樣的好老爺。這是專制的、貴族的、奢侈的、淫靡的舊俄國，是政治、社會、文化形成的歷史。據研究，1649年莫斯科有四分之三農民，其中一百三十萬左右是與奴隸沒有什麼區別的農奴。亞歷山大二世在1861年宣布赦令，有超過二百三十萬私人農奴被釋放，獲得自由。

原來寫下這是舊俄羅斯的老式地主生活模式、老式家居擺設與喝茶習慣、老式對待農奴的規矩時，其實屠格涅夫想表達的是對新俄羅斯的想像，對推翻農奴制度，讓人人平等自由的期待。

問題解讀	問題思考	問題行動	問題結果
階級不平等	卑下者的人權是否能被保障。	兩位地主對貧賤者不假辭色，任意鞭笞。	舊社會權力結構下，農奴永遠無法得到平等對待與合理生活。

櫥窗燈　震盪效應 —— 相關閱讀

提到俄羅斯，你想到的是什麼？

共產主義、洋蔥尖頂的宮殿、芭蕾舞、藝術品、伏特加、魚子醬、冰天雪地、五官凸顯的美女、穿毛呢長大衣和長靴的軍官……。對於這神祕大國，遙遠陌生的地方，吉光片羽式的想像總充滿美好的浪漫。不過徐志摩是這樣形容1925年的莫斯科：「這裡沒有光榮的古蹟，有的是血汙的近蹟；這裡沒有繁華的幻景，有的是斑駁的寺院；這裡沒有暖人的陽光，有的是泥濘的市街；這裡沒有人道的喜色，有的是偉大的恐怖與黑暗……。」「人的神情更是分明的憂鬱、慘澹，見面時不露笑容，談話時少有精神，彷彿他們的心上都壓著一個重量似的……。」

天寒地凍的地理環境，造就俄國堅忍不屈，崇尚英雄、勇敢善戰的民族性。東正教的教堂，無論是聖人、天使，甚至耶穌的聖母都板著一張臉，但在冷峻、固執、死板、倔強、憂鬱的表面下，其實慷慨熱情，富有生命的韌性。

寒冷，也孕育出沉於思考的哲學家和善於想像的藝術家。俄國人可以不吃一餐麵包，卻不能不看一場舞劇；可以節衣縮食，卻不能不聽一場音樂會，或買一本書，因此這個國家出現不少文學、音樂、舞蹈藝術家。地鐵上沉浸在大部頭書的老先生比比皆是，雲門到莫斯科演出時，林懷民對於「叫花子居然也將乞來的小錢拿來買我們的門票」，

感到不可思議。這就是俄國人對抗貧瘠的生活與氣候的方式，長久以來，看劇、看舞、看展覽便是俄國人的日常生活，因為對於俄羅斯人來說，「劇院就是教堂」、「劇院就是節日」、「大劇院就是縮小版的俄羅斯」。

　　劇院裡一年到頭上演文學改編的《唐吉訶德》、《灰姑娘》、《安娜·卡列尼娜》，以及柴可夫斯基的芭蕾《天鵝湖》、《胡桃鉗》。全世界六大頂級芭蕾舞團中，聖彼得堡馬林斯基劇院芭蕾舞團、莫斯科大劇院芭蕾舞團就在其中，著名的舞者安娜·帕芙洛娃、烏蘭諾娃、編舞大師紐瑞耶夫便出自其中。另如奧運會中的體操、花式溜冰、田徑表現，更代表俄國對體能、藝術與力之美的追求。

　　被喻為國酒的伏特加，在俄文的意思是「生命之水」，也是俄國文化代表，俄羅斯作家維克多·葉羅菲耶夫稱它為「俄羅斯的上帝」，還說：其他國家的人們是喝酒，在俄羅斯不是喝酒，我們喝的不是伏特加，而是我們的靈魂和精神。俄羅斯人喝伏特加的道地喝法是不拘小節的大口大口豪飲，其步驟是一口喝下，然後快速聞一下黑麵包，「哈」吐出酒氣，再品嚐燻魚、肉、魚子醬、火腿肉等佐酒食品。

　　喝茶，也是俄羅斯人的交際或自我沉思的飲品，喝茶的方式不是用茶碗或茶杯，而是把茶水倒進小茶碟，先含一口蜂蜜或自製果醬再喝茶，發出滿足的響聲。一如小說裡所描述：「邁爾特利·艾波羅那基起斟滿茶的碟子，剛送到嘴邊，將鼻孔張開——真正的俄羅斯人張開鼻孔就意味著要喝茶了。」

　　最後是一層又一層的俄羅斯娃娃，畫著壯碩的母親模樣，或是穿著民族服裝的姑娘，不同的顏色代表不同的許願、祈福意涵。這流傳三百多年的娃娃，背後有許多版本的傳說，其共同點則是每個俄羅斯娃娃裡都住著一位精靈，只要對最小最小的那個娃娃許下心願，再將全部的娃娃組合起來，精靈就會實現願望，因此，俄羅斯套娃成為俄國人祝福的禮物。

俄國

罪與罰
俄國革命之路

費奧多爾‧米哈伊洛維奇‧杜斯妥也夫斯基（1821～1881年），被譽為俄羅斯民族哲學家，是最廣為人知的俄國作家。

雖然學的是理工科，杜斯妥也夫斯基卻從少年時代就酷嗜文學。辭去測繪工作不久，1846年發表處女作《窮人》，得到著名評論家別林斯基盛贊，進入聖彼得堡的文學圈。他在回憶錄中寫道：「我離開他的時候，心都醉了。我在他家的街角停了下來，仰望明朗清澈的天空，看著來往的行人，整個身心都感覺到，我一生中的重大時刻，影響終生的轉折來了……」

受法國社會主義思想影響，1849年，因為參與的文學團體討論一本批評沙皇的禁書而被捕。執行死刑前一刻，改判西伯利亞服九年苦役，這段折磨使他的思想發生巨變，經常發作的癲癇更加深精神苦悶，變得敏感而容易激動。

杜斯妥也夫斯基一生筆耕不輟，著《罪與罰》、《地下室手記》、《卡拉馬助夫兄弟》等經典巨作。作品深入刻畫社會底層小人物的想法、人性弱點及人物複雜的心理，探索自殺、貧窮及道德等主題，並與複雜的哲學思維結合。故有人說：「托爾斯泰代表了俄羅斯文學的廣度，杜斯妥也夫斯基則代表了俄羅斯文學的深度。」蘇聯文學的創始人高爾基則認為他的表現力，可媲美莎士比亞。

閱讀燈　**細看名著**

拉斯科利尼科夫是法律系大學生，因為繳不起學費，不得不中輟。他清秀的面龐上有雙漂亮的黑眼睛，褐色的頭髮，身材高瘦而勻稱。

街上悶熱而擁擠，到處都是石灰漿、磚頭，灰塵和臭氣。長期罹患憂鬱症的拉斯科利尼科夫衣衫襤褸，戴了頂顏色褪盡的高筒圓帽，到處都是破洞和汙跡，他心情緊張，走到一幢大房子前，裡面住滿各行各業的手藝人──裁縫、小爐匠、廚娘、形形色色的德國人、妓女、小官吏以及其他行業的人。上回他把妹妹送他的金戒指當了兩個盧布，這回是父親留給他的唯一紀念品，一塊扁平的舊銀錶，背面刻著一個地球儀。本想當四盧布，討價還價之後，氣憤而無奈地只得同意以一個半盧布交易，扣除一個月利息後，只剩一盧布十五戈比。

　　「也許就在這幾天裡，我會拿銀的……很精緻的……煙盒來。」他發窘地說完，便心慌意亂地從屋裡出來。爲逃避壓抑和極端厭惡的心情，他像喝醉了似來到一家小酒館旁。他從未進過酒館，但當他貪婪地喝乾了第一杯冰冷的啤酒，火燒的乾渴和頭昏立刻都消失了，思想也清晰了。

　　他突然有了奇異的想法，像蛋殼裡的小雞一樣啄咬他的頭腦，無法擺脫──他決定要把她殺掉！

　　他想起前幾天，偶然聽到有個大學生跟軍官說起放高利貸的老太婆如何貪婪狠毒，虐待同父異母的妹妹，那個在市場賣東西的可憐人，以及想殺死她，搶走她的錢，爲全體謀福。「犧牲一條性命，讓成千成萬人可免於敗壞毒爛──一死換百生，這是簡單的算數！」

＊　　＊　　＊

　　女僕偷偷端來菜湯和小麵包來，臨走前交給他一封信，那是母親寄來的家書。上頭寫到爲了他的生活，將僅有的養老

金抵押，妹妹向自私卑鄙的史比杜里凱洛夫預支六十盧布，在擔任家庭教師的這段日子裡受盡凌辱，甚至向她逼婚。幸運的是四十五歲的七等文官盧任先生喜歡上妹妹，他是殷實可靠的人，外貌莊重體面，只不過有點陰鬱和高傲自大。妹妹性格堅強，許多事情她都可以忍辱負重，況且盧任先生想在彼得堡開設律師事務所，對讀法律的你可能很有益處……。

拉斯科利尼科夫臉色慘白，他的心猛烈跳動，思想也如波濤激烈翻騰。他衝出門，自言自語道：「妹妹寧願像黑人去作奴隸，忍飢挨餓，也絕不會出賣自己的靈魂，更不會貪圖舒適的生活而出賣精神上的自由。現在為了供我上大學，讓我成為事務所的合夥人，母親竟犧牲女兒，讓她嫁給沒有愛情的人。」

「我不要妳的犧牲，只要我活著，這門親事就不會實現……可是我能向她們做出什麼允諾？」這些老問題一直折磨他的心靈，使他痛苦到了極點。顯然，他無論如何得做出決定，隨便什麼決定都行。

拉斯科利尼科夫向四周看了看，想找長椅子坐下來，但是不遠處一個年輕的姑娘吸引了他的注意力。她綢緞連衫裙最上端撕開一條裂口，扣子也沒扣上，跟跟蹌蹌，搖搖晃晃倒靠到椅背上。拉斯科利尼科夫猶豫地站在她的面前，仔細看了看完全喝醉的女孩，猜想她是讓人騙了。他在衣袋裡摸出二十個戈比，請路過的警察叫輛馬車送她回去，別讓她落到壞蛋手裡被糟蹋。

不知為什麼，拉斯科利尼科夫突然想起大學唯一的朋友拉祖米欣。他既不參加同學們的聚會，也不參加別人的議論或娛

樂活動，他很窮，拚命讀書，有點兒目空一切，高傲自大。整整一冬，他屋裡根本沒生爐子，目前也不得不暫時中斷學業，正竭盡全力靠翻譯賺錢，好繼續求學。

疲累的拉斯科利尼科夫恍惚地來到了涅瓦河中的群島，他夢見了自己的童年。他只有六、七歲，在一個節日的傍晚，一群滿臉通紅、喝得醉醺醺的小夥子隨手抓起鞭子、棍棒、轅木打死一匹小母馬。他高聲叫喊，衝到那匹黃毛黑鬃馬前，抱住鮮血淋漓、已經死了的馬臉，吻牠的眼睛，嘴唇……。

「謝天謝地，這只不過是一個夢。」他醒來時渾身是汗，頭髮也濕淋淋的。他深深地喘了口氣，把胳膊肘放到膝蓋上，用雙手托住自己的頭。

「天哪！」他突然大喊一聲，「難道，難道我**真**的會拿起斧頭，朝腦袋砍下去，砍碎她的頭蓋骨……會去撬鎖、偷竊，……上帝啊，難道**真**會這樣嗎？」他說這些話的時候，身體抖得像一片樹葉。

拉斯科利尼科夫禱告說：「上帝啊！請把我的路指給我吧，我要放棄這該死的……夢想！」過橋時他心情平靜，悠然自得地望著涅瓦河，望著鮮紅的落日撒在空中的鮮紅的晚霞，彷彿一個月來一直在他心裡化膿的那個膿瘡突然破了。他擺脫了這些妖術、魔法、誘惑和魔力，現在他自由了！

＊　　＊　　＊

後來，每當他想起這時的情況，老覺得這是命中注定的，甚至好像老天幫忙似的。一輛裝乾草的大車在他前面駛進了大門，完全遮住溜進去的他。他拿來前兩天說過要拿來的銀煙

盒，「哼，這是什麼東西！」老太婆惱怒地高聲大喊。

再不能錯過這一剎那的時間了，他雙手拿起斧頭，幾乎不由自主地打下去。他忙亂了兩分鐘光景，兩手和斧頭都沾上了鮮血，好不容易割斷老太婆脖子上的細線帶，取下滿滿的錢袋塞進了衣袋。線帶上掛著兩個十字架，一個是柏木做的，一個是銅的，還有一個小琺瑯聖像。拉斯科利尼科夫把兩個十字架丟到了老太婆胸膛上，拿了鑰匙，到隔壁房間打開箱子。金首飾、鐲子、錶鏈、耳環、別針，——大概都是些抵押品，他毫不猶豫地把這些東西塞滿褲袋和大衣口袋。

突然好像聽到屋裡有人走動的聲音，是老太婆的妹妹。看到他跑出來，張開了嘴，但沒有叫喊出聲來，兩眼直楞楞地盯著他。他拿著斧頭向她撲了過去。

他愈來愈害怕了，尤其是在完全出乎意外地第二次殺人以後。他花了好長時間洗淨血跡，模模糊糊的想：他瘋了……。他昏昏沉沉地跑回自己屋裡，雜亂無章的思想片斷飛也似掠過他的腦海，但是他一點兒也弄不懂自己在想什麼，……他就這樣躺了很久。最後他發覺，天已經明亮起來。

他打著寒顫，脫下所有衣服，反覆檢查了三遍。突然他想起來從老太婆身上和箱子裡拿來的錢袋和那些東西。不錯，他本不打算拿東西，他想只拿錢。他是為了大眾的利益去剷除一隻吸人血的虱子，畢竟人為了實現自己的理想，是有必要踏過屍體和血泊的。

女僕拿來警察局的傳票，叫他今天九點半到分局局長辦公室去。拉斯科利尼科夫在警察局幾度想說出一切，但他終究沒這麼做，而是悲情地訴說欠三個月房租實在情非得已，並保證

母親寄錢來便能還清。臨去前，他清清楚楚聽到他們熱烈地談論凶殺案。「馬上就要去搜查了，他們懷疑我了！」恐懼控制了他，從頭到腳控制了他的全身。

他趕緊跑到牆角落裡，把東西全掏出來裝到衣袋裡。他擔心有人追趕，擔心再過半個鐘頭或一刻鐘，大概就會發出監視他的指示，所以無論如何得在此以前消滅一切痕跡。他沿著大街往涅瓦河一座無人的荒屋，那兒大概是製造馬車的，或者是五金製品裝配場之類的作坊，到處都是大量黑煤灰。

「罪證消失了。」他把東西藏在石頭底下的大坑，心中充滿無法抑制的強烈喜悅，就跟不久前在警察局裡的情況一樣。但是就在這時，馬車車夫在他背上狠狠地抽了一鞭子，因為他險些被馬踩死，雖然車夫對他叫喊了三、四次，他根本就沒聽見。就在他站在欄杆邊，茫然而又憤怒地目送漸漸遠去的四輪馬車，揉著背部的時候，他突然感覺到有人往他手裡塞錢。是一個上了年紀的商人太太，很可能把他當成了乞丐，給了他二十戈比。

他把硬幣握在手裡，轉過臉面對著涅瓦河。天空中沒有一絲雲影，河水幾乎是蔚藍的，大教堂的圓頂光彩四射，甚至可以清晰地看出圓頂上的裝飾。拉斯科利尼科夫忘了挨打的事，想起以前從大學回家的時候，常站在這凝視這輝煌壯麗的景色，總有一種淒涼，憂鬱的印象。現在他覺得自己一切全在下面很深很深的地方，一切都從他眼中消失了……。他不由自主的鬆開手，凝神看了看那枚錢幣，一揮手把它扔進水裡，然後轉身回家。他覺得，這時他好像是用剪刀把他與一切人和一切事物都剪斷了。

　　他在發燒，胡言亂語，處於一種半昏迷的狀態。以後他記起了許多事情，女僕經常在他身邊，餵他喝土豆大米湯，還有媽媽託人交給他三十五盧布。

　　已經八點鐘了，紅日西沉，仍然那麼悶熱，他還是貪婪地吸了一口這惡臭難聞，塵土飛揚，被城市汙染了的空氣。他不知道，也沒想過要到哪裡去。他懷著絕望的，執拗的自信和決心反覆地說：「一切必須在今天結束。」因爲他不願這樣活下去。

　　街道當中停著一輛十分考究的馬車，四周擠了一大群人，站在最前面的是幾個員警。拉斯科利尼科夫盡可能擠進人群，終於看到了那剛被馬踩傷，拖行三十來步遠的人。是在酒館認識的退職的九等文官，他激動不安地大喊：「我認識他，他就住在這兒附近，……趕快去請醫生！我付錢！」

　　醫生解開浸透鮮血的襯衣，整個胸部全都血肉模糊，右側的幾根肋骨斷了。他的妻子抓狂地喊叫：「這個醉鬼，自己鑽到馬蹄底下去的，他把什麼都喝光了。他經常偷走我們的東西，把自己的一生，我的一生，還有女兒的一生全都在小酒館裡毀掉了！」拉斯科利尼科夫從口袋裡掏出所有錢全給了他們，便離開了。

　　「貧窮非罪，但我們受夠了生活的折磨。」有時他覺得自己好像在說胡話，陷入了熱病發作時的狀態。

　　「老太婆算什麼，看來這也是個錯誤，問題不在於她。老太婆只不過是一種病……我想儘快跨越過去……我殺死的不

是人，而是原則……。我只想證明一件事，就是，那時魔鬼引誘我，後來又告訴我，說我沒有權利走那條路，因為我不過是個虱子，和所有其餘的人一樣。」他向索菲雅坦白他是凶手，說他想成為拿破崙……把這一切原原本本地告訴她。她為了父親和家人，犧牲自己，甘願淪為妓女，在苦難中所散發出的光芒。他問索菲雅怎麼辦？索菲雅回說：「應該去受苦贖罪。」並表示哪怕天涯海角都願相隨。他親吻她的腳，哭了。在這個簡陋的屋子裡，黯淡的殘燭照著他們一塊唸著的《聖經》：「信我的人，雖然死了，也必復活。」

拉斯科利尼科夫曾為了逃避這種恥辱，想投河自盡，可是站在河邊的時候，因為自尊心而作罷。為什麼大家都跟我糾纏不休，提醒我說：「罪行，罪行！」他突然出乎意外地發瘋似地高聲叫喊，「我殺了一個可惡的，極端有害的蝨子，殺了一個誰也不需要的，放高利貸的老太婆，殺了一個吸窮人血的老太婆，我不認為這是罪行，也不想洗刷它。」

「大家都在殺人，全世界都在流血，現在殺人，過去也殺人，像香檳酒一樣地流。為此有人在神殿裡被戴上桂冠，以後又被稱作人類的恩主。我想為人們造福，我要做千萬件好事來彌補這一件蠢事，……我只不過是想讓獲得獨立自主的地位，邁出第一步，弄到錢，然後就可以用無比的好處來改正一切。如果我成功的話，你們就會給我戴上桂冠！我只想證明一件事，就是，那時魔鬼引誘我，後來又告訴我，說我沒有權利走那條路，因為我不過是個虱子，和所有其餘的人一樣。」

「我現在為什麼要去自首呢！」

從昨晚起，他上百次向自己提出這問題，可他還是去了。

他鎮靜地往警察分局走去。路上好像有個幻影在他眼前忽然一閃，在離他五十步遠的地方看到了索菲雅。她躲在廣場上一座板棚後面，不讓他看見。這麼說，在他踏上這悲痛的行程時，一路上她一直伴隨著他。這時拉斯科利尼科夫徹底明白，無論命運讓他到什麼地方去，索菲雅將永遠跟著他，哪怕去海角天涯。他的心碎了……。

他曾問索菲雅：「妳覺得我卑賤嗎？為何不罵我，卻擁抱我呢？」

索菲雅回答：「不，你只是在受苦，全世界沒有比你更不快樂的人了！」

拉斯科利尼科夫握著索菲雅給他的十字架，想起她說的話：「我們一同受苦難，也一同掛十字架！」

走廊燈　引經據典

1. 建塔的目的並不是為了從地上登天，而是把天挪到地上來。《卡拉馬佐夫兄弟》

2. 我們有時候感謝某些人，確實僅僅因為他們和我們一起活著。我感謝您，因為我遇見了您。《白夜》

3. 文明只是培養了人的感覺的多樣性，除此以外，別無其他。正是由於培養了這種感覺的多樣性，人大概才會發展到在流血中尋找樂趣。……現在我們雖然認為肆意屠殺是一種醜惡行為，可是我們依舊在做這種醜惡的事，而且還較過去更甚。《地下室手記》

4. 我不明白，當一個人走過一棵樹影婆娑的大樹，怎能不感到幸福呢？當您能跟一個您所愛的人說話，怎能不感到幸福呢！世界上

拉斯科利尼科夫拿懷錶去當，心生殺放高利貸老太婆之念。

拉斯科利尼科夫殺了老太婆及其妹，並藏匿財寶，毀滅罪證。

拉斯科利尼科夫救助被馬車輾死的退職文官，結識其女。

拉斯科利尼科夫幾經掙扎，決定自首。

罪與罰

這樣美好的事物比比皆是，連最不可救藥的人也會認為它們是美的。您不妨看看孩子，看看朝霞，看看正在生長的青草，看看那些注視著您的，愛您的眼睛。《白痴》

頂崁燈　思辨探索

　　這社會為什麼會出現殺人犯？殺人犯的內心如何觀看，解釋動機與行為？犯案後的反思以及人格特質，對人性、罪惡本質的深刻觀想是？

　　為解答這樣一直存在的問題，而有了《罪與罰》這部作品。誠如杜斯妥也夫斯基自言：「我一直在考慮一件事情，那就是我是否對得起我所經歷過的那些苦難，苦難是什麼，苦難應該是土壤，只要你願意把你內心所有的感受，隱忍在這個土壤裡面，很有可能會開出你想像不到，燦爛的花朵。」於是他接下這個苦難的思索，為我們揭開一層層迷惑的霧。

　　卡謬《異鄉人》創造了一個完全疏離於社會的個人主義者，用一己冷漠對抗集體意識的壓迫。杜斯妥也夫斯基同樣以一個被現實摧殘而心靈衰弱枯竭的個人，用行凶表達對社會不合理的抗議和糾正。不同的是，杜斯妥也夫斯基深信，每一個人，甚至是罪大惡極的人，他們的靈魂內也會有所謂「神的火花」，最終在選擇善與惡時的答案時會趨向正義道德，因此小說中的大學生深受強烈的內心折磨，最後在感召下投案自首，以肉體的痛苦化解心靈的折磨。

　　杜斯妥也夫斯基是獨特又濃厚的人道主義者，他一方面透過哲學論辯的獨白與對話，尋根探底什麼是「罪」？為何要接受「罰」？另方面讓讀者看見他如何在設計緊湊的情節裡，進入人性最深層本質的脆弱與瘋狂、光明與黑暗、聖潔與邪惡，碰觸人在生命中注定苦難的

理由。

這部小說充滿戲劇性的激烈內心掙扎，也成爲病態心理、犯罪心理分析研究的對象。這固然與杜斯妥也夫斯基個人癲癇與瀕臨死刑的經驗有關，也是自走出地下室的叛逆者到現實爛泥中的拯救者，企圖尋找答案的方式。因窮而休學大學生，背負媽媽爲他而借貸、妹妹爲她嫁給不喜歡的富人的期待夢想，懷疑自己爲何而活？面對現實，認清現實之後，賦予自我是革命家，認爲社會應透過改革。於是他效法剷除毒瘤，爲全歐洲謀福祉的拿破崙，犧牲少數人造福窮人的原則，用沾滿血汗的雙手，劈死了刻薄勢利的當鋪老太婆，將自己提升利於社會的偉人，以鞏固智慧允許他超越道德禁忌的信念。

「一百個疑點也絕對夠不上一個證據」，小說的張力除卻哲學式的辯證，還在於殺人的理由、過程細節以及心理混亂的衝突。從拉斯科利尼科夫把十字架丟到老太婆身上，到握著索菲雅給他的十字架；從認爲「我不認爲這是罪行，也不想洗刷它」的自我催眠，「我現在爲什麼要去自首」的質疑、混亂、否認，到再一次重新釐清問題不在與他人、外界切割的孤獨寂寞，不在內心的譴責，而是「壞」念頭占據了他。「那時魔鬼引誘我，後來又告訴我，說我沒有權利走那條路，因爲我不過是個虱子，和所有其餘的人一樣。」他所不能忍受，不能理解的是這樣的崩解與完全否定。

杜斯妥也夫斯基對社會改革抱持悲觀的態度，他的焦慮表現在《地下室手記》中：「你永遠不能變成另一個人，即使有時間有信念去變成另一個人，你還是絕對不願意去變。或者如果你願意，你仍舊一步也不肯走，因爲事實上或許沒什麼好讓你去改變的。」

這逼得拉斯科利尼科夫必須重新界定自己，決定如何解決問題。但他茫然不知所措，是那個爲家人犧牲奉獻的索菲雅拯救了他。「愛情使他們獲得了再生，對那一顆心來說，這一顆心蘊藏著無窮盡的生

命的源泉……生活代替了理論，一個完全不同的東西應該在意識裡形成了。」杜斯妥也夫斯基在拉斐爾聖母像前，在母親割捨自己孩子給世界中發現了微笑背後的憂傷，同樣的小說裡的拉斯科利尼科夫和索菲雅彼此發現是受苦的，善良高貴的人。在混沌的現實中，他看見永恆的信念——同情、愛、善拯救世界，承認不該殺無辜的妹妹，接受審判與懲罰。

杜斯妥也夫斯基在《死屋手記》中說道：「監獄和強制性勞動制度是感化不了犯人的……監獄和最繁重的苦役只能在犯人心中助長仇恨」、「奮起反抗社會的罪犯是仇視社會的，他們幾乎總是認為自己無罪，而有罪的是社會。」按基督教的精神，是人透過懺悔、贖罪，最後在精神層面上的復活。拉斯科利尼科夫罪證確鑿，但走出犯罪泥淖的前提，不是判刑，而是洞悉罰的是什麼，以及贖罪的可能性。

拉斯科利尼科夫這個名字中，「拉斯科」在俄文即是分裂之意，顯然作者認為犯罪者即是分裂者，與社會相信的善惡、追隨的信仰分裂的思想者。但他並不想控訴犯罪的行動，而是宣揚善，期待對社會有積極影響。在俄國公民街十九號附近石碑上刻著：「彼得堡此地人士的悲劇命運，作為杜斯妥也夫斯基為全人類熱情宣揚善的基礎。」以惡宣揚善，思考過的善才是真正的善，才是杜斯妥也夫斯基創作最終的意旨。

「我只擔心一件事，我怕配不上自己所受的苦難。」杜斯妥也夫斯基讓拉斯科利尼科夫高高舉起的斧頭敲碎規範，否定既有規範，以創造未來。尼采見此，說：「我讀著讀著，他都在寫我。」儘管所有改革先驅成者為王，敗者為寇，能超越則是超人，否則便是爛泥巴，但這本以苦難寫出對自我、社會的叩問，對人性、罪刑的深思，都讓我們感動而關切所謂罪刑、審判背後更重要的信仰與真理。

問題解讀	問題思考	問題行動	問題結果
要成為什麼樣的人？	現實中的位置在哪？	拉斯科利尼科夫殺死放高利貸的老太婆，象徵粉碎壓迫，對抗權力壓破與現實的絕望、殘虐。	1. 拉斯科利尼科夫自認如拿破崙解救大眾。 2. 在道德、信仰的衝突中，拉斯科利尼科夫審視罪，接受罰，找到另一個新我。

櫥窗燈　震盪效應 ── 相關閱讀

　　莫斯科地鐵以普希金、高爾基、屠格涅夫、杜斯妥也夫斯基、馬亞可夫斯基等文學家命名，顯見這些作家在俄國人心目中的地位，尤其是他們筆下的時代與生命形式，既是哲學的態度，也是生活的寫實。

　　杜斯妥也夫斯基站，灰色為基調的背景中，支柱上的圖案為他所寫小說的內容，黑灰的壁畫是《罪與罰》、《白痴》的謀殺與自殺場景，走到盡頭則是陰鬱嚴肅的作家畫像。月臺上畫了罪與罰故事：牆壁畫黑衣人象徵社會暗處邊緣人，對面走道壁上長翅膀的白色女性，是拯救者。

　　世界永遠存在善與惡、黑與白、正義與罪惡，但偉大的小說不會類型化「好人／壞人」，而是讓讀者陷於人生善惡實難辨的猶豫之間。因此既呈現社會最真實也最黑暗的一面，更重要的是背後所指涉的時代、歷史與人性、道德，那足以拯救沉淪的火炬和複雜的思考。

　　《罪與罰》中，好色自私的七等文官盧任先生、因為酗酒而使全家

沉淪的退職九等文官、棒打殺死馬的無賴、被玩弄撕爛衣服的女孩、為家人而淪為妓女的索菲雅、為兒子捨盡養老金的母親……這些小人物是社會的縮影，是人物的典型。拉斯科利尼科夫代表知識分子、理想主義者，看見比自己弱勢的人便會傾囊以助，即使自己已是窮途末路之人。就是這善良的本性，夢想所宣告的革新，讓從夢想到現實是一段夢想者找尋自我的旅程。

杜斯妥也夫斯基小說的原型是小人物到大都市作夢，帶著心理上的叛逆。回顧俄國走向現代化的過程，正可見小說所鋪陳的大時代原型，讓我們可藉以透視人物在這樣的時空裡所轉動的改變，與所展示的力量。

1769年，瓦特改良蒸汽機之後，由英國展開的機械化生產，快速改變歐洲、美洲，帶動整個世界生產形態與方式、交通、貿易、環境的變化。進入大航海時代後，來自異國的作物以及礦石財富被送進歐洲，繁榮的發展使得人口數出現爆炸性躍升，造成城市興起，鄉村瓦解，貧富差距以及階級流動。

1812年俄國與拿破崙戰爭，1813年亞歷山大一世進軍至巴黎，創造俄國巔峰，享受榮耀。1825年從巴黎攻打拿破崙回來的駐法軍官帶回法國自由思想，與知識分子、貴族宣傳革命起義，在聖彼得宣傳示威，要求制定憲法。結果被沙皇捕捉，六人吊死，上百人送至西伯利亞流放，這鼓動了杜斯妥也夫斯基等作家，也影響十九世紀的俄國改革。

普希金詩呼籲道：「沉重的鐐銬會解脫，監獄會崩垮／自由將在門口歡迎你們，兄弟們把刀劍交予你們。」奧多耶夫斯基回詩給普希金：「我們會用鎖鏈打造自己的刀劍，再度燃起自由之火，攻向沙皇，人們將為之歡呼。」

1850年倫敦市教育博覽會蓋起富麗堂皇的水晶宮，展覽火車等現代

工業發明，讓人們覺得物質便是幸福，工業帶來物質生活，幸福容易達到也容易滿足。但在歐洲國家夾著機械、輪船拓疆闢土之時，1821～1881期間卻是俄國由最頂尖帝國走到沒落，革命抗爭最激烈的時候。

1853年至1856年間克里米亞戰爭中，蒸汽動力的鐵甲船和現代的爆炸性的砲彈第一次被使用，俄國被英國和法國打敗，暴露農奴制的腐朽和落後，迫使亞歷山大二世為了發展工業、強國霸權，在1861年簽署廢除農奴制的法令，規定土地仍然歸屬地主所有，農奴可以出錢向地主贖買一定數量的土地。儘管當時一個女奴的價格是五百魯布，約公務人員一年薪水，但愈來愈多農奴賺錢贖身離開村莊至城市，由工人形成新的社會階級，如契訶夫祖父由工人翻身為商人。但鄉村人口大量移至城市，也引發邊緣人、追求富足、貧富差異等社會問題，藝術家、文學家敏銳寫此社會問題，如杜斯妥也夫斯基小說《白夜》，便敘述自認被所有人拋棄的孤獨年輕人──「夢想者」在浪漫夢想與殘酷現實的衝突之間尋找出路。

工人、商人階級和平民知識分子興起，但貴族地主繼續掌握大量土地，控制國家政權。農民在缺乏土地的情況下，被迫以最苛刻的條件向地主租佃和工役制剝削，飽受封建主義和資本主義雙重壓迫。

農奴制廢除為資本主義發展提供了必要勞動力、資金和市場，固然加速俄國資本主義發展，同時隨著建立地方和城市自治機構，實施地方教育、醫療、保險，邁向現代化。但資產階級既不滿政治上無權，又要依附於地主階級，民粹派知識分子號召推翻專制統治，這股浪潮和反抗力量造成1881年革命者刺殺亞歷山大二世、1905年十月革命，建立世界上第一個宣揚社會主義的國家俄羅斯蘇維埃社會主義共和國。

摧毀傳統建立新世紀的民主從來不是立竿見影，而是歷經漫長歲月的徬徨虛無迷亂、思想結構矛盾衝突的辯證、前仆後繼的革命行動之後，方得以崩解舊有的社會經濟結構，建立革命後的理想。屠格涅

夫、杜斯妥也夫斯基、托爾斯泰的巨作抓住了所處時代的動盪的精神，詮釋出對自我思想的投射、建構社會理念的想像，留駐知識分子對十九世紀俄國由農奴制社會向資本主義社會過渡期間，對現實的批判反省，以及這樣激烈的改革動亂中，俄國人所受的苦難與反抗，內心的糾葛與吶喊，這是他們之所以代表俄國經典，也是其不朽之處。

俄國

安娜・卡列尼娜

俄國小說裡的女性

　　列夫‧尼古拉耶維奇‧托爾斯泰（1828～1910），俄國小說家、哲學家。

　　托爾斯泰家族是古老而富盛名的俄羅斯貴族，但自幼父母雙亡，由親戚養成。1851年隨兄長至高加索當兵，以鮮明而準確的細節寫下《童年》自傳性的小說。

　　托爾斯泰雙重性格促使他終其一生在內心的矛盾中反思淬鍊，在思索人性、生命的意義間建立道德、藝術、社會觀，也讓他從耽溺享受的貴族。晚年受叔本華影響，走向苦行禁慾、躬耕自給的清教徒生活，為農民子弟創辦學校、出版教育雜誌闡發教育理論，並編寫課本。

　　托爾斯泰是俄國寫實文學的泰斗，作品關注俄羅斯社會發展、推翻農奴，解決貧民的方式。他藐視教會權威，反對政府高壓，而成為虔誠的基督教無政府主義者，以論文、劇本宣揚愛和忠誠的人生信仰。因此高爾基說：「不認識托爾斯泰的人，不可能認識俄羅斯。」他也是公認的世界上最偉大的小說家之一，所著《戰爭與和平》、《安娜‧卡列尼娜》、《復活》不僅是深具代表性的經典長篇小說，更深刻影響政治運動，多次被提名諾貝爾文學獎、和平獎。

　　以《戰爭與和平》而言，透過1805至1814年拿破崙六十萬大軍長驅直入莫斯科，雙方奮戰的壯烈場面，交織貴族和農民、軍官和士兵、俄皇和法皇、外交官和廷臣、城市和鄉村生活。這本書既代表俄國生死存亡之戰，表現民族、愛國和民主主義的中心思想，又以極宏大的結構鮮活刻畫五百五十九人，故被譽為俄國史詩。

　　1910年托爾斯泰從莊園離家出走途中患肺炎，客死在阿斯塔波沃車站的站長室，此站後更名為列夫‧托爾斯泰站。

　　幸福的家庭家家相似，不幸的家庭各各不同。

　　奧勃朗斯基和法籍家庭女教師有曖昧關係，跟妻子吵架後的第三天，他照例在早晨八點鐘醒來，回想夢見宴會上大家唱義大利歌，以及身材玲瓏的女人，臉上不禁浮起微笑。他今年三十四歲，是個多情的美男子，妻子比他小一歲，卻已是五個活著、兩個死去的孩子的母親。他現在已不再愛她了，這一層他並不後悔，後悔的是沒有把那件事瞞過妻子罷了。

　　生活放蕩，年資不高的奧勃朗斯基，憑藉妹妹安娜丈夫的關係，在莫斯科官廳裡擔任體面而且俸金優厚的官職。他崇尚自由，認為婚姻制度陳舊，必須加以改革，家庭生活更違反本性，就像此刻他必須強迫自己說謊去向妻子認錯。

＊　　　＊　　　＊

　　伏倫斯基是風采翩翩，沉靜和果決，正奔上宮廷武官燦爛前程的望族。這天，他去火車站接母親，在車廂門口他突然停住腳步，讓路給一位正走下車來的夫人。她濃密的睫毛下閃耀的灰色眼睛親切地盯著他的臉，好像在辨認他一樣。在那短促的一瞥中，伏倫斯基感覺彷彿有一種生命力洋溢在整個的身心，時而在她的眼睛的閃光裡，時而在她的微笑中顯現出來。

　　她是卡列寧夫人，伏倫斯基母親與她坐在一個車廂裡。

　　安娜從彼得堡來莫斯科是為安慰嫂嫂，她勸嫂嫂「他們在家庭和那些女人之間畫了一條不可逾越的界線」，如果是她會選擇原諒。吉娣覺得安娜不像社交界的貴婦人，也不像有八歲

孩子的母親，看上去很像二十來歲的女郎，單純而自信，但心中卻存在另一個複雜的、富有詩意的更崇高的境界，那境界是吉娣望塵莫及的。但她同時納悶這樣的她怎會嫁給大二十來歲的卡列寧，尤其是昨日舞會上伏倫斯基對她熾熱的眼神，那麼直接而強烈，安娜的眼神和微笑中閃動著掩不住的光輝，燙得他情感賁張。

安娜當然感受到了，於是提前匆匆離開莫斯科。暴風雪在火車車輪之間呼嘯，衝擊柱子周圍和車站轉角，雪愈蓋愈厚，就在安娜從暖手筒裡抽出手來握住門柱走回車廂的時候，看到一個穿軍服的男子走近她身邊。

燈火闌珊處，她認出了伏倫斯基的臉孔——她一路上思念的人。

「我沒想到你也來了。你為了什麼來？」她說，鬆開她那隻抓牢車門柱的手。壓抑不住的欣喜和渴望閃耀在她臉上。

「我為了什麼來？」他重複她的話，直視她的眼睛。

「妳知道的，妳在哪兒，我就來到哪兒。」

「我情不自禁」……他說。

在這一瞬間，風把積雪從車頂上吹下來，吹落的鐵片鏗鏘作響，深沉的汽笛憂鬱地鳴叫著，但這恐怖景象在安娜眼裡卻是壯麗的。她沒有回答，他在她的臉上看出了內心的衝突。她為此感到驚惶，也感到幸福的、熾熱的、激動的快感。

當她醒來的時候，天已經大亮，火車駛近彼得堡。家、丈夫和兒子，快要來臨的日子和今後的一切瑣事立刻襲上她的心頭。火車一停，第一個引起她注意的是丈夫的面孔。「啊喲！他的耳朵怎麼會是那種樣子呢？」她想，望著他冷淡而威風凜

凜的神采，她心情沉重起來，她從前一直沒有注意過這點，現在才清楚而痛苦地意識到了這不滿的情緒，並且在心裡惦記著時髦又勇敢的伏倫斯基。

＊　　＊　　＊

彼得堡上流社會是渾然一體的，大家彼此認識互相來往。安娜自從去莫斯科回來以後，頻繁出入交際場所，為的是她在那些地方遇見了伏倫斯基，每次相逢都體驗到一種激動的喜悅。

卡列寧完全相信安娜會永遠愛他，因此看見妻子和伏倫斯基熱烈地談話，並不覺得有失體統，但是旁人的言論讓他第一次感覺到妻子有可能愛上另一個男子，而覺得作為一家之主，應當指出所覺察到的危險，警告安娜，甚至行使他的權力。

面對卡列寧的質問，安娜以罕見的坦率說：「我愛他，我是他的情婦。我受不了你，我畏懼你，討厭你。」

卡列寧感覺到前所未有的痛楚，但繼而一想，離婚只會讓他的敵人有絕好的機會誹謗和攻擊他，貶低他在社會上的崇高地位。另一方面，他更不願意看見她毫無阻礙地和伏倫斯基結合，使得她犯了罪反而有利。他認為安娜遲早會回心轉意，因此決定保持這有名無實的婚姻，期望時間會撫平所有傷口。

安娜拒絕配合，雖然她也覺得自己的處境虛偽而可恥，但她很高興從此不必再撒謊欺騙了。愛情的力量使她幾度衝破世俗的藩籬，去尋求屬於自己的幸福，但自私感和罪惡感立即使她的內心充滿了矛盾和痛楚。安娜心裡翻滾著這樣的獨白：卡列寧毀了她整整八年的人生，他從來沒有想過她是一個活生

生、必須要擁有愛情的女人⋯⋯她曾苦苦努力去愛他，最後只能轉而去愛兒子⋯⋯。安娜認為「上帝既然創造了我，我就必須去活去愛」，何況她懷了伏倫斯基的孩子。

安娜對嫂嫂說：「在我身上發生了奇蹟。我已經熬過不幸和提心吊膽的日子，現在一切都過去了，尤其是自從我們離開彼得堡以後，我實在是太幸福了！」

愛情如同燎原之火，熊熊燃燒起來，情感完全控制了理智。安娜拋棄丈夫和兒子，伏倫斯基放棄在部隊發展的前途，兩人逃到歐洲各地旅遊，並生下女兒。但回到俄國的安娜因為被社交界視為墮落，而被充滿敵意，不屑的眼神和話語刺得遍體麟傷，只好搬到伏倫斯基位於鄉間的莊園裡定居。他們的生活美滿，安娜瀏覽群書，親自安排和設計醫院工程——博得伏倫斯基的愛情和補償他為她而犧牲的一切，成了她唯一的生活目的。

* * *

伏倫斯基動身去參加選舉以前，安娜考慮到每次他離開家，他們都要大鬧一場，這只會使他疏遠她，卻繫不住他，因此下定決心鎮靜地忍受這次離別。但他冷酷而嚴峻的眼光傷了她的心，像往常一樣，總讓她意識屈辱。

「他有權利想什麼時候走就什麼時候走，想到哪裡就到哪裡，不但可以離開，而且可以遺棄我。他有一切權利，而我卻什麼都沒有。⋯⋯他帶著一副冷酷嚴峻的神氣望著我，這表示他開始冷淡了。」無奈的安娜白天用事務，夜裡用嗎啡才能壓制住萬一他不愛她，自己會落得什麼下場的恐怖念頭。在安

娜心裡除了伏倫斯基的愛情，她什麼都不需要了，方法就是離婚，再和他結婚。

當在愛的純潔之中塗抹上其他色彩的時候，這種愛就不再是完美的了。此中沒有是非之分，沒有對錯之分，只有理智和情感不懈的抗爭。雖然伏倫斯基知道安娜的嫉妒是出於愛，他也曾經多少次暗自說得到她的愛情是真幸福，然而現在他卻感到最美好的幸福已成為過去。

安娜一心一意期待伏倫斯基來決定她的命運，隨便什麼事都甘願承當——但內心無比清明地看穿了人生的意義和人與人的關係：一切都以他為中心的她對愛情的渴求愈來愈熱烈，愈來愈自私，伏倫斯基卻愈來愈想逃離，兩人就這樣漸行漸遠。事實上，自己並不是嫉妒，而是不滿足……。愛情一旦結束，仇恨就開始了。假定離了婚，正式成了伏倫斯基的妻子，會幸福嗎，能擺脫痛苦嗎？

這是不可能的！生活使我們破裂，我使他不幸，他也使我不幸，一切辦法都嘗試過了，他和我都不能有所改變。

＊　　＊　　＊

安娜站在鬧嚷嚷的月臺上，極力回想自己為什麼到這裡，打算做些什麼。兩個使女扭過頭來凝視她，大聲地評論她的服裝，站長走上前來，問她是否要去哪裡。「我到哪裡去呢？」她問自己，沿著月臺走到盡頭停下來。

突然間回憶起和伏倫斯基初次相逢那一天，被火車軋死的那個人，她醒悟到自己該怎麼辦了。她望向枕木上鐵軌，決心迎向一列疾駛而來的火車，以懲罰他，擺脫所有人，也擺脫自

己。

　　她拋掉紅皮包，縮著脖子，兩手扶地投到車廂下面，撲通跪下去了。同一瞬間，少女時代和童年時代的回憶，過去輝煌的歡樂、甜美的希望盤踞於心思。她嚇得毛骨悚然：「我在哪裡？我在做什麼？為什麼呀？」她想站起身來，但是巨大的無情的火車撞在她的頭上，從她的背上輾了過去。「上帝，饒恕我的一切！」……。

　　那支蠟燭，她曾借著它的燭光瀏覽過充滿苦難、虛偽、悲哀和罪惡的書籍，比以往更加明亮地閃爍起來，為她照亮以前籠罩在黑暗中的一切，嗶剝響起來，然後昏暗下去，永遠熄滅了。

走廊燈　引經據典

1. 擇你所愛，愛你所擇。

2. 人生的價值並非以時間，而是用深度衡量。重要的不是知識量，而是知識的質量。

3. 幸福存在於生活之中，而生活存在於勞動之中。竭力履行你的義務，就會知道你到底有多大價值。

4. 一個人就像一個分數，他的實際才能是分子，他的自我評價是分母──分母愈大，分數的價值就愈小。

5. 沒有風暴，船帆不過是一塊破布。苦惱是成長不可缺少的條件，沒有苦惱，人便不會了解自己的內心世界，也不會了解自己。在苦惱中探索精神成長的意義，苦惱與悲哀也會隨之消失。

安娜從彼得堡到莫斯科，在車站遇見伏倫斯基，兩人互有好感。

安娜先生卡列寧知道此事，選擇維持婚姻，但安娜拒絕了。

安娜生下與伏倫斯基的女兒，被社會唾棄，搬至鄉下度日。

安娜覺得與伏倫斯基漸行漸遠，走向火車站臥軌而死。

安娜‧卡列尼娜

思辨探索

　　杜斯妥也夫斯基稱《安娜‧卡列尼娜》是「歐洲文壇上沒有任何一部作品可以與之相媲美的、白璧無瑕的藝術珍品。作者本人是空前絕後的藝術大師。」這樣的評論來自作品所關懷的主題，與表現成就。以內容而言，此書呈顯女性對抗整個社會以思想制約的傳統、以婚姻束縛的角色形象，而勇敢地追求愛情，企圖活出自由的行動。以表現手法而言，小說的第一句點出故事在「幸福」的家庭、「不幸」的家庭展開敘述線，而扉頁上的這句語：「伸冤在我，我必報應」，則是整個故事的主旋律。這不僅合乎小說理論中的「契訶夫法則」，亦即「在故事開頭出現過的物品一定要在後來用到，否則它壓根就不應該出現」，同時強烈的顯現選擇與爭取的路上充滿無可逃脫的悲壯性。

　　故事開始於哥哥出軌，安娜特地到莫斯科。她知道嫂嫂委屈，但仍勸說維繫家庭幸福為重。這時候的她毋寧是傳統的，順服的，是合乎社會對女人的期許，尊崇的是理性婚姻，為了名譽不能反抗也不能冒險。及至伏倫斯基出現，他一眼透視安娜的內心，在莫斯科舞會的調情掀起蒙蓋的紗，壓抑的熱情透過微笑眼神表露出來，這讓安娜意識到愛情，一股莫名其妙的喜悅突然湧上心頭。

　　家庭與現實、婚姻與幸福、情人與妻子的衝突之間，越界與相關的人都必須做出選擇。安娜的丈夫卡列寧為了社會地位與面子，選擇繼續有名無實的婚姻。安娜因為伏倫斯基懷孕，而確知自己即使糾結於丈夫、孩子之間，仍必須結束自欺欺人的生活，如同飛蛾撲向野火，割捨一切，也注定被這場愛情毀滅。

　　堅定不移的主角是劇情小說的命脈，其內心執著的情感、守護的真理價值則是推動的力量。它讓人物奮不顧身地投入追求，打破窠臼

對抗世俗而在所不惜。暴風雪中，伏倫斯基的愛情告白照亮了婚姻裡的敷衍無奈，點燃壓抑在義務與社會期待之下的熱情。安娜迎向這降落於愛情玫瑰上的甘露，心靈如乾枯的花瓣，感受前所未有的飽滿生機。

衝突阻礙像激起浪花的巨石，促使面對人生選擇與生命歷程時，深刻反思追求的方向，勇敢地面對真實的自己。而角色對抗阻力時顯現的人格特質、情感思想，在掙扎徬徨痛苦之際所流露的本性，讓故事得以開展出意義，這也是小說之所以觸動人心的哲學啟發點。

表面上，安娜因違反倫理的墮落，受社交界撻伐是應有的報應，實則是這社會無法容得下安娜反抗了貴族的體制。也就是出身貴族者，必須宿命地按照貴族和教會的婚姻制度，因此安娜嫁給卡列寧，接受貴族階層社會的道德規範，而選擇相夫教子作為人生的意義，成就丈夫的光耀為生命價值。因此當安娜為了愛情與心中渴望，放棄婚姻和身為母親的職責，丟下丈夫和兒子，她必然遭到鄙棄的眼光撻伐，嘲諷的語言滅殺。

安娜代表十九世紀被桎梏於為家族顏面或利益的婚姻中，失去自我的歐洲貴族女性，勇於衝出虛偽禮儀，以對伏倫斯基至死不渝的純情來對抗上流社會。但這個世界終究無法拯救這樣純潔的靈魂，找不到解決出口的安娜，在曾讓她洋溢幸福的莫斯科車站，以殉道的決絕方式為這全然奉獻的愛情付出生命，目的是「懲罰他，擺脫所有人，也擺脫自己」。

小說是綜合藝術，悲劇的結尾未必是鼓吹悲劇，而是藝術性手法的呈現，以期讓靈魂昇華。在某些情況下，壯烈的死亡不是結束，而是憤怒的宣示，以傲岸的生存姿態樹立自由的尊嚴，捍衛追求理想的權利。就像杜十娘怒沉百寶箱，是對士人李甲無情背叛的失望、商人孫富以財貨輕賤人格的控訴。安娜也是，她們都以微弱的個人，對抗

整個禮教文化長期籠罩女性的宰制。

問題解讀	問題思考	問題行動	問題結果
愛情是什麼？	女人應被沒有情感的婚姻套住一生嗎？	安娜勇敢地走出家庭，奔向情人。	情婦的身分讓安娜被上流社會鄙棄。
獨立自主的靈魂是什麼？	婚姻中能保有女性原有的特質嗎？	安娜選擇忠於自我的情感，追求全然純潔的付出。	患得患失的情緒、現實的生活與內心衝突，摧毀性靈。

櫥窗燈　震盪效應——相關閱讀

　　有人問托爾斯泰寫作《安娜·卡列尼娜》的念頭是怎樣產生的？

　　托爾斯泰躺在沙發上回答說：「就像現在這樣，飯後我獨自躺在這張沙發上，吸著菸……我不知道我是在竭力思索呢，還是在與瞌睡做鬥爭。突然有一條非常漂亮的貴婦人的光在我面前掠過，我不由得仔細看看這個幻影。接著出現了肩膀、脖子，最後是一個美麗的女人的形象。她身穿白衣裳，她那雙含怨帶恨的眼睛看著我。幻影消失了，可是我已無法擺脫它，它日夜跟蹤著我，為了擺脫它，我必須給它找個化身，這就是寫作《安娜·卡列尼娜》的起因。」

　　其實，這看似偶然卻深刻得讓托爾斯泰像著魔般必須以文字捕捉，以情節詮釋，以理解呼喚的這一眼幽怨背後，固然是大文豪對女性所代表階層的憐憫關切，更是作者長期困於其中，試圖顯影的時代，以及渴望超越，破繭而出的意念。

　　「一切都顛倒了過來，一切都剛剛開始建立。」這句話指的是十九

世紀七〇年代，封建貴族的舊秩序被顛倒了，資本主義制度則剛剛開始建立。在這場史無前例的大變動中，社會制度、經濟結構、風俗習尚、思想意識……無一不受到震撼和衝擊。國家處於轉折關頭，每個俄國人徘徊於十字路口，怎樣對待這場空前的大變動，就成為知識分子無法迴避的問題。

於是有了許多偉大的經典：屠格涅夫《獵人筆記》走入農村生活，顯露農奴們的處境，杜斯妥也夫斯基《罪與罰》看見階級壓迫與經濟剝削問題，契訶夫〈套中人〉反映的是僵化陳腐的封建體制，托爾斯泰的《安娜・卡列尼娜》則是從婚姻的角度呈現女性自主的權利與存在意義。

就如西蒙波娃《第二性》所言：「女性不是生成的，而是形成的」，「女性與全體人類一樣自由而獨立的存在，卻發現自己在這世界上為男人逼迫，不得不採取『他者』（the other）的身分。」這說明女性何以長期不被哲學家、政治家重視，而飽受偏見歧視，何以在傳統思維下被合理消音而剝奪自主，以致孤軍奮戰的安娜必須死亡。

十七世紀彼得大帝西化後，女人看似能透過舞會走出閣樓接觸社會，實則被順服、謙遜、貞節的道德觀框架。再者，父兄包辦的婚姻目的完全在藉以獲得豐厚的嫁妝資產，婚後一切歸屬於丈夫或嫡子。十九世紀初，俄國受德國哲學影響，堅守婦道成為女性完美形象，重視母親教養子女的責任。中、上流階級未婚女性最大的社會責任與人生價值就是「嫁人」，於是穿上如束腹和裙撐架，後半部裙襬加蓬，讓女性如一朵花，走起路阿娜多姿以彰顯性感魅力，好嫁得金龜婿。

俄國男作家作品中的女性形象有兩種基調，一是普希金、屠格涅夫筆下的女性仍屬男主角的陪襯品，如《貴族之家》中的麗莎美麗、內涵、堅強，不願因自己的愛而破壞他人家庭，寧可進修道院孤獨一生。因為對她而言，「愛情不僅是幸福，而且是義務、信任，意識到自

己道義上的責任。」而她的義務是贖罪。

另一是十九世紀中葉，莫泊桑強調女性當追求自我實現的權利，肯定忠於自我的自由之愛，成為俄國知識分子崇敬的女性特質。但在個人、家庭、社會的衝突，社會階層對立間，十九世紀女人走出家庭，走向社會仍是漫長而艱困的路途。契訶夫《帶小狗的女士》與托爾斯泰《安娜‧卡列尼娜》都在遇上情人後，開始產生想追求自己幸福的內心悸動，也都遇見相同的困境，「怎麼辦？怎麼辦？」她們看見未來不可知，卻還找不到新的出路的可能。

隨著工業化帶來的現代化、戰爭革命形成社會結構改變，女性開始擔負工作，其價值也重新評估。再加上教育的推波助瀾，加速成就女性覺醒與獨立，調和生育與勞動生產的角色。1858年官方在聖彼得堡成立第一所女子中學之後，一般女子中學如雨後春筍成立，至1894年已培養萬名女學生學鋼琴表演。隨著推動教育近代化、引進西方書籍，嚴謹的性別界線逐漸淡化。1870年象徵現代化的腳踏車誕生，男女騎腳踏車，女人打扮隨之改變，然而男性顯然不以為然，如契訶夫〈套中人〉：「怎麼回事？老師和女人騎腳踏車，這成何體統？」世界轉變，但男性顯然還無法調整適應改變。

女性主義運動則在蘇聯解體後才逐漸發展起來，而後出現由女性知識分子領導的婦女解放運動，造就出傑出的女性作家。回首女性終於衝破習俗與偏見的限制，可以按照自己意願過一生的這條路，安娜‧卡列尼娜不再是幻影，而是你我：她不再以含怨帶恨的眼睛看著我們，而是欣然自信的歡喜。

俄國

套中人

窮愁潦倒的創作者

安東・帕夫洛維奇・契訶夫（1860～1904），十九世紀末俄國現實主義文學代表，與莫泊桑、歐・亨利被稱為「世界三大短篇小說之王」。

契訶夫祖父曾是農奴，憑藉勤勞和智慧為全家贖身，父親管教嚴厲而粗暴，母親經常敘說自己和經營服裝的父親在俄國旅行的故事，為他的劇作家之路埋下了基礎，因此他曾說：「天賦源自父親，但靈魂源自母親。」

由於父親經營不力，舉家逃往莫斯科避債，獨留在家鄉的契訶夫依靠家教、變賣家裡的物品和在倉庫工作等方式完成高中學業，並獲得獎學金進入莫斯科大學醫學系。這經歷讓他看透現實生活，關心中下階層，寫成短篇小說處女作〈給博學的鄰居的一封信〉。

契訶夫大學畢業時，自己這樣定位是以醫生為職業，寫作只是業餘愛好。起初以書寫幽默而帶有針砭時弊、諷刺社會現象的小品文來維持生活，名聲遠播後，轉向描述勞動者的困苦生活，具批判性、社會性、民主精神，藝術性也不斷提高。

紐西蘭短篇小說家凱薩琳・曼斯菲爾德說：「哪怕法國的全部短篇小說都毀於一炬，只要契訶夫的〈苦悶〉留存下來了，我就不會感到可惜。」隨著作品量與讚譽，契訶夫轉而全力創作。他善於從日常生活中發現具有典型意義的人和事，透過生動的情節塑造出完整的形象，反映當時的俄國社會現況，因此被稱為「日常生活中的現實主義」。

契訶夫透過緊湊結構，生動情節，多樣題材寄託深刻寓意的創作方式，讓小說人物成為具符號性的形象。如代表作〈變色龍〉成為見風使舵、投機鑽營者的代名詞，〈套中人〉是因循守舊、害怕變革者

的典型；〈胖子和瘦子〉、〈小公務員之死〉、〈萬卡〉再現小人物的軟弱和不幸、庸俗和猥瑣。

契訶夫作品的三大特色是對醜惡現象的嘲笑、對貧苦人民的深切同情，以及作品的幽默性和藝術性。他的創作彰顯重大社會課題如〈第六病室〉，猛烈抨擊沙皇專制暴政，是到政治犯人流放地庫頁島考察所見。〈農民〉則真實地描述農民在八〇、九〇年代，極度貧困的生活現狀，表現他對農民悲慘命運的關心同情。

契訶夫後期轉向戲劇創作，主要作品有《海鷗》、《萬尼亞舅舅》、《三姊妹》、《櫻桃園》，曲折反映俄國大革命前夕，知識分子的苦悶和追求。

閱讀燈　細看名著

伊凡‧伊凡內奇和中學老師布爾金躺在乾草上，聊起村長的老婆一輩子沒有走出自己的村子，最近十年間更是成天守著爐灶，只有到夜裡才出來走動走動。

布爾金說，有些人生性孤僻，像寄居蟹或蝸牛總想縮進自己的殼裡，這種人世上還不少。兩個月前，教希臘語的同事別利科夫死了。與眾不同的他只要出門，哪怕在豔陽天出門，也總是穿著套鞋，帶著雨傘，而且一定穿上暖和的棉大衣。他的雨傘、懷錶、削鉛筆的小折刀之類，只要能包裹起來的東西都裝在套子裡，就連他的臉也總是藏在豎起的衣領裡面，好像也裝在套子裡。他戴著黑眼鏡，耳朵裡塞上棉花，每當他坐上出租馬車，一定吩咐車夫支起車篷。總而言之，他把自己包在殼裡與世隔絕，可以不受外界的影響。現實生活讓他懊喪、害

怕，弄得他終日惶惶不安。也許是因爲膽怯或厭惡現實，他總是讚揚過去，讚揚不曾有過的東西，就連他所教的古代語言，實際上也相當於他的套鞋和雨傘，可以躲在裡面逃避現實。

別利科夫把他的思想也竭力藏進套子裡，對他來說，只有刊登各種禁令的官方文告和報紙文章才是明白無誤的。譬如晚上九點後中學生不得外出的規定，或者報上禁止性愛的文章，他便認爲這是很清楚，很明確的禁止。至於文告裡批准、允許做什麼事，他總覺得其中帶有可疑的成分，帶有某種言猶未盡，令人不安的因素。每當城裡批准成立戲劇小組，或者閱覽室，或者茶館時，他總是搖著頭小聲說：「這個嘛，當然也對，這都很好，千萬別鬧出亂子啊！」

凡是違背法令、脫離常軌、不合規矩的事，雖然看來跟他毫不相干，卻惹得他悶悶不樂。比如同事做禱告時遲到了、中學生調皮搗亂，或者時間很晚了，有人看到女學監還和軍官在一起，他就會非常激動，總是說：「千萬別鬧出亂子啊！」教務會議上，他那憂心忡忡、疑神疑鬼的作風和套子論調，壓得我們透不過氣來。他説「某某中學的年輕男女行爲不軌，唉，千萬別傳到當局那裡，哎呀，千萬別鬧出亂子啊！」又說「如果把二年級的彼得羅夫、四年級的葉戈羅夫開除出校，情況就會好轉。」他不住地唉聲歎氣，老是發牢騷。蒼白的小臉上架著一副墨鏡，那張小尖臉如黃鼠狼，他就這樣像蜘蛛般逼迫我們。我們只好讓步，把彼得羅夫和葉戈羅夫的操行分數壓下去，關他們禁閉，最後把他們開除了事。

他有一個古怪的習慣——到同事家串門。他到一個老師家裡，坐下來後一言不發，像是在監視什麼似的坐了個把鐘頭

就走了。他把這叫作「和同事保持良好關係」，顯然，他上同事家悶坐並不輕鬆，可是他照樣挨家挨戶串門子，只因為他認為這是盡到同事應盡的義務。我們這些老師都怕他，連校長也怕他三分。您想想看，我們這些老師都是受過良好教育，有頭腦、極正派的人，可是我們學校卻讓這個任何時候都穿著套鞋、帶著雨傘的小人把持了整整十五年！何只一所中學呢？全城都捏在他的掌心裡！我們的太太、女兒們星期六不敢安排家庭活動，害怕讓他知道；神職人員在他面前不好意思吃葷和打牌。在別利科夫這類人的影響下，最近十到十五年間，全城的人都變得謹小慎微，事事害怕。怕大聲說話，怕寫信，怕交朋友，怕讀書，怕周濟窮人，怕教人識字……。

伊凡·伊凡內奇想說點什麼，他嗽了嗽喉嚨，點起菸斗，看了看月亮，然後才一字一頓地說：是的，我們都是有頭腦的正派人，我們讀屠格涅夫和謝德林的作品，以及英國歷史學家巴克萊等人的著作，可是我們又常常屈服於某種壓力，一再忍讓……問題就在這兒。

布爾金接著說，別利科夫跟我住在同一幢房裡，同一層樓，門對門。在家裡也是那一套：睡衣、睡帽、護窗板、門閂，無數清規戒律，還有那句口頭禪：「哎呀，千萬別鬧出亂子啊！」齋期吃素不利健康，可是又不能吃葷，於是改吃牛油煎鱸魚——這當然不是素食，但也不是齋期禁止的食品。他不用女僕，害怕別人背後說他的壞話。他雇了個廚子阿法納西，老頭子六十歲上下，成天醉醺醺的，還有點痴呆，不過好歹能弄幾個菜。

他的臥室小得像口箱子，床上掛著帳子，睡覺的時候總用

被子蒙著頭。他生怕阿法納西會宰了他，怕竊賊溜進家來，通宵做著惡夢。早晨我們一起去學校的時候，他臉色蒼白無精打采，看得出來要進入很多學生的學校讓他全身心恐慌而厭惡，也覺得與我同行很彆扭。

＊　　　＊　　　＊

可是這個希臘語教員，這個套中人，您能想像嗎，差一點結婚呢！

學校新調來一位年輕史地課教員，他姊姊年紀三十歲上下，個子高挑，身材勻稱，黑黑的眉毛，紅紅的臉蛋，像果凍般活潑，不停地哼著小俄羅斯的抒情歌曲，高聲大笑，動不動就發出一連串響亮的笑聲。校長的命名日宴會上，她雙手叉腰走來走去，又笑又唱，翩翩起舞……動情地唱了一首又一首抒情歌曲，我們大家都讓她迷住了——甚至包括別利科夫。

校長太太、督學太太，以及所有老師的太太全都興致勃勃想撮合他們成一對。彷彿一下子找到了生活的目標，校長太太訂了一個劇院包廂，瓦蓮卡拿著小扇子眉開眼笑，喜氣洋洋，身旁坐著別利科夫，瘦小、佝僂，像被人用鉗子夾到這裡來的。我有時在家裡請朋友聚會，太太們便要我一定邀別利科夫和瓦蓮卡。總而言之，機器開動起來了。

瓦蓮卡本人也不反對出嫁，她跟弟弟生活在一起不大愉快，大家只知道，他們成天爭吵不休，還互相對罵。這讓她一心想有個自己的窩，再說也該考慮到年齡了。我們這兒的大多數女孩只要能嫁出去就行，嫁給誰是無所謂的。不管怎麼說，瓦蓮卡開始對別利科夫表露出明顯的好感。

同事和太太們輪番勸說別利科夫該結婚了，不斷重複婚姻是終身大事，又誇瓦蓮卡相貌不錯，是五品文官的女兒，又有田莊……，說得別利科夫暈頭轉向，認定自己當真該結婚了。雖然他把瓦蓮卡的相片放在自己桌子上，也常去柯瓦連科家，但結婚的決定讓他像得了一場大病，消瘦了，臉色煞白，似乎把自己更深地藏進套子裡。

　　「她是我中意的」別利科夫說道，勉強地淡淡一笑。「我也知道，每個人都該結婚的，但是……這一切，您知道嗎，來得有點突然……需要考慮考慮。首先應當掂量一下將要承擔的義務和責任……免得日後惹出什麼麻煩。這件事弄得我不得安寧，現在天天夜裡都睡不著覺。老實說吧，我心裡害怕：他們姊弟倆的思想方法有點古怪，他們的言談，您知道嗎，也有點古怪。她的性格太活潑，真要結了婚，恐怕日後會遇上什麼麻煩。」

　　就這樣，他一直沒有求婚，反覆估量面臨的義務和責任，同時每天都跟瓦蓮卡一道散步，也許他認為處在他的位置必須這樣做。若不是後來出了一件荒唐的事，很可能他會去求婚的，如此，一門不必要的、愚蠢的婚姻就完成了。

　　瓦蓮卡的弟弟給別利科夫取了綽號叫「毒蜘蛛」，好事者畫了一幅漫畫：別利科夫穿著套鞋，捲起褲腿，打著雨傘在走路，身邊的瓦蓮卡挽著他的胳臂，下面的題詞是：「墮入情網的安特羅波斯。」所有老師和文官居然人手一張神態簡直惟妙惟肖的漫畫。別利科夫也收到一份，這使他的心情極其沉重，臉色比烏雲還要陰沉。

　　五月一日星期日，全校師生要去城外樹林裡郊遊。他的臉

色鐵青，比烏雲還要陰沉。「天底下竟有這樣壞，這樣惡毒的人！」他說話時嘴唇在發抖。

突然，柯瓦連科騎著自行車趕上來了，後面跟著滿臉通紅，快活得騎著自行車的瓦蓮卡。

他問：「是我的眼睛看錯了？中學教員和女人都能騎自行車，這成何體統？如果老師騎自行車，那麼學生就要倒過來用腦袋來走路了。」

他像受到致命的一擊，轉身獨自回家。第二天，他一直神經質地搓著手，不住地發抖，像是病了，沒上完課就走了，這還是他平生第一次。他也沒有吃午飯，傍晚，他穿上暖和的衣服，儘管這時已經是夏天，步履蹣跚地朝柯瓦連科家走去。瓦蓮卡不在家，他只碰到她的弟弟。別利科夫默默坐了十來分鐘才開口說：「有人惡意誹謗，把我和另一位你我都親近的女士畫成一幅可笑的漫畫。我認為有責任向您保證，這事與我毫不相干……我並沒有給人任何口實，可以招致這種嘲笑，恰恰相反，我的言行舉止表明我是一個極其正派的人。」

「作為一個年長的同事，我認為有責任向您提出忠告。您騎自行車，可是這種玩鬧對身為青年的師表來說，是有傷大雅的。這事尚未經正式批准，就不能做。一個女人或姑娘騎自行車——這太可怕了！您還年輕，前程遠大，所以您的舉止行為要非常非常小心謹慎。您經常穿著繡花襯衫出門，上街時老拿著什麼書，現在還騎自行車，這事會傳到校長那裡，再傳到督學那裡……會有什麼好結果？」

「我和我姊姊騎自行車的事，跟誰都沒有關係。誰來干涉我個人的和家庭的私事，我就叫他——滾蛋！」柯瓦連科說時

漲紅了臉。

別利科夫臉色蒼白，站起身來說：「請您注意，往後在我的面前千萬別這樣談論上司，對當局您應當尊敬才是。我是一個正直的人，根本不想跟您這樣的先生交談，我不喜歡告密分子。」

他說著從前室走到樓梯口，「只是我得警告您，我們剛才的談話也許有人聽見了，為了避免別人歪曲談話的內容，惹出事端，我必須把這次談話內容的要點向校長報告。我有責任這樣做。」

「告密嗎？走吧，告密去吧！」柯瓦連科從後面一把揪住他的領子，一推，別利科夫就滾下樓去，套鞋碰著樓梯啪啪地響。正巧瓦蓮卡和兩位太太走進來——這對別利科夫來說比什麼都可怕。他寧可摔斷脖子，摔斷兩條腿，也不願成為別人的笑柄。這下全城的人都知道了，還會傳到校長和督學那裡……哎呀，千萬別惹出麻煩來！——有人會畫一幅新的漫畫，這事鬧到後來校方會勒令他退職……。

他爬起來後，瓦蓮卡才認出他來。她瞧著他那可笑的臉，皺巴巴的大衣和套鞋，不明白是怎麼回事，還以為他是自己不小心摔下來的。她忍不住放聲大笑起來，笑聲響徹全樓。這一連串清脆響亮的「哈哈哈」，斷送了一切，斷送了別利科夫的婚事和他的塵世生活。他已經聽不見瓦蓮卡說的話，也看不見眼前的一切。他回到家裡，首先收走桌上瓦蓮卡的相片，然後在床上躺下，從此再也沒有起來。

他躺在床上，臉色陰沉，緊皺眉頭，不住地唉聲歎氣。他渾身酒氣，那氣味跟小酒館裡的一樣。

一個月後別利科夫去世了，他躺在棺材裡，神情溫和愉快，甚至有幾分喜色，彷彿暗自慶幸自己終於裝進一個套子裡，從此再也不必出來了似的。是啊，他的理想實現了，連老天爺也表示對他的敬意。下葬的那一天，下著細雨，我們大家都穿著套鞋，打著雨傘。瓦蓮卡也來參加了他的葬禮，當棺木下了墓穴時，她大聲哭了一陣。

　　老實說，埋葬別利科夫這樣的人是一件令人高興的事。可是不到一個星期，生活又回到了原來的樣子，依舊那樣嚴酷，令人厭倦，毫無理性。這是一種雖沒有明令禁止，但也沒有充分開戒的生活，情況不見好轉。的確，我們埋葬了別利科夫，可是還有多少這類套中人留在世上，將來還會有多少套中人啊！

　　「將來還會有多少套中人？」布爾金重複道。

＊　　＊　　＊

　　已是午夜，整個村子和萬物都進入寂靜而深沉的夢鄉，望著月色溶溶的寬闊街道、街道兩側的農舍、草垛和睡去的楊柳，內心會感到分外平靜。擺脫了一切辛勞、憂慮和不幸，隱藏在朦朧夜色的庇護下，村子安然歇息，顯得那麼溫柔、淒清、美麗。一望無際的田野一直延伸到遠方的地平線，沐浴在月光中，同樣沒有動靜，沒有聲音。

　　問題就在這兒，伊凡‧伊凡內奇重複道，我們住在空氣汙濁、擁擠不堪的城市裡，寫些沒用的公文，這難道不是套子？我們在遊手好閒的懶漢、圖謀私利的惡棍和愚蠢無聊的女人間消磨一生，說著並聽著各種各樣的廢話，難道這不是套子？

兩人回到板棚裡，在乾草上躺下。正要朦朧入睡，忽然聽到輕輕的腳步聲，吧嗒，吧嗒……有人在堆房附近走動，走了一會兒，站住了，不多久又吧嗒吧嗒走起來……狗唔唔地叫起來。

「這是瑪芙拉在走動」，布爾金說。

腳步聲聽不見了。

伊凡‧伊凡內奇翻身說：「看別人作假，聽別人說謊，你只好忍氣吞聲，任人侮辱，不敢公開聲稱你站在正直自由的人們一邊。你只好說謊、陪笑，諸如此類只是為了混口飯吃，有個溫暖的小窩，撈個分文不值的一官半職！不，再也不能這樣生活下去了！」

十分鐘後，布爾金已經睡著了。這一夜，伊凡‧伊凡內奇不斷地翻身歎氣，後來他索性爬起來，走到外面，在門口坐下，點起了菸斗。

走廊燈　引經據典

1. 人相信自己是什麼，自己就是什麼。
2. 天才不過是不斷的思索，凡是有腦子的人，都有天才。
3. 人應當謙虛，不要讓自己的名字像水塘上的氣泡那樣一閃就過去了。
4. 幸福的人之所以感到幸福，只是因為不幸的人們在默默地背負著自己的重擔。
5. 受到痛苦，我就叫喊，流眼淚；遇到卑鄙，我就憤慨；看到骯髒，我就憎惡。在我看來，只有這才叫生活。

逃避現實的別利科夫把自己縮進殼裡，與世隔絕。

別利科夫信仰官方禁令，執行他認定的人際關係。

眾人簇擁別利科夫結婚，他為此困惑憂心，並被漫畫嘲諷。

別利科夫死了，眾人還活在套中。

思辨探索

　　契訶夫是將俄國文學由寫實帶到現代主義的作家，托爾斯泰推崇道：「他就像印象派畫家，看似無意義的一筆，卻出現了無法取代的藝術效果。」他不以曲折的情節吸引人，而著重人物性格所形成的衝突與矛盾；不以誇張的文字技巧炫耀才華，而追求嚴密緊湊、具體準確的描寫，直截了當點出人物的性格，其簡潔有力的筆鋒，在日常生活創造永恆，深深地影響了之後的作家。

　　十九世紀末期，俄國農奴制度崩潰，馬克思主義與工人運動逐漸展開。沙皇亞歷山大三世面臨日益高漲的革命情勢，實行恐怖統治，瘋狂鎮壓百姓，全國頓時籠罩於陰沉鬱悶的氣氛中。

　　當過醫生的契訶夫拿起筆，以敏銳的目光解剖當時社會，於1898年寫下這一充滿辛辣嘲諷的名篇。他透過別利科夫這個生活和思想上都在固定框架中的角色，指責扼殺生機的沙皇專制制度，鞭撻造成這種畸形現象的大環境，諷刺官場與知識界的衛道者、擁護沙皇統治，死心捍衛政府法令，精神僵化，阻礙社會發展的頑固之人。

　　〈套中人〉沒有離奇複雜的情節，卻深刻揭示那個社會對於人性的壓迫與戕害。別利科夫套雨鞋、帶雨傘、穿棉大衣，所有東西都裝在套子裡，連他的臉也蒙入大衣，坐馬車一定把車篷支起來……，這個安全的套子是他抵擋恐懼的外在表現。他視法令、報紙上的條文為金科玉律，把思想套入無形的套子。非但如此，他還憑藉套子的威力，形成對身邊人的震懾力量，是以柯瓦連科為他取了「蜘蛛」的綽號，象徵他像蜘蛛一樣，扼殺弱小者的生機，使人不敢反抗。他的作為又正如蛛網般，纏得人透不過氣來，被他捕獲的獵物必然得手，例如他討厭的學生，大家只好開除了事。

　　「千萬別鬧出什麼亂子」是他的口頭禪，也是他的生活態度。

內心孤僻保守，頑固維護舊制度，害怕變革的別利科夫，整日戰戰兢兢。他既奴役別人，也接受奴役，整日生活在害怕打破舊制度的惶恐中，內心充滿矛盾。

眾人慫恿他跟熱情奔放的瓦蓮卡結婚，雖帶著看熱鬧的成分，卻是打碎一池死水的石頭。或許作者有意以此改變別利科夫的生命，為他的生活帶來一點生氣，但他一方面行禮如儀地約會、擺出照片，另一方面卻陷入更巨大的不安寧和極度緊張。顯然長期生活在套子裡的別利科夫，是徹頭徹腦不願接受改變，沒有勇氣活在現實裡的人。

契訶夫的作品「文短氣長」的簡潔關鍵，在形象化的人物塑造及開門見山的創作筆法。在結構上，小說開頭以村長老婆整天守著爐子，從沒有出門並非稀有的現象，概括出社會風氣頑固保守，既深化主題又因同質性，順理成章引出別利科夫。進入別利科夫故事時，作者先宣告他的死訊，引發讀者的好奇心，緊接著描寫他和周圍人們的種種矛盾，最後寫出他的悲劇下場。結尾處，作者借美好的月夜，寧靜的氛圍，烘托出對幸福和自由的渴望。然而在寂靜美好的月夜下，卻響起了瑪芙拉「吧嗒，吧嗒」的腳步聲，意謂套中人還沒有絕跡。

本文特色是大量運用諷刺手法。首先以誇張的筆墨為別利科夫畫了一張惟妙惟肖的漫畫，捕捉了他的外部特徵與內在性格，凸顯其迂腐可笑。其次，別利科夫的臥室像一口箱子，門窗緊閉，床上掛著帳子，他蒙著被子做著惡夢。這兩個畫面分別揭示他頑固保守的怪癖，和在他內心的虛弱。再者，尋常的騎自行車，他卻視之為失禮而憤怒，甚至專程找瓦蓮卡的哥哥理論，對比出其荒謬絕倫的思想，顯出強烈的矛盾。

作者還運用反語極其辛辣地嘲笑別利科夫道：「他躺在棺材裡，神情溫和愉快，甚至有幾分喜色。」這個套中人活的時候行屍走肉失去靈魂，死了，反倒有了人該有的神采。作者接著指出他「彷彿暗自

慶幸終於裝進一個套子裡，從此再也不必出來了似的。是啊，他的理想實現了！」這辛辣的諷刺暗示只有棺材才是別利科夫應該去的地方，而死亡，也應當是所有套中人最好的結果。

契訶夫曾說：「世界上沒有一個地方像我們俄羅斯這樣，人們受到權威如此壓制，俄羅斯人受到世世代代奴性的貶損，害怕自由……我們被奴顏婢膝和虛偽折磨得太慘了。」別利科夫代表高壓統治的精神枷鎖，人們沒有勇氣抗爭搏鬥，所以受他轄制，對這個神經質的、變態的套中人妥協讓步，因此也被迫某種程度地鑽進「套子」之中墨守成規。如同作者透過伊凡內奇所說：「寫些無聊的公文，玩紙牌，──這一切豈不就是套子嗎？」這樣的生活養成人的惰性、懶散和無聊。作者深刻洞察俄國人民心理特性，傾注筆墨加以表現，這是他創作中的重要主題之一。

別利科夫既象徵那個吞沒一切的黑暗環境，同時也是那個黑暗社會的犧牲品。別利科夫不是個別現象，而是社會現實的普遍反映，所以他雖然死了，但是生活周遭還有多少套中人？禁錮社會、束縛人們思想的套子依然存在，阻礙社會進步，僵化陳腐的思想依舊。要透過現實困境看到突破困境，要想獲得真正的自由，讓生活有新的氣象，就必須認清現實。「不成，不能再照這樣生活下去啦。」無法忍受這一成不變的平靜和漫無目的的生活，想要過真正的生活，這正是契訶夫的寫作動機，也是這篇小說的主題意識。

問題解讀	問題思考	問題行動	問題結果
套子是？	1.誰設套子？ 2.我們都是套中人？ 3.如何脫離套子？	1.別利科夫把身心裝入套子裡，思想行為依循法令規範。	1.棺木的他，神情溫和愉快地如願在套子裡，不必出來。

問題解讀	問題思考	問題行動	問題結果
		2.人們每天寫些無聊公文，玩紙牌的眾人，過著敷衍的生活。 3.「不成，不能再照這樣生活下去」的自覺。	2.部分人覺醒的會走出套子，部分沉淪於其中。

櫥窗燈 **震盪效應 —— 相關閱讀**

　　1917年爆發兩次俄國革命，二月革命推翻沙皇尼古拉二世，十月革命建立蘇維埃政權和由馬克思主義政黨領導的社會主義國家。契訶夫期待的新世紀來臨了，但他並沒有見到這農工掀起的改變，土地國有化，地主被趕走，按勞動定額或消費定額把土地分配給勞動者。

　　不過，契訶夫已在他的作品，他的文字中勾勒這樣的願景與沉悶的問題結構，實踐走入最需要的地方解決問題。因為「如果我是病人，就需要醫生和醫院；如果我是文字工作者，就需要生活在人民中間。」1892年，身體欠佳的契科夫離開莫斯科，遷到鄰近的莊園，經濟拮据的他因為必須為錢工作而痛苦煎熬，唯一慶幸的是他能為農民免費治病、預防霍亂，參與救濟飢民、興建學校。

　　契訶夫常說：「我無法忍受這一成不變的平靜和漫無目的的生活」、「看不起所有一切無所事事又無所事的生活」、「面對新挑戰，就有可能產生新幸福」。在《櫻桃園》這本敘述十九世紀社會變動的小說裡，女地主不知如何經營莊園，導致被家奴隸經商的兒子而

購下，這是典型的主人沒落，新的主人是下層階級；商人興起，貴族沒落的狀態。當女地主臨走前感傷美好回憶像昨日時，她的女兒說：「不必傷心，走出去，整個俄國都是我們的櫻桃園，都是幸福美好寄託之處。」離開時大學生說「再見，舊生活」，女兒說：「你好，新生活！」

　　契科夫認為對人生困境永遠懷抱希望，面對新挑戰就可能產生新幸福。無數精彩的生命都因為不屈服環境的意志與熱情而激起輝煌。荷蘭的維梅爾四十三歲留下了累累債務，淒涼離世，那戴珍珠耳環的女孩、在窗前讀信的女孩、倒牛奶的女僕……讓人們看見十七世紀荷蘭臺夫特市民的日常生活，以及明暗之間細膩的韻味。一個一生中只賣過一件畫的梵谷，因窮困的壓力與情感的糾結逼進精神病院，割去耳朵，三十七歲舉槍在麥田自盡，驚起滿天烏鴉，留下的每朵向日葵都昂然驕傲地散發飽滿的陽光。莫內舉債度日，整整一個星期，屋裡都沒有生爐火，若非朋友送來麵包險些餓死，更殘酷的是，畫作被巴黎官方沙龍貶得一文不值。正因為忍世人所不能忍，而成為捕捉綺麗光影的大師，他把生命裡殘酷無情的刀鋸，化為〈印象・日出〉與〈睡蓮〉流動時間的心情。

　　四十歲時英年早逝的卡夫卡，夾處在猶太人、說德語的奧地利人、說捷克語的捷克人身分認同之間，所有重要作品如《變形記》、《審判》、《城堡》都發表於死後。人們無從想像在律師身分下，那個異化的孤獨，隔閡衝突的生命是如何撕裂他的心靈，但都不會忘記變成甲蟲的存在與虛無。

　　君子疾沒世而名不稱，但那往往是身後名，是無法親眼等到，見到的光環。美國的短篇小說先鋒之一的愛倫・坡寫〈烏鴉〉一詩的稿費僅九美元，赫爾曼・梅爾維爾當過銀行小職員、農場工人、皮貨店小夥計、農村教師、上貨輪、捕鯨船漂泊，臨終時出版的《白鯨記》，七十

年後才獲得社會大眾廣泛的重視。

　　《聖經》上說：「粒麥子如果不落在地裡死去，它仍然是一粒，如果死了，就結出很多子粒來。」一生窮困潦倒，為了還債和生存不斷寫作的巴爾札克，以苦難所給予的靈感，創作《人間喜劇》；生前陷於債務的杜斯妥也夫斯基，將「侮辱與被侮辱」的爛泥裡的辯證、對抗、思索寫成《地下室手記》。

　　或許你會問他們為何選擇寫作、堅持繪畫？為何讓自己過得如此窮愁潦倒，如此狼狽艱苦？他們死前是否會後悔？

　　杜斯妥也夫斯基的墓誌銘上寫著：「愛惜自己生命的，就喪失生命，在這個世上恨惡自己生命的，就要保守生命到永恆。」這意味，不粉碎舊我就無從產生新我，如果不將自己逼至絕境，就無法對生活有了更深刻的理解與感受。褚威格在描述巴爾札克、狄更斯、杜斯妥也夫斯基《三大師傳》裡說道：「他們不想留在任何地方，甚至也不想留在幸福之中，他們永遠向前奔走……他們對這個世界一無所求。」

　　或許這是答案，千百年後的人類能因為他們看見那個時代，聽見偉大的信念，感受心裡震撼的哲思，那麼所有的血淚都將綿延不止的精神力量。

印度

在加爾各答路上

印度社會階級、婚姻習俗與
宗教文化

　　羅賓德拉納特·泰戈爾（1861～1941年），孟加拉族人，印度著名詩人、哲學家、社會改革家。1913年，以《吉檀迦利》成為第一位獲得諾貝爾文學獎的亞洲人，被尊印度詩聖。

　　泰戈爾出生於東巴基斯坦加爾各答富裕家庭，屬婆羅門階級，父親創婆羅門新教派鼓吹宗教改革運動，十二歲喪母後傷悲逃學，家庭教師教導誦讀經典奠定文學基礎。十七歲入英國倫敦大學，回國後從事創作，晚年遊歷歐美、中國、日本各國，並在各大學講演，引起一陣旋風，與徐志摩、林徽因成為莫逆之交。

　　被許多印度教徒視為聖人的泰戈爾，作品中含有深刻的宗教和哲學的見解。源於古印度梵天哲學，融合西洋哲學和基督教義而創造出東方的現代思想，使他痛斥西方物質主義，帝國破壞東方古代精神文明，提倡森林文明，反對印度階級制度。因此在故鄉創建國際學校（維斯瓦·巴拉蒂大學前身），人人都可自由入學，來自全世界各地的人在露天下切磋交流，接近大自然。同時設實驗村，實踐其社會經濟理想。

　　面對英國殖民壓迫，他拒絕了英國國王授予的騎士頭銜，並與羅素、羅曼·羅蘭在巴黎組「光明團」，推行非戰運動，追求印度獨立，世界和平。今日印度的國歌及孟加拉的國歌，均出自泰戈爾之手。

　　著作等身的泰戈爾，大部分作品以孟加拉文寫，少數是英文，除《新月集》、《園丁集》等詩集、劇作、散文，一生創作了近百篇短篇小說，四部中篇小說，八部長篇小說，是印度近代中短篇小說的開創者，被譽為「世界上最偉大的小說家之一」。小說題材多取材於孟加拉河流域，抨擊殖民主義統治，具強烈民族意識；斥責印度社會階級制度與習俗，追求自由平等。人物皆出身貧窮或家道中落，身處絕境，但懷抱理想主義，不惜自我犧牲，勇於奮鬥，以愛表達真諦。

　　我在霧氣濃重的陰天到達印度東北邊境塔吉林，吃過早飯後，穿上大衣和靴子照例出去散步。這時，天空裡下起綿綿細雨，山巒虛無縹緲如畫家。當我獨自沿著加爾各答路漫步，突然聽見女子哽咽的聲音，彷彿是一個快悶死的世界在抽泣。從她心靈深處發出的哭聲就像是一個人經過了長期的冒險後產生了厭倦感，而突然來到這雲靄籠罩的山旁，處於極度的孤獨之中。

　　我問她是什麼人，為何哭泣。起初她不肯回答，只是含著眼淚望著我。我叫她不要害怕，她微笑了一下，用印度語說：「我早已不再害怕，也不再保留什麼羞恥心了。先生，我也曾是守在閨房中，即使是自家兄弟也要先獲得允許才可以走進我房裡來。可是現在，我在這外邊廣大的世界裡，倒不再蒙上面紗了。」女子的頭髮蓬纏著凌亂，盯著我的臉說：「我是巴蕨蘭地方首長迦提汗的女兒。」

　　巴蕨蘭在什麼地方？首長的女兒怎會變成苦行者，坐在加爾各答路上拐彎的地方抽泣？我對她逐漸發生興趣，於是很慎重地向前行禮，問道：「公主，妳怎會落得這般田地？」

　　公主用手撫著前額說：「我怎能說是誰使我這樣。——是誰把這座山隱藏在雲靄中呢，你能告訴我嗎？」

　　這時，我無意談哲學問題，便順口說：「真的，公主，誰又能了解命運的神祕呢？我們只不過是渺小的蟲豸罷了。」

　　她說道：「我一生的奇異羅曼史在今天剛剛結束。如果你願意聽，我就全部說給你聽。」下面就是她的故事：

在我父親的血管裡，流著德里（回教徒所建印度帝國之首都）皇族的血液，因此我很難找到一個合適的丈夫。有人替我作媒，把我說給龍克諾地方首長，可是我的父親遲疑不決。就在這個時候，土著兵叛變，血洗印度東北部。

我生平從來沒有聽過，從一個女人嘴裡講出這樣完美的東北部印度語。我知道那是王侯將相的語言，她的語調具有一種魔力，能在這英國式的山隘驛站的中央，彷彿看到白雲石宮殿穹窿的圓頂，還有披著華麗鞍座的駿馬，巨象上富麗頂蓋的座位，隨行朝臣戴著色彩燦爛奪目的頭巾，佩飾美麗的彎刀，穿著瀟灑的飄飄然的絲綢袍子，以及具有無限莊嚴堂皇的儀仗。

公主繼續講她的故事：

我們的城堡在清納河畔，由一名叫凱先佛‧賴爾的婆羅門教祭司執管。每天清晨，我從我閨房的窗格中，看見他用河水獻祭太陽，坐在河岸的雲石石階上默誦著聖詩，而後唱著清麗悅耳的宗教歌走在回家的路上。我是回教女孩，可是宗教是進不了閨房。不知怎的，我卻非常渴望精神的事物，那種虔誠產生一種不可言喻的甜美感，使我覺醒的心從此嚮往婆羅門教。

聽女侍僕講述婆羅門教神明巍峨的形象、寺廟裡迴盪的鐘鼓聲、鍍金的尖塔與輝煌的神座、獻給神明的檀香和鮮花的香氣、婆羅門教徒的聖潔以及神仙下凡的種種傳說，在我腦海浮現一個廣大無邊的幻境，我的心在這理想世界中飛翔翻騰。

印度的婆羅門教徒和回教徒爭奪印度巴基斯坦寶座的戲碼又重演了，那些宰食神牛的白臉人非從雅利安人的土地上被趕走不可了。父親大罵英國人，卻又怯於應戰，甚至為自保而準備加入叛兵。握有全軍指揮權的凱先佛‧賴爾不以為然，領著

他那一小隊人，用不起作用的槍和生鏽的刀劍準備迎戰。我把身上所有的裝飾物都取下來，暗中派信奉婆羅門教的女侍僕交凱先佛‧賴爾當軍需費。

當我偷偷換上兄弟的服裝溜出閨房，戰火已停，恐怖的平靜和死亡的氣息籠罩著大地和天空。帶著父親向英國人告密的愧疚，午夜時分我在芒果林中找到躺在地上的凱先佛‧賴爾，他的忠僕屍體橫躺在近旁。我抑壓不住暗中滋長的敬意，用垂下的髮辮拂去他腳上的塵土，把前額貼在他冰冷的腳上，眼淚湧流而出。就在這個時候，凱先佛‧賴爾輕聲喊了一聲痛。我趕緊從身上撕下一條布，把他那從左眼到頭額一道深深的刀劍傷口裹住，並餵了幾次水。他慢慢地清醒過來了。我告訴他：「我是你的奴僕，迦提汗首長的女兒。」

不料他一聽到我的名字，就大聲喊道：「賣國賊的女兒！不信神的人——在我臨死的時候，妳竟來汙辱我一生。」說著，他朝我的右頰猛揮一拳，我立即暈倒，眼前一片昏暗，什麼都不知道了。

那時我不過十六歲，生平第一次跨進外面的世界，我理想世界的神明竟給我這樣的禮遇，這對我而言是極大的打擊。我遠遠的對這泰然自若的婆羅門戰士行了個頓首禮，心中暗言：「你竟不肯接受下等人的效勞、異教徒的食物、富人的金錢，以及年輕女子的青春與愛情！你竟這般高傲，孤立在人群外，獨行其是——要超越塵世的一切汙濁。我連想把自己奉獻給你的權利都沒有。」

他冷漠的看我用頭觸地對他行禮，而後自己慢慢支撐坐起來，上了船，解開纜繩，隨水流而去。

當時我有一股強烈的衝動，要把自己像一朵被摘下來尚未開放的鮮花，投身在清納河裡，把我所有的愛情和青春，以及被拒絕的敬意，一起獻給載凱先佛‧賴爾的小船。但我終究沒有這樣做，這時月兒漸漸升起，清納河對岸有一排黑色的樹影，暗藍的河水靜謐無聲，遠方有芒果樹叢的地方隱然若現我的城堡──這一切對我而言都像在唱著無聲的死亡之歌。順流而下漂往絕境的那條小船，牽引我邁向人生的道路，在這寧靜的月色裡，我從美麗的死亡之懷抱中走了出來。

我神志昏然的沿著清納河行去，似乎走過一片曠野，卻沒有方向。我很難記起我在那沒有人跡的陰影中流浪多久，起初，許多障礙絕不是一個在閨房裡長大的我所能克服的，不過現在回頭看，只要有到外面世界的機會就會找到一條路，會引導人們走向自己的命運中去──不管那是盤旋曲折而漫長的路，或是一條充滿歡樂與哀愁困頓的路──總是一條路。

漂泊歷程中所經歷的困苦、危險和侮辱愈是燃燒，我就愈亢奮，但等那無上快樂與悲慘的火焰熄滅時，我就精疲力盡的墜落塵土中。我的飛行到今天結束了，我的故事講到這裡也完了。

她停止說話。

這不能算是一個適切的結尾，因此我用結結巴巴不標準的印度話跟她說：「恕我無禮，公主，如果妳能否把故事的結尾講得再清楚一些。」

首長的女兒微笑了一下，繼續說道：

我聽說凱先佛‧賴爾加入反抗政府的隊伍，神出鬼沒，不知去向。於是我穿上苦行者的服裝到菲納斯一邊學習梵文經

典，一邊打聽戰爭的消息。

不列顛的維多利亞女王終於消滅了印度東北全境內的叛變餘燼，此後，我再也得不到有關凱先佛・賴爾的消息。遠在天邊的紅光裡，那時隱時現的人影突然沒入黑暗中。

於是我從這一聖地到那一聖地，挨戶挨家去找凱先佛・賴爾。少數幾個認識他的人不是說他死於戰場，便是說他死於戒嚴令下，但我深信他絕對不會死，婆羅門熊熊的火焰絕不會熄滅。

一個難以親近的祭壇仍然在燃燒著聖火，等候我把生命和靈魂作最後一次的奉獻。

婆羅門教的經典中有一個先例：下等人可憑苦行的力量變成婆羅門階級，可是從來沒有人討論過回教徒是否能變成婆羅門階級。我非得先變成婆羅門階級，才能和凱先佛・賴爾在一起，因此我知道必須忍受長期的分離。

就這樣過了三十年。

我在心理和生活習慣上都已經變成婆羅門教徒了，我自認祖母遺傳給我婆羅門的血液，在我的血管裡淨化了，在我的四肢中湧流。當一切準備妥當，我就會毫不猶豫，在精神上把自己奉獻給青春時期所遇到的婆羅門信徒——也是我的世界中唯一的婆羅門信徒——的腳下。那時我將感到榮耀的光圈圍繞在我的頭上。

我常聽到人們談起凱先佛・賴爾在叛變戰爭中的英勇故事，但使我始終難以忘懷的卻是載著凱先佛・賴爾的擺渡船，順著月光照亮的清納河平靜漂流而去的身影。不分日夜，我都彷彿看見那條船朝著沒有路徑可尋的廣大神祕中航去，既無伴

侶，也無侍僕——他是不需要任何婆羅門信徒，是一個自我完全主宰的婆羅門信徒。

我最後得到的消息是——凱先佛・賴爾為逃避懲罰而越過邊境，潛入尼泊爾。我一路間關到達尼泊爾，探詢很久後才知道他幾年前已離開尼泊爾，不知去向。從此，我便在山林中跋涉探詢，小心翼翼的在不丹人和萊泊契人異教徒中保持我純潔的宗教生活，以避免玷汙。

就在今天早晨，在分開了三十八年之後的今天早晨，我遇見了凱先佛・賴爾。

她突然停了下來，沉吟許久說道：「我看見年邁的凱先佛・賴爾在不丹一個村子的院子裡撿麥子。他的不丹老婆在他身旁，他的子孫圍繞在他的四周。」

故事講到這裡完結了。

我覺得我應該說幾句來安慰她——於是說道：「這個人因為害怕丟了性命，不得已藏身異教徒中，一連三十八個年頭了——他怎能保持他的宗教純潔而不汙染呢？」

首長的女兒回答說：

經過這樣的滄桑變遷，這一切我還會不明白嗎？可是這麼多年來我一直活在錯覺中。這個婆羅門教徒偷走了我年輕的心，我從十六歲就把身心和青春全都獻給他。我以為崇拜他就是永恆的真理，還曾為自己的虔誠而顫慄，但他卻狠狠地賞我一拳。啊，婆羅門信徒呀，你已接受另一種習慣來代替從前的習慣，我呢，怎能得到另一個生命和青春來代替我那已消逝的生命和青春呢？

她說完這句哀感的話後，便起身以婆羅門教徒的告別語

說：「納瑪斯迦‧巴婆契。」（再見了）接著立刻改變口氣以回教徒的告別語說：「沙拉穆‧沙西普。」（再見了）

她以這句回教徒的告別語，永遠告別那些已埋葬在塵土中的婆羅門的理想之殘骸，在我還來不及再說一句話時，她就已經消失在喜馬拉雅山巒中灰白的濃霧中了。

我閉上眼睛，一幕幕故事演變的情景掠過腦海──十六歲的少女，望著那個婆羅門教徒在清納河中，向清晨的太陽行奉水禮；苦行者打扮的悲哀女子，在某寺院的長明燈下行著晚禮；希望幻滅的佝僂的老婦人，在塔吉林的加爾各答路上哀泣。兩種氣質不同的血液混合在一個女人的體內，形成悲哀的樂曲，以聲調極為莊嚴的語言道出這個故事，這一切使我深深感動。

走廊燈　**引經據典**

1. 我無法選擇那最好的，但那最好的選擇了我。
2. 若你因為錯過太陽而哭泣，那麼你也將錯失繁星。
3. 我的心是曠野的鳥，在你的眼睛裡找到了它的天空。
4. 只管走過去，不要逗留去採花朵來保存，因為一路上花朵會繼續開放。
5. 長日盡處，我站在你的面前，你將看到我的疤痕，知道我曾經受傷，也曾經痊癒。
6. 有一個夜晚我燒毀了所有的記憶，從此我的夢就透明了；有一個早晨我扔掉了所有的昨天，從此我的腳步就輕盈了。

首長的女兒愛上婆羅門英雄。

婆羅門英雄參與反政府軍，首長女兒以苦行者的方式四處尋找。

首長女兒捨回教信仰，皈依婆羅門教，期待被接納。

再度見到當年心儀的英雄，已隱姓埋名於不丹結婚生子。

思辨探索

　　泰戈爾七十二歲在完成的最後一部小說《四章書》中寫道：「男人與女人之間的愛情的性質與發展，不僅取決於男女愛人的個人特徵，同樣受到周圍環境的作用與影響。」這意味儘管小說以愛情為主線，但作者隱藏於其底層的政治社會環境，才是觀察的重點，寄託的用意。

　　以這個閱讀角度分析〈在加爾各答路上〉，以作者故鄉為事件發生起點的小說，第一層見到的是十六歲少女的青春之愛慕，之死靡他的浪漫與為愛走天涯的苦行者形象，讓悲劇力量形成莫大的感動。這是泰戈爾在小說中常歌詠的主題，他說：「上帝派遣婦女來愛這個世界。她奉上帝的使命來做個人的保護者，她能把殘暴的愛移向美的完全創造。」因此首長女兒表現的愛與作為，無論是內心渴求愛的糾結或犧牲，都象徵真善美與維護建立美好世界的基石。但如此聖美的靈魂終將無法被珍惜，一生呵護的純潔精神，追求的理想境界就在親眼所見的尋常家庭畫面中粉碎。

　　英雄成了白髮老人，擊殺敵人的雙手拿的不再是刀劍，而是麥子。為了這份愛，徹底放棄回教徒而成為忠誠的婆羅門教徒，但偶像卻苟延殘喘成了異教徒。誰能還首長女兒的青春？誰能告訴她苦苦追求真理信仰是否值得？

　　第二層見到的是婆羅門教徒凱先佛・賴爾，他代表印度對抗英國的反動力量、捍衛國家民族的英雄。透過人們口耳傳說的勇敢事蹟、首長女兒投射情感想像的唯美鋪陳，和宗教式狂熱的渲染，以及奮不顧身離家出走三十八年，無怨無悔，鍥而不捨千里跋涉的迷戀，層層將凱先佛・賴爾推向神聖、理想的境界。泰戈爾生活時期，恰好是英國殖民印度時期，因此小說以印度東北抗暴、英國殖民慘狀為背景，

將凱先佛‧賴爾塑造成反殖民的民族英雄、捍衛真理永不妥協的巨人，讚美他「高傲，孤立在人群外，獨行其是——要超越塵世的一切汙濁」，以寄託反抗壓迫的強烈願望與愛國意識。

第三層見到的是喪失民族性的婆羅門信徒，深深表達對某些印度人的諷刺與失望。象徵婆羅門熊熊火焰的英雄凱先佛‧賴爾，被眾人讚賞懷念的抗暴領袖，竟成了逃避懲罰，越過邊境，潛入尼泊爾、不丹的亡命之徒；竟為苟活而喪失志節，改變信仰，成為平庸的俗世之人。「我看見年邁的凱先佛‧賴爾在不丹一個村子的院子裡撿麥子。他的不丹老婆在他身旁，他的子孫圍繞在他的四周。」是對懷抱對於祖國的熱愛和對於愛情的渴望者狠狠的一擊，滿腔的熱情與對永恆真理的堅持，都化為椎心的憤恨與苦痛。

第四層看見的是泰戈爾詩一般的語言，追求精神澄澈的激情和印度對宗教的謙卑信仰。小說中分別在首長女兒與我的記憶中，向清晨太陽行奉水禮的婆羅門教徒、隨水流而去的背影，充滿神祕的美感。末段我腦海浮現的十六歲少女、苦行者打扮的悲哀女子、希望幻滅的佝僂的老婦人，以三個時空下的狀態並列出殘酷而又心動的生命歷程，相同的是勇敢追求愛的行動、對心靈契合的執著。對這樣的女子，作者忍不住於末句：「她以聲調極為莊嚴的語言道出這故事，這一切都使我深深感動。」表達對至情至性的禮讚與為之動容的震撼。

問題解讀	問題思考	問題行動	問題結果
理想的愛情值得一生一世追求嗎？	崇拜嚮往的是永恆的完美，還是投射想像的泡沫幻影像？	為凱先佛‧賴爾，首長的女兒放棄宗教信仰，苦苦尋覓	由十六歲的少女到老婦人，三十八年的追求得到的是一場空

問題解讀	問題思考	問題行動	問題結果
理想敵得過現實嗎？	捍衛的理念是否會因貪生而瓦解？	英雄凱先佛・賴爾逃避懲罰，越過邊境，潛入尼泊爾、不丹	抗暴英雄窮途末路，放棄宗教與民族立場，成為苟且偷生的凡人

櫥窗燈　震盪效應 ── 相關閱讀

　　提到印度，你會想到什麼？

　　人口、貧窮、階級意識、恆河、釋迦牟尼、宗教、廟宇、禁忌、香料、肚皮舞、隨著笛聲舞動的蛇、繡著華麗金線的紗龍、寶萊塢電影、資訊產業、富豪……。

　　這樣的直覺就如瀰漫於印度空氣裡的音樂、氣味在人們心中附著強烈的神祕意象。作為世界三大古文明之一的印度，對社會的勾勒也以分階級為基礎，形成種性制度：婆羅門（僧侶和有學問的人）、刹帝利（貴族統治者和戰士）、吠舍（商人和地主）和首陀羅（僕從和手工匠），另外還有被排除在種性之外的賤民。

　　最高的婆羅門是祭司貴族，掌握神權，占卜禍福。刹帝利是軍事貴族，包括國王以下的各級官吏，掌握國家的除神權之外的一切權力。婆羅門和刹帝利擁有財富，是社會中的統治階級。吠舍是中下階層的勞動者，包括農民、手工業者和商人。首陀羅是奴隸。各個種姓間保持嚴格的界限，職業世襲，互不通婚，不同種姓的男女所生的子女被看成是賤民，受人鄙視。在這篇小說裡便提及因為皇族，首長女兒很難找到一個合適的丈夫，不過即使「門當戶對」的婆羅門，在現實生活中並不保有必然的優裕生活。

種姓制度下的印度，女性的地位與賤民相當。「女子無才便是德」，以及女方因為高額嫁妝才能為女兒選到好丈夫的嫁妝習俗，使得女孩子生下來就被看作是一種負債，幾乎沒有任何地位。

婚姻習俗

印地語詩人杜勒西達斯《羅摩功行錄》中描述：丈夫是妻子的天神，服侍丈夫是婦女最崇高的天職，沒有丈夫的婦女等於沒有生命的軀殼和無水的江湖。數世紀以來，父母決定子女的婚姻是印度社會的傳統，成婚年齡很小到十三歲，丈夫甚至比她年紀還小。結婚的過程是先由媒人說親，交換男女雙方的相片，占卜吉日，安排雙方見面，如果雙方合意了，再談嫁妝彩禮和婚禮費用等細節，然後由婆羅門祭司選擇吉日成婚。

結婚當天新娘用硃砂和水米或檀香在眉心畫紅色小圓點，叫「蒂卡」，點蒂卡是印度教徒的宗教文化與傳統，象徵一個人的第三隻智慧之眼，也是祝福及好運，美的記號（依照傳統，只有已婚的印度教婦女才能貼上紅色的吉祥痣，未婚婦女則貼上彩色反光的吉祥痣）。新娘的手和腳都用一種叫Henna的天然植物顏料畫上類似紋身彩繪，花朵是「多子多福」的祝福，印度的國鳥和國花孔雀和荷花象徵「美麗、富貴」。最後穿上漂亮的紗麗，上面繡著華美的圖案或具有象徵意涵的祝福裝飾，如種子象徵財富和豐收、揚起鼻子的大象代表「家庭繁榮和好運」。

新郎前額也點了蒂卡，脖子上掛著金盞花環，頭上帶著綴有金穗的頭飾，引領一批壯觀的迎親隊，吹吹打打到女方家裡去接新娘子。新郎複誦祭司口中的的婚禮誓詞：「我是文字，妳就是樂曲；我是種子，妳就是結果的樹；我是天，妳為大地。」然後祭司把新娘身上紗麗的一角跟新郎襯衫的一角繫在一起，並在他們頭上灑上聖水。新娘的兄弟或表

兄、表弟帶領新娘和新郎圍繞火焰走數圈，新娘和新郎的手中拿著象徵著財富、健康、繁榮和幸福的大米、燕麥、樹葉。最後，新郎的兄弟們向新人拋灑玫瑰花瓣以驅除邪惡。典禮儀式過後，新娘要餵新郎五口印度糖果吃，說明照顧丈夫和給全家做飯是她應盡的義務，新郎也餵新娘糖果，象徵供養妻子和全家是丈夫的責任。雙方的親戚給新人額頭點上紅點，並向他們拋灑大米，祝願他們能長久，幸福的生活。

在種姓制度下，傳統印度教女性若失去丈夫，就是失去社會意義，特別是按照印度教的經典，寡婦比任何不祥之物都更加不祥。通常印度寡婦只有三條路可走：被迫和家人斷絕關係，住進寡婦村、嫁給丈夫的其他兄弟、跳進火堆殉葬。又因夫家不希望寡婦分得亡夫的財產，不願家裡多一口人吃飯，而逼迫寡婦離家。許多寡婦離家，到印度北方的維倫達文，找印度神克里希納與拉達的神廟，尋求庇護，久而久之，當地就變成一個世界著名的寡婦村。

宗教文化

印度是佛教、印度教、耆那教、錫克教和其他一些宗教的誕生地，因此信仰是重要的文化因素，影響所有印度人的價值觀與生命觀。如泰戈爾宗教觀受吠陀和吠檀多哲學的影響，主張入世，認為一花一世界，宇宙是大我，所有東西都是完成大我的小我生命。

西元前2000年中期到1000年中期於印度西北雅利安人部落形成吠陀神話，特徵是多神崇拜，是印度宗教哲學體系濫觴。印度教是雅利安文化和土著文化結合而生，1000年末期取代古老的吠陀神話，毗濕奴（保護神）、創造大梵神（創造神）、濕婆（毀滅之神）合為一體，但各司其職。

印度有百分之八十三是印度教徒，奉行早睡早起、素食主義、牛是「聖獸」，不吃牛肉、在河水中沐浴以洗刷過錯，尤其是「聖河」——

恆河。教徒認為能在瓦拉納西死去就能夠超脫生死輪迴的惡運，相信在瓦拉納西的恆河畔沐浴後，可洗滌汙濁的靈魂，因此各式各樣的病患臉上安詳而愉悅，來到河旁即使死亡，但能在瓦拉納西的恆河畔火化並將骨灰灑入河中也能超脫生前的痛苦。

佛教神話在西元前六世紀至五世紀產生，原始佛教是大乘、小乘、金剛乘三大佛教派別神話的淵源。眾生中，人最重要，可獨立超脫循環無常，最後到涅槃。佛教神殿中人物可變的動態，視神幻人物為人心理所生，有來自大梵天崇拜、印度神話、釋迦牟尼及其弟子等。

錫克教徒終生不能剪髮，而將頭髮塞入頭巾下面，耆那教徒臉上蒙著布，據說怕呼吸時吸進昆蟲，就違反殺生的戒律。

印度是全世界人口僅次於中國的國家，也是個喜好音樂和舞蹈的民族，豐富的宗教、語言（官方語言印度語、英語、一千六百五十種方言），以及種族文化、地理環境、氣候產物……都值得深入探訪。

日本

我是貓

森鷗外小說與臺灣關係

俯瞰名著（名著導讀）

　　夏目漱石（1867～1916年），本名金之助（漱石是號取自西晉孫楚「漱石枕流」的典故），日本明治至大正時代的作家、時事評論家、英文學者，歐美國家則將他列爲二十世紀文學的開拓者。

　　夏目漱石父親原本是士族階層的公務員，祖父是享樂主義，以致家道中落。被送至他處領養的孤獨及父親的冷漠，讓夏目漱石嘗盡人間空虛、焦慮的酸甜苦辣，悲觀厭世深沉的孤獨感與對人的極度不信任，纏繞終生。

　　東京帝國大學英文系畢業後，以公費留學英國倫敦大學學院的兩年期間，夏目漱石飽受嘲笑的自卑感。理想的幻滅，再加上留學經費不足，導致陷入了無法掙脫的憂鬱泥淖中。一直到回國後，在東京帝大講授英文，他始終爲神經衰弱所苦，但也刺激他更專注於寫作。

　　1905年發表《我是貓》，是夏目漱石的第一本小說，也是成名之作。當時他每天教學，但神經纖細敏感，並不快樂，在消遣解悶心情下，以自家院子的野貓爲主角，在同人雜誌發表。原本只寫一篇，不料引起讀者極大回響，應讀者要求而演變成長篇小說，結局是貓掉入啤酒桶，滿足醉了而往下沉，不斷喊阿彌陀佛，但眾人不捨，衍生出許多我是貓的續集。

　　夏目漱石承繼江戶知識分子以中國古典文學爲基礎的傳統，對東西方的文化均有很高造詣。有別於典型大和民族的沉鬱，主張爲藝術而藝術，在文學中體現美感。作品既取材自英國文學、歷史，又融入所精擅俳句、漢詩和書法，流露出從容優雅的氣息和幽默感，對心理的精確細微的描寫開啟後世私小說的風氣之先。

　　1867年，是日本走向近代的第一個世代，1868年明治維新以富國強兵爲目標的改革，造成當時社會動盪不安。面對現代化所帶來

的身分危機，與自身強烈的孤獨與疏離感，形成夏目漱石作品對知識分子在社會轉型時的態度、覺醒與沉淪的心理，冷峻的觀察角度與思考，如《少爺》、《心》、《草枕》、《倫敦塔》、《彼岸過後》⋯⋯等。這使他在日本近代文學史上享有很高的地位，被稱爲「國民文豪」，一千元紙幣上印有其頭像，新宿區政府在他的舊居開設「漱石山房紀念館」，早稻田大學站附近，夏目漱石的出生地有紀念碑與一條漱石通的路名。

閱讀燈 細看名著

　　咱家是貓。名字嘛⋯⋯還沒有。

　　起初咱家在寄人籬下的窮學生掌心且舒適地趴著，可是不一會兒工夫，咱家竟以異常的快速旋轉起來，又咕咚一聲，兩眼直冒金星地被摔入竹林中。於是咱家從籬笆牆的窟窿穿過，竄到一戶人家的院內，乘女僕不備，溜進廚房，不一會兒被摔了出去。如此周而復始四、五回合，終於引得主人憐憫，收留了我。

　　主人是教師，他從學校回來就一頭鑽進書房裡，幾乎從不跨出門檻一步。家人都認爲他是個了不起的讀書人，他自己也擺出一副刻苦讀書的模樣。然而據咱家躡手躡腳溜進他的書房所見，他其實很貪睡，時常在剛剛翻過的書頁上流口水。

　　當教師的真夠逍遙自在，咱家若生而爲人，如此昏睡便是工作，貓也幹得來的。儘管如此，每當朋友來訪，主人總要怨天尤人地發牢騷。

　　主人的心像貓眼珠似的瞬息萬變，不論做什麼都只有三

分鐘熱度。發薪水那天，他慌慌張張地拎了水彩畫具、毛筆和圖畫紙回家，似乎自今日起，放棄謠曲和俳句，決心要學繪畫了。然而誰也鑑別不出他究竟畫的是什麼，在搞美學的朋友建議下，有天竟然拿咱家寫生。咱家的毛像波斯貓，一身淺灰色帶點黃的斑紋，然而主人畫出的顏色不黃不黑，不灰不褐，更離奇的是沒有眼睛，竟連眼睛的部位也沒有，讓人弄不清是睡貓還是瞎貓。

　　楓葉曾為松林妝點過朱紅，如今已經謝了，宛如一個古老的夢。兩丈多長的簷廊雖然朝南，但冬日的陽光意外地公平，對於房頂上有亂草的破屋，也像對金田公館的客廳一樣照耀得暖煦煦的。主人天天去學校，歸來便悶坐書房，一有人來便嘮叨：「教師當夠了，夠了……。」水彩畫已經不大畫了，胃藥不見功效也已經不再吃。孩子們天天上幼兒園，一回到家裡就唱歌，不時地揪住咱家的尾巴，將咱家倒提起來。咱家因吃不到美味，沒有怎麼發胖，不過還算健康。一切安樂，無不來自困苦，可以作主的只有自己的心，但願住在這位教師的家，以無名一貓而了此平生！

＊　　　＊　　　＊

　　元旦清晨，主人收到某畫家好友寄來的明信片，他大加讚揚彩繪的顏色，卻凝神苦想搞不清楚畫的是什麼。咱家睡眼半睜地一瞧，那不正是咱家的畫像，連這麼明確的小事都不懂，不禁覺得人啊，真有點可憐。

　　那些教師者流對自己的愚昧無知渾然不覺，卻擺出一副高傲的面孔。他們似乎以為千貓一面，沒有區別，但所謂「各有

千秋」，從鬍鬚的翹立到耳朵的豎起，乃至尾巴下垂的姿態無一雷同，美與醜、善與惡、賢與愚千差萬別。然而儘管存在那麼明顯的差異，人類始終辨認不清我們的相貌，實在可憐！更何況我家主人者流，連同情心都沒有，哪懂得「彼此深刻了解是愛的前提」這些道理？還能指望他什麼？他像個品格低劣的牡蠣似的泡在書房裡，從不對外界開口，卻又裝出一副唯我達觀的可憎面孔，真有點滑稽。

那天晚上主人回來得很遲，翌日吃早餐已經九點鐘了。他默默地一連吃了六、七塊年糕之後，開始寫日記本：「與寒月去根津、上野、池端、神田等地散步。池端酒館門前，有一藝妓身穿花邊春裝，在玩羽毛毽子。服飾雖美，容顏卻極其醜陋，有點像我家的貓。」

挑剔醜臉，大可不必舉我為例。咱家如果到美容院刮刮臉，必定不比人類遜色，人類竟然如此自負，真沒辦法。

「拐過寶丹藥房路口，又來了一位藝妓，身姿婀娜，雙肩瘦削，模樣十分俊俏。一身淡紫色服裝雍容大方，無奈她的語聲像烏鴉悲啼一般沙啞，以致那難得一見的風韻大為減色。」

再也沒有比人心更難於理解的了，此刻主人的心情是惱怒？興奮？還是正在尋找一絲慰藉？鬼才曉得他是在嘲諷人間？還是巴不得涉足塵世？為無聊小事大動肝火？還是超然物外？貓族面對這類問題可就單純得多，惱怒時就盡情發火，傷心時就哭個痛快。首先，絕不寫日記之類沒用的玩意，除非像我家主人那樣表裡不一的人，也許有必要寫寫日記，讓自己見不得人的真情實感在暗室中發泄。至於我們貓族，行走、坐臥、拉屎撒尿，無不是真正的日記，沒有必要那麼煩費心機，

掩蓋自己的真面目。有工夫寫日記，還不如在簷廊下睡它一大覺！

*   *   *

鈴木和迷亭君走後，家中就像冬夜寒風驟停，銀雪飄落一樣安靜。主人照例鑽進書房，孩子在三坪大的小屋並枕而眠，隔一道拉門坐北朝南的房裡，女主人正躺著給三歲的綿子餵奶。櫻花時節轉眼紅日西沉，客室裡能夠清晰地聽到路上行人木屐聲，鄰街宿舍裡斷續的吹笛聲，時而輕輕騷動昏昏欲睡的耳鼓。

聽說有人寫《貓戀》這類詼諧的俳句與和歌，敘述早春夜晚，街裡的貓族們就會興奮地睡不著，夜晚在大街上亂跑，吵得人們魂夢不安。說起來，愛情本是宇宙間的活力，上自天神宙斯，下至蚯蚓螻蛄，無不為之心神蕩漾。回首往事，咱家也曾苦戀過小花妹子、金田老闆的那愛吃甜年糕的富子小姊，也有過思戀寒月。因此，普天下的雄貓雌貓，在那一刻千金的春宵裡誰不意亂情牽、如痴若狂。咱家從不把這些視為自尋煩惱而予以輕蔑，只是目前只想舒舒服服地睡上一覺……

忽然睜眼一看，不知什麼時候主人已來到臥室，鑽進妻子身旁的被窩裡。主人臨睡時定要帶來幾本洋文書放在枕旁，但從未連續讀上幾頁，有時連碰都沒有碰過。既然連一行都不看，似乎就沒有必要特意帶來，但任憑夫人怎麼嘲笑或勸說，他就是不肯改變這個習慣。他每晚照例不辭辛苦把書運到臥房，有時貪心的抱來三、四冊，前些天甚至抱來《韋氏大字典》。主人的嗜好像富家公子，非得聽到茶水煮沸的聲音才睡

得著，不擺幾本書就睡不著。如此看來，對於主人來說，書本不是拿來閱讀，而是催催眠的工具，一種鉛印的安眠藥。

　　夜已深沉，四周只有時鐘的滴答聲、夫人的酣聲，還有幫傭在遠處磨牙的聲音。有人在廚房的窗板上輕敲了兩下。咦？這個時候怎麼會有人來？十有八九是那些老鼠。假如是老鼠，咱家已經決心不捉，隨便他們喧鬧去吧。

　　又砰砰敲了兩下，總覺得有點不像是老鼠。這時，忽聽有鑰匙開鎖聲和自上而下的推窗聲，接著是將格子門盡量輕輕地沿著槽溝滑動的聲音。這是久聞大名的梁上君子！我迫不及待想快些瞻仰其尊容。這時，那君子似乎高抬泥足已經跨進廚房兩步，當數到他邁第三步時，大約是摔在地窖蓋上，咕咚一聲響徹靜夜。咱家後背毫毛倒豎，一看女主人，依然張著嘴，盡情吞吐著太平空氣。主人大約夢見了他的拇指夾在紅色的書本裡了吧！

　　霎時，廚房傳來了擦火柴的聲音，這才驚覺應該快些叫起主人夫婦。但是咬住棉被腳晃動了兩、三次，毫無作用，用冰涼的鼻尖蹭主人兩腮，但主人仍在夢中，用力把手一伸剛好打在咱家的鼻尖上，將咱家推開了。偏在這時喉嚨裡像卡住個東西似的發不出聲來。沙，沙……君子的腳步聲沿著外廊走近了。這下子完了，咱家且在紙格門和柳條包之間藏身，屏氣凝神以窺虛實。

　　君子的腳步聲響到臥室門前，戛然而止。忽然紙門好像雨點打濕了似的，露出一條血紅的舌頭，少頃出現的是晶亮的眼睛，直盯在咱家藏在柳條包。忍無可忍，決心從柳條包後竄出，可就在這時，臥室的門嘩的一聲開了，恭候多時的梁上君

子終於出場。

　　他的眉眼和美男子水島寒月先生簡直像一個模子刻出來的，身材修長，淺黑色的一字眉，是個氣宇軒昂儀表堂堂的賊。年約二十六、七歲，連年齡跟寒月一樣。老實說，這兩個人相似度令人吃驚，一度懷疑難道是寒月先生深更半夜夢遊來此，直到盯出盜賊的鼻下沒蓄淺黑色鬍鬚，確定此公是另有其人。

　　梁上君子腋下挾著主人放在書房裡的舊毯子，一隻腳跨進室內。主人一直做夢，突然，他噗通一聲翻了個身，高聲大喊：「寒月！」盜賊驚得毯子落地，忙將跨進的那隻腳收回，紙屏上映出兩條長腿微微顫動。

　　君子在長廊下站了一會兒，再度跨進來。他將女主人的睡臉從上至下偷偷瞧了一眼，不知怎麼，眉開眼笑。咱家十分吃驚連這笑容都像從寒月的臉上扒下來似的。

　　女主人枕旁的箱子裡，裝著多多良三平君前些日子回鄉帶回來的土產山藥。竟用山藥裝點著繡枕入夢，真乃史無先例的奇聞。然而女主人是個頭腦中缺乏「適材適所」觀念，連燉菜用的上等白糖也往衣櫥裡放的女人。在她看來，別說是山藥，把鹹蘿蔔放在臥室裡也可能。然而梁上君子斷定既然如此貼身珍藏，定是貴重物品。咱家一想到這麼一位美男子偷山藥，就不禁感到滑稽，但是胡亂出聲是危險的，只得忍住不笑。

　　只見他用主人熟睡時解下的一條縐綢腰帶將山藥箱捆得結結實實，輕飄飄地扛了起來。接著又把主人的絲綢上衣當作包袱巾攤開，將女主人的腰帶、男主人的短褂、背心等其他所有零碎全都整整齊齊地疊好包了起來，最後用女主人和服上的裝

飾衣帶和整幅布的和服腰帶接成一條繩，綁緊這個大包。臨走前，隨手帶走主人頭上一包朝日牌香菸，還從煙盒裡抽出一支菸來，就著燈火燃著，瀟灑地狠吸一口。噴吐的煙霧在玻璃燈罩外繚繞，不待煙消，君子的腳步聲已經沿著外廊愈去愈遠，終於聽不見了。這時主人夫婦仍在酣睡，人哪，竟然意外的麻痺大意。

咱家還是需要暫時休息，如此喋喋不休，身子委實受不住，於是酣然大睡。醒來時，只見三月天晴空萬里，主人夫婦正在後院便門與巡警談話。但是巡警不過是走走形式，問問而已，至於那賊幾時闖入，壓根兒就無關痛癢。只交代寫張失盜申報書，輕鬆地丟下一句「進屋看看也無濟於事，已經是失盜之後了嘛！」轉身就走了。

留下為點算失竊物品、報價爭吵不休的主人夫婦，像是「連山藥也偷去了？他是想煮了吃？還是熬湯喝？」「誰知他想怎麼吃，你到賊家去問一問吧！」……最結果主人照例忽地站起，走進書房；妻子進了客廳，在針線盒前坐下。大約十分鐘，二人只是呆呆地瞪著紙屏出神。

走廊燈 ## 引經據典

1. 唯一能讓故事圓滿的辦法，就是由你寫下結局。《文豪野犬》
2. 人心是不待風吹而自落的花。那些平日看起來善良的人，一旦碰到緊要關頭，誰都會變成壞人，所以才不能掉以輕心。《心》
3. 不知道事物真相前，特別想知道它，一旦知道，反而羨慕起不知道的，過去的那個時代，常常會痛悔成為現在的這個自己。《春

貓進駐教師家，冷眼看主人學畫，而後放棄。

主人以貓為模特兒，卻畫得四不像，寫日記刻薄評述藝妓。

主人裝腔作勢，帶書入眠；梁上君子偷去山藥、衣物，瀟灑離去。

警察敷衍了事，主人夫婦糊塗不明，茫然無措。

《分之後》

4. 執著於理則鋒芒畢露，容易與人產生摩擦；沉湎於情則隨波逐流，會被情緒左右；強執己見又自縛於一隅。總而言之，人世難居。《草枕》

5. 水底下的海藻在陰暗處漂蕩，不知道白帆駛去的岸邊有陽光。海藻只能任由波浪愚弄，搖右漂左，只要隨波逐流便沒事，習慣了就不會在乎波浪的存在，也無暇思考波浪到底是何物，更遑論去思考為何波浪總要殘酷地擊打自己，即便去思考此問題，也無法解答問題。命運之神命海藻生長在陰暗處，於是海藻便生長在陰暗處；命運之神命海藻朝夕晃動，於是海藻便朝夕晃動。《虞美人草》

頂崁燈　**思辨探索**

　　儘管夏目漱石本人說「《我是貓》是部沒有固定背景，也沒有情節或結構，自始至終都不知將如何展開」的「很特別的小說」。但凡是喜歡貓的人沒有不知道這本書，這隻貓不僅是讓夏目漱石一炮而紅的福貓，也成了日本貓文學的始祖、觀光朝聖景點。2016年為了紀念夏目漱石逝世百年及冥誕一百五十歲，日本新潮社出版《我也是貓》，收錄愛貓作家的短篇作品，封面是仿夏目漱石穿著西裝、手支頭的貓咪照片。

　　這本書的模特兒是夏目漱石家養的貓，據說這隻小貓是按摩師發現的，深灰色的毛色，上頭有虎斑的斑紋，猛一看會以為黑貓。因為按摩師說這隻貓是可遇不可求的福神貓而被留下，在夏目漱石擬人化之下滲透睿智的觀點、冷靜的分析，而成為富有正義感的思想家、憤世嫉俗的評論家。

這隻貓有幸因作家之筆而享譽世界，往生後還得夏目漱石手製明信片，四周用墨水塗黑，發出貓的「死亡通知」，並埋在書房北側後院櫻花樹下，親手在白色木面上寫了「貓的墳墓」。夫人爲感念這隻貓帶來好運，每年忌日當天都會在貓兒的墓前，供奉一碗撒上柴魚片的飯和一片鮭魚。

　　《我是貓》的書名意指作者是貓，貓是我。我以貓爲敘述者，觀察者，貓的眼睛看見的正是我對世界的觀點，貓的獨白、貓的思考便是我的情感與寫作的意旨。這本書的創意除了跳脫人的框架而以貓爲描述世界的窗口，展現新穎的敘述位置與書寫形式，更在超出男女情愛，以嘲諷的方式俯視當時社會。

　　開頭第一句「咱家是貓。名字嘛……還沒有。」以「咱家」、沒有名字表示這隻貓不是特定對象，而是多數的「吾儕」、「我們」，是日本明治時代知識分子在街頭向民眾演講時慣用的人稱，意即是站在知識分子階層的視角，開啟故事的敘述。順此，可推知作者寫作立場與目的是借用貓的眼睛觀察世界，諷刺明治維新變革下，日本社會的眾生相。

　　作者以幽默詼諧的口吻與諷刺的手法，敘寫貓對人類世界品頭論足的攻擊與嘲笑，生動地刻畫出人性的真實與庸俗的醜態。主人故作用功地埋首書房，睡前裝腔作勢搬來洋文書的讀書人形象，貓一眼戳破其實睡得書頁滿是流口水，其實是安眠藥，最後來加了一句「當教師的真夠逍遙自在，咱家若生而爲人，如此昏睡便是工作，貓也幹得來的。」語氣之中流露強烈的鄙視和無情的否定。至於那暗室中發洩不滿的酸言酸語、煞費心機掩飾真面目的日記、見圖不識貓畫貓不成形、心無定性見異思遷的無德無才、把土產山藥當寶貝的太太、不識貨的偷兒和主人夫婦無法掌握問題的爭吵，在貓看來都是自欺欺人、表裡不一、軟弱無力的可憐蟲，是愚昧無知、高傲自負、缺乏同情心

的教師者流。

　　夏目漱石在英國留學，深刻體認國家目的與自我存在必須分割，維新的社會進化論中以個人價值規範建立自我據點是他努力的方向。是以有人說這本書是夏目漱石三十年生活經驗的省思，如何調適自我與社會的觀想。也有人視之為影射全面提倡西化下，知識分子無病呻吟，發展工商經濟財閥的勢利等荒謬狂妄的現象。總之，這本書以英國式的幽默詼諧、江戶時代的機伶諷刺，捕捉出庶民生活的家常瑣事、社會形形色色。既可窺見貓的動作習性、情愛生活，也可透過貓的角度看見自認為萬物之靈的人類，其實多麼卑微愚蠢而會心一笑。同時也在知識分子為主體的主人身上看見試圖自我定位，卻又定不了位的苦澀，無怪乎至今仍深受大眾喜愛。

問題解讀	問題思考	問題行動	問題結果
知識分子的真面目。	讀書人的形象是？知識分子的能力是？	1. 主人隱身書房，書不離身，興之所至學畫。 2. 小偷光顧而渾然不覺，與太太相互指責，推卸責任。	1. 主人像牡蠣一般把自己藏在殼裡，無病呻吟，不問世事。 2. 被偷而無法解決問題。

櫥窗燈　震盪效應──相關閱讀

　　經典往往提出人類普遍性的難題，可透過作品思考時空之下的生活變化、處境糾結與突破困境的方式。夏目漱石、森鷗外是日本近代兩大

作家，所處時間與日本近代化重疊，可透過他們的作品觀察作品中所關心的課題，並了解日本近代化歷程。

1862年出生的森鷗外，原名森林太郎，世代是眼醫。自小學《論語》、《孟子》、荷蘭文、德文，廣涉獵文藝作品，因此就學路上一帆風順，十九歲醫學院畢業，創下東京大學醫學院百年以來無人可破的紀錄。其後被任命為陸軍軍醫副中尉，並於東京陸軍醫院服務，二十二歲時，為了研究衛生學，留學德國四年。

甲午戰爭、第二次世界大戰成為軍醫的經歷，成為他寫留德三部曲的創作來源。《舞姬》是處女作小說，也是他自身的悲戀故事，女主角艾莉絲於森鷗外歸國後，千里迢迢追至日本，但森鷗外避不見面，傷心離去。《泡沫記》描述美術學生與賣花女故事、《送信者》寫的是日本軍官小林與貴族公主相遇之事。三本小說都以婚姻無法自主，呈現傳統與現代、現實與理想之間的拉扯，藉由愛情的幻滅見證日本近代化歷程中的矛盾，提出對自由戀愛的期待，對新的兩性關係的渴望。

臺灣割讓日本後，三十三歲的森鷗外曾擔任臺灣總督府陸軍局軍醫部長，寫下《徂征日記》記錄軍旅生活。改編李喬小說的電影《一八九五・乙末》，日軍登上臺灣北海岸時，刻意安排溫文儒雅的森鷗外吟誦道：「高砂，這個美麗島，我萬里迢迢來到這裡，展翅鷗翼，翱翔在波面。」但如此浪漫的感覺卻在目睹臺灣義勇軍的奮勇抗日之際，成為時代悲歌的見證者，陷入人道的糾結與對戰爭的反思之中。

受到法國印象派與文學技法中觀察與寫生的影響，1911年寫成的《患者臨床紀錄》，以森鷗外與父親為藍本，對不同時期病的命名、病症與醫療的觀察，從醫學角度反思明治維新的西化是萬能嗎？1916年《高瀨舟》藉由江戶時期高瀨川航行京都、大阪間的船，被移送的犯人和同搭這條船的差役之間的對話，討論財產的觀念與安樂死問題。

森鷗外是浪漫主義文學家，與同時期的夏目漱石、芥川龍之介齊被稱為日本近代文學三大文豪，日本東京、德國柏林都有森鷗外博物館。他的一生充滿傳奇，愛上德國女孩卻無法結合、與第二任妻子恩愛卻陷於婆媳爭戰之苦、作為醫療者卻因對堅持腳氣病的治療方法而導致日俄之戰病情慘重，或許這是他死前言：「我不要任何榮譽與封號，只要刻上森林太郎之墓——一生的榮耀都是因為家庭、父母，至少死亡時回到自己」的原因吧！

　　值得安慰的是捧在手掌心的女兒森茉莉，將與森鷗外之間戀戀不捨的情感寫成《父親的帽子》、《記憶的畫像》、《甜蜜的房間》。兒子森於菟，曾來臺北帝大（今臺大）醫學院任教，臺大醫院景福館有菟半身塑像。

中國

阿 Q 正傳

五四時期小說

　　魯迅（1881～1936年），原名周樹人，字豫才，浙江省紹興縣人。幼承庭訓，奠定深厚的國學基礎，十八歲進南京水師學堂，後入南京礦務鐵路學堂，其間受西方進化論思想影響，大量閱讀外國文學和社會科學。二十二歲以官費赴日本仙臺醫學專門學校，後棄醫從文。二十九歲回國，歷任師範大學及教育部僉事。

　　離開傳統的科舉舊學，進入科學為主的學堂，以及一段影片所導致放下手術刀，拿起筆是魯迅一生的轉折點。明治維新走入現代化的新樣貌，與在日本被歧視的眼光，將魯迅推入更深廣的屈辱和激憤。選擇讀醫正為救人，但一部日俄戰爭的幻燈片裡，被日軍以間諜罪逮捕槍斃砍頭的中國人，旁邊圍觀的是面無表情的大量本地中國人，有同學大聲地議論：「只要看中國人的樣子，就可以斷定中國是必然滅亡……。」這讓魯迅看到清末中國人最卑怯投機，麻木不仁的劣根性，體悟，凡是愚弱的國民，即使體格如何健全茁壯，也只能做毫無意義的示眾的材料和看客。所以第一要著，是以文藝改變他們的精神。

　　懷抱國民精神健全，國家民族就能興盛的理念，魯迅以小說切出中國社會府陳舊腐敗的不堪，目的在「揭示病苦，引起療救的注意」，改造人心。民國七年首次用「魯迅」為名，發表〈狂人日記〉，奠定新文學運動的基石。民國十年發表中篇小說〈阿Q正傳〉，揭發病態的國民靈魂，深刻表現辛亥革命前後的中國社會情形，更是匯聚成宏大雄壯的啟蒙的吶喊。

　　魯迅是第一個以白話寫現代小說的先驅者，所著小說《吶喊》、《徬徨》二十餘篇小說樹立五四小說典範。他著重於揭示下層民眾所受的精神毒害，而非所受經濟剝削與壓迫的描寫；把握那個時代知識分子的尖銳批判，卻擺不脫舊思想、舊勢力影響思想特徵。

　　阿Q沒有家，住在未莊的土地廟裡；沒有固定的職業，只給人家做短工，割麥便割麥，舂米便舂米，撐船便撐船。阿Q很自尊，未莊的居民全不在他眼神裡，連兩位童生（指科舉時代尚未考取秀才的人）也不以爲然，甚至大受尊敬的趙太爺、錢太爺也不在意。阿Q很自負，他鄙薄城裡人，譬如用三尺三寸寬的木板做成的凳子，未莊人叫長凳，他也叫長凳，城裡人卻叫條凳，他想：這是錯的，可笑！油煎大頭魚，未莊都加上半寸長的蔥葉，城裡卻加上切細的蔥絲，他想：這也是錯的，可笑！

　　阿Q最惱人的是他頭皮上有幾處不知於何時有的癩瘡疤，旁人一犯他的忌諱，他便全疤通紅的發起怒來。口訥的他便罵，氣力小的他便打，但總被人揪住辮子在壁上碰了四、五個響頭。阿Q心裡想：「我總算被兒子打了，現在的世界真不像樣……。」於是也心滿意足的得勝的走了。後來人們幾乎全知道他有這一種精神上的勝利法，此後每逢揪住他黃辮子的時候，人就先對他說：「阿Q，這不是兒子打老子，是人打畜生。自己說：人打畜生！」

　　阿Q兩隻手捏住自己的辮根，歪著頭，說道：「打蟲豸，好不好？我是蟲豸──還不放嗎？」

　　但雖然是蟲豸，閒人還是碰了他五、六個響頭，才心滿意足的得勝的走了。他以爲阿Q這回可遭了瘟，然而不到十秒鐘，阿Q也心滿意足的得勝的走了，他覺得他是第一個能夠自輕自賤的人。狀元不也是「第一個」嗎？阿Q以如是妙法克服

怨敵之後，便愉快的跑到酒店裡喝幾碗酒，又和別人調笑一通，口角一通，又得了勝，愉快的回到土地廟，倒頭睡著了。

＊　　＊　　＊

阿Q雖然常勝利，卻直到蒙趙太爺打他嘴巴之後，這才出了名，得意了許多年。

有一年春天，他醉醺醺的在街上走，在牆根的日光下，看見王胡赤膊捉虱子，他忽然覺得身上也癢起來。阿Q也脫下破袷襖來，翻檢了一回，不知道因為新洗還是因為粗心，許久才捉到三、四個。王胡卻是一個又一個，兩個又三個，放在嘴裡嗶嗶剝剝的響。

阿Q最初是失望，後來不平：看不上眼的王胡尚且那麼多，自己倒反這樣少，這是怎樣大失體統的事呵！他很想尋一、兩個大的，然而竟沒有，好不容易才捉到一個中的，恨恨的塞在厚嘴唇裡，狠命一咬，劈的一聲，又不及王胡的響。

他癩瘡疤塊塊通紅了，將衣服摔在地上，吐一口唾沫，說：「這毛蟲！」

「癩皮狗，你罵誰？」王胡輕蔑的抬起眼來說，阿Q一把被王胡抓住，蹌蹌踉踉的跌倒，立刻又被扭住辮子，拉到牆上一連碰了五下，又用力的一推，阿Q跌出六尺多遠，才滿足的去了。

在阿Q的記憶裡，這大約要算是生平第一件的屈辱，第二件是錢太爺的大兒子，上城裡去進洋學堂，不知怎麼又跑到東洋去了，半年之後他回到家裡來，腿也直了，辮子也不見了。阿Q稱他是「假洋鬼子」，起先暗暗咒罵，這回因為正氣忿，

便不由得輕輕的說出來，結果免不了一頓狠打。

拍拍的響了之後，於他倒似乎反而覺得輕鬆，將到酒店門口，早已有些高興了。阿Q見對面走來靜修庵裡的小尼姑，便迎上去大聲的吐一口唾沫，見小尼姑全不睬低了頭要走，阿Q突然伸出手去摩她新剃的頭皮，呆笑著說：「禿兒！快回去，和尚等著妳……。」

尼姑滿臉通紅的趕快走。酒店裡的人大笑，阿Q看見自己的勳業得了賞識，便愈加興高采烈扭住尼姑的面頰。他這一戰，早忘卻了王胡，也忘卻了假洋鬼子，似乎對於今天的一切晦氣都報了仇，彷彿全身飄飄然的要飛去了。

＊　　　＊　　　＊

有人說：有些勝利者願意敵手如虎，如鷹，才感得勝利的歡喜，假使如羊，如小雞，反覺勝利得無聊。又有些勝利者，當克服一切之後，看見死的死了，降的降了，他於是沒有敵人，沒有對手，沒有朋友，孤零零一個人，反而感到勝利的悲哀。阿Q沒有這樣乏，他是永遠得意的，這或者也是中國精神文明冠於全球的一個證據。

看哪，他飄飄然的似乎要飛去了！

「斷子絕孫的阿Q！」

阿Q的耳朵裡又聽到這句話。他想：不錯，應該有一個女人，斷子絕孫便沒有人供一碗飯，……應該有一個女人。「不孝有三，無後為大」……。

這一天，阿Q在趙太爺家裡舂了一天米，吃過晚飯，便坐在廚房裡吸旱煙。趙太爺家裡唯一的女僕吳媽，洗完了碗碟，

也在長凳上坐下，和阿Q談閒天：

「太太兩天沒有吃飯哩，因為老爺要買一個小的……」

「奶奶是八月裡要生孩子了……」

「女人……」阿Q想。他放下煙管，站起來。「我和妳睡覺，我和妳睡覺！」阿Q忽然搶上去，對吳媽跪下了。吳媽楞了一會兒，突然發抖，大叫著往外跑，且跑且嚷，似乎後來帶哭了。

阿Q忐忑慌張的將煙管插在褲帶上，碰的一聲，秀才拿了一支大竹槓向他劈下來了。打罵之後，似乎一件事也已經收束，阿Q倒反覺得一無掛礙似的，便動手去舂米。舂了一會兒，他熱起來了，又歇了手脫衣服。這時他猛然間看見趙大爺手裡捏著一隻大竹槓向他奔來，立刻翻身從後門逃回土地廟。

地保進來教訓了一通，臨末，訂定了五條件：明天用紅燭到趙府上去賠罪、請道士被除縊鬼、從此不准踏進趙府的門檻、吳媽倘有不測，唯阿Q是問、不准再去索取工錢和布衫。

彷彿從這一天起，未莊的女人們一見阿Q走來，便個個躲進門，更古怪的是酒店不肯賒欠了、管土地廟的老頭似乎叫他走、許久沒有人來叫他做短工。肚子餓得慌，僅有的棉襖當了還是無濟於事，於是他決計到靜修庵偷蘿蔔，被老尼姑發現了，阿Q拔步便跑，連人和蘿蔔都滾出牆外。

*　　*　　*

剛過中秋，人們驚異發現從城裡回來的阿Q與先前大不同。穿的是新裌襖，腰間還掛著一個大袋囊，沉甸甸的將褲帶墜成了很彎很彎的弧線。堂倌、掌櫃、酒客、路人，顯出一種

凝而且敬的形態來。

　　據阿Q說，他在舉人老爺家裡幫忙，又說到殺革命黨……，這一節，聽的人都凜然了。不久，女人們見面時一定說，鄒七嫂在阿Q那裡買了一條藍綢裙，舊固然是舊的，但只花了九角錢。趙白眼的母親也買了一件孩子穿的大紅洋紗衫，七成新。於是女人們追著向他買綢裙、洋紗衫。最後連趙太爺夫人也想買一件價廉物美的皮背心，託鄒七嫂即刻去尋阿Q。

　　阿Q終於跟著鄒七嫂進來了，趙太爺叮囑阿Q，以後有什麼東西的時候，先送來給我們看，……秀才則說價錢絕不會比別家出得少！阿Q雖然答應著，卻懶洋洋的出去了，也不知道他是否放在心上。閒人們尋根究底的去探阿Q的底細，阿Q也並不諱飾，傲然的說出他不能上牆，不能進洞，只站在洞外接東西。有一夜，他剛才接到一個包，只聽得裡面大嚷起來，便連夜爬出城，逃回未莊來了。村人誰料他不過是一個不敢再偷的偷兒呢？這實在是「斯亦不足畏也矣」。

＊　　　＊　　　＊

　　宣統三年九月十四日三更，有一隻大烏篷船到了趙府上的河埠頭，茶坊酒肆裡都說革命黨要進城，舉人老爺到鄉下來逃難了。

　　阿Q以為革命黨便是造反，所以他一向「深惡而痛絕之」，不料這卻使百里聞名的舉人老爺這樣害怕，未莊個個慌張，使阿Q不禁想「革命也好罷，……我，也要投降革命黨了。」

　　午間喝了兩碗空肚酒，阿Q便又飄飄然起來，似乎革命黨

便是自己，未莊人都是他的俘虜了。他得意之餘，禁不住大聲的嚷道：「造反了！造反了！」

　　未莊人驚懼的眼光，使他舒服得如六月裡喝了雪水。他更加高興的邊走邊喊道：「我要什麼就是什麼，我歡喜誰就是誰。呀呀呀……得得，鏘鏘，得，鏘令鏘！我手執鋼鞭將你打……。」

　　「老Q……現在……發財嗎？」，趙太爺怯怯的迎著低聲的叫。

　　「發財？自然。要什麼就是什麼……。」

　　阿Q飄飄然的回到土地廟，這晚上，管祠的老頭子意外和氣的請他喝茶。阿Q便向他要了兩個餅、一支點過的蠟燭和一個燭臺。他獨自躺在小屋裡，有說不出的新鮮和高興，燭火像元夜似的閃閃的跳，他的思想也迸跳起來了：「造反？有趣，……來了一陣白盔白甲的革命黨都拿著板刀、鋼鞭、炸彈、洋砲、三尖兩刃刀、鉤鐮槍，走過土地廟，叫道，阿Q！同去同去！於是一同去。……」

　　「未莊的鳥男女跪下叫道，阿Q，饒命！誰聽他！第一個該死的是趙太爺，還有秀才，還有假洋鬼子，……」

　　「……直走進去打開箱子來：元寶、洋錢、洋紗衫，……秀才娘子的一張寧式床先搬到土地廟，此外錢家的桌椅，——或者也就用趙家的罷。叫小D來搬，要搬得快，搬得不快打嘴巴。……」

　　「趙司晨的妹子真醜，鄒七嫂的女兒過幾年再說，秀才的老婆是眼胞上有疤的。……吳媽長久不見了，不知道在哪裡，——可惜腳太大。」

阿Q還沒有想得十分透徹，已經發了鼾聲，四兩燭還只點去了小半寸，紅焰焰的光照著他張開的嘴。

第二天他起得很遲，忽而似乎有了主意，慢慢跨開步，有意無意的走到靜修庵。

「你不知道，他們已經來革過了……那秀才和洋鬼子！」

那還是上午的事，趙秀才和洋鬼子相約革命，想到靜修庵裡有一塊「皇帝萬歲萬萬歲」的龍牌，是應該趕緊革掉的，於是敲碎龍牌，還拿走觀音娘娘座前的宣德爐。這事阿Q後來才知道，他頗悔自己睡著，也深怪他們不來招呼他。他又退一步想道：「難道他們還不知道我已經投降了革命黨嗎？」

據傳來的消息，革命黨雖然進了城，倒還沒有什麼大異樣，知縣大老爺還是原官，不過改稱了什麼，但未莊也不能說是無改革。幾天之後，將辮子盤在頂上的逐漸增加起來了，趙司晨和趙白眼，後來是阿Q。

阿Q用一支竹筷將辮子盤在頭頂上，見人們沒反應，阿Q很不快，也很不平，尤其看見小D居然也用竹筷把辮子盤在頭頂上，簡直讓他氣破肚皮了。小D是什麼東西呢？他很想即刻揪住他，拗斷他的竹筷，放下他的辮子，並且批他幾個嘴巴，懲罰他忘了生辰八字，也敢來做革命黨的罪。

阿Q立即悟出自己之所以冷落的原因：要革命，單說投降是不行的，盤上辮子也不行的，而是要結識革命黨。於是他怯怯的去找假洋鬼子，豈料話還沒說出口就被轟了出去。這下，他所有的抱負、志向、希望、前程，全被一筆勾銷了。

有一天，他照例的混到夜深，待酒店要關門，才踱回土地廟。忽聽得異樣的聲音，似乎前面有些腳步聲。好奇往前

探究時，猛然間撞見小D，氣喘吁吁地說：「趙……趙家遭搶了！」

仔細的看，似乎許多白盔白甲的人，絡繹的將箱子抬出了，器具抬出了，秀才娘子的寧式床也抬出了。他有些不相信他的眼睛，但他決計不再上前，回到土地廟躺在床上思前想後：白盔白甲的人明明到了，並不來打招呼，搬了許多好東西，又沒有自己的份，——這全是假洋鬼子可惡，不准我造反，否則這次何至於沒有我的份呢？

「假洋鬼子，——好，你造反！造反是殺頭的罪名呵，我總要告一狀，看你抓進縣裡去殺頭，——滿門抄斬，——嚓！嚓！」

＊　　＊　　＊

趙家遭搶之後，未莊人大抵很恐慌，四天之後，阿Q在半夜裡忽被抓進縣城裡去了。阿Q雖然有些忐忑，卻並不很苦悶，因為土地廟沒比這間屋子更高明。連續三次，他被抓去堂裡審問趙太爺家打劫的事、有沒有同夥、最後問有什麼話要說。

「他們沒有來叫我，他們自己搬走了。」阿Q提起來便憤憤。

一個長衫人物拿了一張紙，並一支筆送到阿Q的面前，指著一處地方叫他畫押。阿Q不認得字，於是那人替他將紙鋪在地上，要阿Q畫圈。他伏下去，使盡了平生的力氣畫，立志要畫得圓，但這可惡的筆不但很沉重，並且不聽話，剛剛一抖一抖的幾乎要合縫，卻又向外一聳，畫成瓜子模樣了。

阿Q被套上洋布白背心，上面有些黑字，像是帶孝，然後被抬上車，兩旁是許多張著嘴的看客。他突然覺到了：這豈不是去殺頭嗎？他惘惘的向左右看，全跟著螞蟻似的人，無意中在人叢中發現了吳媽。剎那中，他想起四年之前，他曾在山腳下遇見一隻餓狼，他永遠記得那狼眼睛，又凶又怯，閃閃的像兩顆鬼火，似乎遠遠的來穿透了他的皮肉。這回他又看見從來沒有見過的更可怕的眼睛了，又鈍又鋒利，不但已經咀嚼了他的話，並且還要咀嚼他皮肉以外的東西，永遠不近不遠的跟他走。

　　這些眼睛們似乎連成一氣，已經在那裡咬他的靈魂。

　　「救命，……」

　　然而阿Q沒有說，他早就兩眼發黑，耳朵裡嗡的一聲，覺得全身彷彿微塵似的迸散了。

　　舉人老爺因為終於沒有追贓，他全家都嚎啕了。趙府，非但秀才因為上城去報官，被不好的革命黨剪了辮子，又破費了二十千的賞錢，全家也嚎啕了。從這一天以來，他們便漸漸的都發生了遺老的氣味。

　　至於輿論，未莊自然都說阿Q壞，被槍斃便是他的壞的證據。城裡的輿論多半不滿足，以為槍斃並無殺頭這般好看，而且那是怎樣的一個可笑的死啊，遊了那麼久的街，竟沒有唱一句戲：他們白跟一趟了。

　走廊燈　**引經據典**

1. 橫眉冷對千夫指，俯首甘為孺子牛。

阿Q以精神勝利法平衡旁人的奚落。

阿Q向吳媽求親不成，反被狠狠處罰。

阿Q因為從城裡帶回來的贓物而大受歡迎。

阿Q幻想當革命黨，結果被當搶匪而槍斃。

2. 勇者憤怒，抽刃向更強者；怯者憤怒，卻抽刃向更弱者。

3. 我的確時時解剖別人，然而更多的是更無情面地解剖我自己。

4. 留情面是中國文人最大的毛病，他以為自己筆下留情，將來失敗了，敵人也會留情面，殊不知那時他是絕不留情面的。

5. 青年們先可以將中國變成一個有聲的中國，大膽地說話，勇敢地進行，忘掉一切利害，推開了古人，將自己的真心的話發表出來。

頂崁燈 **思辨探索**

　　魯迅作為「經典」，固然因為他是現代白話小說的先鋒，也因為文革時被建構為「革命導師」，而形成具有啟蒙、反叛、革命意涵的符號。

　　魯迅以農村小鎮為背景，描寫魯鎮下層階級的小老百姓，反映社會各種病態與長期受壓迫後的奴性。作為象徵人物的阿Q既沒姓沒名也沒籍貫，Q字所顯示光頭後面垂著小辮子的形象，指的正是清朝所有中國人，因此小說中愚昧盲從、軟弱無能、寡情勢利、欺善怕惡、顢頇霸權就是國民性。

　　阿Q壞得不徹底，不是大奸大惡之人，卻小惡小亂不休。捏小尼姑的臉，為的是眾人大笑所興起的驕傲感。滿足虛榮心的自尊是建立在欺負比自己弱小者之上，這是阿德勒心理學中的「自卑情結──過度補償」，亦即對自己的缺陷過度敏感，在唯恐他人看清的情況下，往往出現爭強好鬥的言行舉止，藉以挽回面子。

　　阿Q沒能力偷東西，只當個把風的；沒能力養活自己，於是到廟裡偷蘿蔔；沒法子成親，才對趙媽開口就賠錢、丟工作，還落得人人唾棄；把辮子盤上頭，想參加革命，卻被洋鬼子趕出去。

在現實裡是邊緣人、魯蛇的阿Q，找到在想像裡膨脹、提升自我的方式——精神勝利法以及在虛假幻想中的自我麻醉。被欺負不敢反抗的他，以承認「我是蟲豸」逃避被打，但依然被撞牆，於是自圓其說「總算被兒子打……」，然後心滿意足得勝似的離開，還洋洋得意自己是第一個能自我安慰的人。這是佛洛伊德所言的防衛機制，為掩飾自卑，彌補失敗所喪失的自尊和自信，找出平衡自我、合理化的解說。

魯迅小說為突出思想的骨骼，擺脫裝飾細節的線條，而像木刻一般在嚴峻有力的斧鑿之中，呈現臉譜圖案性的美感與能量，以扭曲變形的誇張，來突出丑角化、頑童化背後感情性格的事物形態。阿Q被打時，「我總算被兒子打」，因為便宜衣服的搶購風潮讓阿Q成為熱門人物，連趙太爺都還巴結地出高價、秀才輪番提醒。這類童真式的變形、荒謬諷刺的對比，讓每個環節都是遊戲，都是愚民典型，也都是魯迅極力抨擊的奴性，想連根刨盡的無力反擊、自欺逃避的慣性。

魯迅認為中國國民心中缺乏誠與愛，最大最深的病根是「兩次奴於異族」。慈禧太后迷信義和團無堅不催，鴉片戰爭導致中國門戶大開，中國國威受屈辱，割地及巨額賠款更讓百姓陷入窮苦。朝廷一方面頑抗的護衛政治權力與利益，壓榨剝削百姓，另方面對外國卑顏屈膝，奉承巴結。魯迅對於農民性格弱點的批評，同時也正是對於中國千年專制體系、辛亥革命的一個嚴正的歷史評判。

趙太爺家被搶，阿Q因為看熱鬧被當成替死鬼，裝模作樣的被審、畫押、斬首。草菅人命，無是非公理的過程中，阿Q在意的竟是代表自己的圓沒畫好，反成了瓜子模樣，這是無法圓的生命，是無名無姓不具存在感的生命。對於這樣成千成萬的中國人，更多冷眼旁觀或直接間接作為幫凶的中國人，是可怕鬼火的眼睛，又鈍又鋒利的殺手。

中國難道只不過從一個皇帝到紛亂，換湯不換藥的形式，而無法挽救嗎？魯迅去日本留學便剪掉代表傳統守舊的辮子中國，走向現代化，追求擁有個人意識與主張的生活。在這篇小說裡，他要抨擊的不僅是傳統文化，還有帶給百姓恐懼的革命、假洋鬼子的西化，以及長大後和阿Q一樣的小同（Don）。我們從小說起初有意的揶揄和戲謔，到感同身受阿Q的絕望和無以名狀的消沉情緒中，看見魯迅站在知識分子，由強烈國家角度投射，希望改良這悲慘的社會，喚醒沉睡的民眾，而灌注「哀其不幸，怒其不爭」的力道。也看見他如何無情地揭開中國人瘦弱不堪的病態，期待大眾面對，進而積極改變，創造新中國的熱情與心志。

問題解讀	問題思考	問題行動	問題結果
新中國的圖像是？	中國如何走向現代化？	1. 阿Q以精神勝利法、欺侮弱小、炫耀在城裡的經歷、幻想加入革命黨，平衡現實的軟弱無助。 2. 鄉人無知、讀書的老爺迂腐、留洋的公子盲從無能。	1. 阿Q被眾人嘲笑、被拒成為革命黨、被斬首。 2. 傳統、西學、革命都無法讓中國有新氣象，必須徹底除盡這病態、麻木、渾噩的國民性。

　　工業文明對中國的生產方式與生活形態帶來衝擊，鬆動千年來緊密的家族制度。世界大戰軍國主義與晚清列強船堅砲利所警示的教訓是，社會改革、思想解放，加之以對專制政治的長期不滿，讓留學的年輕人將對改革、創新的迫切心理傾注於文藝創作，以由革心達到真正的革新。

　　個性人文覺醒，反映社會的現實主義，形成五四時期文學研究會、創造社、淺草社、新月社等文學社團，以及《小說月報》、《文學旬刊》、《創造季刊》、《語絲》、《莽原》、《新月》等文藝雜誌各個流派相互激盪。

　　五四文學中最特殊的成就是小說，自梁啟超以「欲新一國之國民，不可不先新一國之小說」，賦予小說不僅要移風易俗，更要經世濟民、救國救民的社會使命。周作人強調「人的文學」，也就是文章不再為父母、國家、社會、道而存在，而是為人的個性，為自我存在。

　　相較於受電影影響而重視情節的小說形式，五四作家並不強調情節的多變，反而更凸顯其深味，因為彼時創作的動機與目的是寫盡生命實象、提出更廣闊的思考空間。郁達夫〈沉淪〉將個人在日本孤獨的苦悶與民族、國族結合，以獨白深入知識分子內心的糾結與苦悶。〈在春風的晚上〉則描述現代化所產生的新階層 ── 女工，身處厄境不失堅韌意志和反抗精神。沈從文想像的國民性是樂觀的、寬容的，因此他謳歌人民，與人民同在，如〈翠翠〉，由家鄉湘西出發，溫暖的色彩與筆調，以湘西為原鄉，在失意中尋找的安慰。

　　魯迅則是悲觀的、批判的，如〈祥林嫂〉，寫家鄉紹興魯鎮，但所有人都被批判拆解。題目是〈祝福〉，故事寫的卻是一個不被祝福的失婚女人，故事發生在年節祭祀，應被祝福但卻死於此時。魯迅就是這樣冷峻地拆解生命，也拆解原鄉，拆解傳統文化。〈藥〉，關切的是什麼

藥可以救迷信？可以療治封建的中國？「小孩」只是整個中國，是明天希望的載體。〈狂人日記〉的歷史批判徹底而強烈，由吃人社會的描述，對吃人的禮教與家族制度的憤慨控訴，對仁義道德欺騙世人的絕望沉痛，到最後高喊「救救孩子」的呼籲與懇求。但那臉色蒼白，氣息奄奄的小孩，慢慢走向死亡，一如〈孔乙己〉裡的小伙計在事隔二十年後的回憶裡，仍然看不見一絲對當年涼薄心態的反省與懺悔。

　　這是全新的政治社會形態崛起時刻，知識分子對中國傳統的檢討與反思，其背後不僅是革新必先從革心開始的思想觀念、釜底抽薪式的評論，更是起於晚清傳教士站在宗教傳播的立場，認為中國的國民性中缺乏信仰，因此這期間的小說中，處處可見這樣的觀察與評論分析。

　　五四作家因成長與個性不同，所表現的情節各異，表達其關懷深度、想像的國民性不同，對國民性的觀察看法與立場也不同。郁達夫以浪漫文筆，不在乎的口氣自我分析，表露哀歎，在他每篇作品中都有其吸引人的靈魂、鬼魅的身影。沈從文見到的一直是善，語言與生活樸實，文章充滿理想的浪漫，柔軟的筆調，雲淡風輕，在「什麼時候回來？或許明天」之中懷抱希望。魯迅站在知識分子，由強烈國家角度投射，因而他看見中國人瘦弱不堪、病態，無法走向強大興盛，而以一種「哀其不幸，怒其不爭」，恨鐵不成鋼的心情，站在改革者高姿態的角度，高高的視角，激進、尖銳地批評人們的愚昧軟弱，以鄙夷的口氣來嘲諷教訓人們為什麼不去爭取？

　　基於此，魯迅寫小說的動機是敲醒被關在鐵屋裡的人不再沉睡，激勵他們衝破火焰逃生，是以寫盡生命實象而提出更廣闊的思考空間。但魯迅畢竟只是中國社會病理學家，而非藥理學家，他只提問題而沒給解答。他對於當時國粹主義與「中學為體，西學為用」的主張都沒有信心，因而充滿「假洋鬼子」的讀書人。魯迅《小雜感》寫到「革命、反革命、不革命」，他也不認為革命能救中國，因此他小說裡的人物多走向死亡。

橘子
物質文化的品賞與流動

芥川龍之介（1892～1927）生於東京，號「澄江堂主人」，筆名「我鬼」，日本小說家，素有「鬼才」之稱。

原爲新原家長子，出生後九個月母親發瘋，過繼給舅父，易性芥川。芥川家饒富江戶文人風，因此深受古典文學、藝術薰陶，廣泛涉獵歐美文學，成爲他日後小說的養分。就讀東京帝國文科大學英文科時，與久米正雄、菊池寬、松岡讓、豐島與志雄等人發行《新思潮》，使文學新潮流進入文壇，發表諸多早其作品。

1914年發表〈羅生門〉，1916年發表〈鼻子〉，深受夏目漱石激賞。後以大阪每日新聞設海外釋察員的身分被派往中國，對當時的中國情勢有深刻的觀察。

芥川龍之介作品以短篇小說爲主，多取材於歷史傳說、宗教故事與個人經驗，擅長藉西方文學手法反映現實。秉持藝術創作必須追求完美，創作要像手工藝師那樣講究精雕細琢的理念，形成每篇小說的題材、內容和藝術構思都各有特色。作品著重心理分析、冷靜理智探討現實，再以獨特的技巧賦予古代故事人物現代的詮釋、自我的意識、以形式的多樣性，在大正時代文壇開拓新境界，是二十世紀初日本新思潮派最爲重要的代表作家。另有詩、和歌、論文等，集爲《芥川龍之介新書全集》。

芥川龍之介始終在乎自己是瘋人的兒子，也深怕遺傳，以致一生爲神經衰弱所苦，後服安眠藥自殺，享年三十五歲，帶給日本社會極大衝擊。1935年（昭和十年）以後設置芥川純文學獎，成爲日本獎勵文壇新人的最高文學獎。

　　一個陰霾的冬天黃昏，我坐在橫須賀北上的二等客車角落裡，茫然地等著開車的汽笛聲。車箱中，除我之外竟沒有其他乘客。往外探望，微暗的月臺連一個送行的的蹤影都看不到，這也是少見的，只有一隻被關在鐵籠裡的小狗，不時悲哀地叫著。這些景象跟我當時的心境，簡直是不可思議地相契合，說不出的疲憊、倦怠，宛如灰濛濛要下雪的天空把陰沉沉的影子映在我腦中。我雙手一動也不動地插在外套的口袋裡，連拿出晚報來看的精神都沒有。

　　沒多久，開車的汽笛響了。我微微感覺心底的舒暢，把頭靠著後面的窗框，茫然等待眼前的車站開始慢慢向後滑退。可是說時遲，那時快，忽然從剪票口傳來尖銳的木屐聲，緊跟著車掌的吆喝聲。我坐的二等車廂的門「嗶啦」一聲打開了，一個十三、四歲的小女孩慌裡慌張地闖了進來。同時，火車震動了一下，緩緩地移動了。一根一根月臺柱橫過眼前，被冷落一邊的運水車、那些向車裡旅客道謝給小費的搬運工人……在吹打車窗的煤煙裡，都依依不捨地倒退了。我好不容易鬆了一口氣，這才邊點香菸，邊睜著無精打采的眼皮，向坐在前面的小女孩瞥了一眼。

　　毫無光澤的頭髮綁成銀杏髻，皸裂的兩頰脹得紅紅地。一條沾滿汙垢的黃綠色毛線圍巾鬆軟無力地垂到膝蓋上，她凍傷了的雙手抱著膝上的包袱，手上小心翼翼地緊握著一張三等的紅色車票。我很不喜愛這鄉下小女孩庸俗的長相，她邋裡邋遢的衣服也讓我生厭，更令我生氣的是，她愚蠢得連二等車和三

等車都不會分辨。也許是存心想忘掉她，我點燃香菸，漫不經心地把口袋裡的晚報攤在膝上。這時候，投射在晚報上的戶外光線，突然轉變成電燈的光，幾欄印刷不良的鉛字卻意外鮮明地浮現眼簾。不用說也知道，火車正駛入橫須賀一連串隧道的第一洞了。

在電燈的光線下，我看遍了晚報的版面，還是無法消滅內心的憂鬱，因爲上面盡是一些庸俗的事件：和談問題、新婚夫婦、瀆職事件、訃聞⋯⋯。火車進入隧道的瞬間，我一邊產生火車在倒著行駛的錯覺，一邊機械性的瀏覽那一段段索然無味的報導。然而在這段時間裡，我始終無法不意識到那個女孩，她正以那副彷彿將卑俗的現實集於一身的神情坐在我的面前。

隧道中的火車、鄉下女孩，還有滿是瑣碎、庸俗消息的晚報——這不就是不可解、粗俗、無聊的人生象徵嗎？我對一切都感到沉悶乏味，於是丟下沒看完的晚報，把頭靠在窗框上，像死了一樣閉住眼睛，矇矇矓矓打起盹來。

過了幾分鐘，忽然覺得有點窘迫，我不自覺地張望四周。不知何時，那個女孩已從對面移坐到我旁邊，正在設法打開窗戶。但是笨重的玻璃窗不如想像中那麼容易打開，她那張滿是皸裂的臉蛋愈來愈紅，時時抽鼻涕的聲音夾著輕微的喘息聲，急遽地傳入我的耳裡，當然這引起我些許同情。

暮色中，盡是枯草發亮的兩邊山腰逼近窗旁，由此可知火車即將抵達隧道口了。儘管如此，這個女孩卻還使勁地想要把特意關起來的車窗打開——我實在無法理解她的舉動，我猜想那只是她一時的心血來潮罷了。因此，心底懷著慍怒，用祈望它永不會成功的冷酷目光，望著那雙凍傷的手與玻璃窗苦戰。

不久，傳來劇烈的聲響，隨著火車轟隆轟隆地衝入隧道，玻璃窗終於「啪答」一聲拉了起來。這時，一股烏黑的空氣，好像把煤煙融化了似的，頃刻間變成使人窒息的煙霧，從方形的窗洞中滾滾湧進而瀰漫車裡。我本來喉嚨就不舒服，還來不及用手巾遮臉，就被煙熏得滿面，咳得差點喘不過氣來。但是那女孩還是毫不介意地把脖子伸出窗外，夜風吹拂她的鬢髮，她目不轉睛地凝望著火車前進的方向。我在煤煙和燈火中注視著她的模樣時，窗外漸漸亮起來，泥土、枯草和水的氣味涼颼颼地灌了進來，我這才漸漸止了咳，否則一定會大罵這陌生的女孩，叫她把窗戶關起來。

　　那時火車已經穿出隧道，正要經過某個窮困小鎮郊外的平交道。這個平交道夾在滿是枯草叢生的山麓之間，附近錯雜而擁擠地蓋滿了破陋的茅草房和瓦屋。大概是平交道看守人在打訊號吧，只見一面淡白的旗子在暮色中懶洋洋地晃動。在蕭索的平交道柵欄邊，我看見臉頰紅通通的三個男孩肩並肩站在一起，他們好像被陰暗的天空壓縮了似的，個子全都長得很矮小，而且穿著跟這郊外凋蔽景象同色的衣服。他們仰著頭看飛馳而過的火車，一齊揚起手，扯著小小的喉嚨拚命發出不知所云的喊聲。就在這一瞬間，女孩從車窗探出半個身體，用力地揮動她那凍傷的手。忽然，五、六顆被陽光染紅，令人心動的橘子，從半空中朝著送火車離去的孩子丟出。我屏住呼吸，剎那間，一切都了然於心。女孩大概正要去雇主那裡上工，為了答謝特地來平交道送行的弟弟們，而把藏在懷裡的幾顆橘子從窗戶丟出去！

　　鎮郊平交道蒼茫暮色、像小鳥般喊叫的三個孩子，以及從

橘子

他們頭上撒落的鮮豔橘子的色彩——這一切，在車窗外瞬間就消逝了。但是這些光景卻深刻而清晰地烙印在我的心底，我意識到一種不明所以的爽朗湧上心頭。我昂然抬起頭，像注視另一個人似的端詳那女孩。女孩不知何時已經回到我前面的座位上，她坐在那兒，仍然把滿布皸裂的面頰深埋在淡綠色的毛圍巾裡，抱著大包袱的手中，緊握著那張三等車票……。

直到這時，我才得以稍微將那無以言說的疲勞和倦怠，以及不可解又粗俗無聊的人生拋到腦後。

走廊燈　引經據典

1. 人生還不如波德萊爾的一行詩。
2. 道德的損害是良心的完全麻痺。
3. 人生好像一盒火柴，嚴禁使用是愚蠢的，亂用是危險的。
4. 刪除我一生中的任何一個瞬間，我都不能成為今天的自己。
5. 武器本身不足為懼，恐懼的是武將的武藝；正義本身不足為懼，恐懼的是煽動家的雄辯。

頂崁燈　思辨探索

芥川龍之介的文學活動發生於「大正時代」（1921～1926）。繼明治維新的自立更生，富國強兵，社會制度文化上的大變動之後，第一次世界大戰及關東大地震等重大事變的大正時代，各種思潮澎湃，對政治、經濟的改革呼聲震天動地。在此風起雲湧的時期，新作家輩出，如芥川龍之介、菊池寬，各自根據個性理想開拓文學之路。

芥川龍之介是獨步曠野的狼，他在吹著朔風颼颼的曠野裡尋覓

我百無聊賴地坐上火車。

突然一個衣衫襤褸的女孩闖入，坐在我面前。

火車衝出隧道，小女孩朝平交道柵欄邊三個男孩丟出橘子。

我被深深感動，重新審視小女孩和無趣的人生。

橘子

藝術的殿堂，以小說刻鏤獨行時的足跡。「君看雙眼色，不語似無愁」，正如這句芥川龍之介一生最愛吟誦的詩句，讀他的小說，像和澄清不見底的神祕雙眼碰個正著似地，會被他的作品魅力迷住。

芥川龍之介曾說：「最可怕的是停滯。當藝術家退步時，常寫著同樣的作品。」因此他不斷創造自己的風格，卻又不斷地擊毀自己所創造的城堡，這就是他之所以在矛盾中輾轉痛苦的原因。然而正因為如此，他的作品多采多姿，神祕，有一股媚人的力量。

〈橘子〉寫於芥川二十七歲時，母親發瘋、入籍到舅舅家成為養子、和初戀女友因舅舅反對而被迫分手、舅舅經商失敗、生父病逝……精神與經濟的雙重壓力，使他陷入抑鬱的情緒。因此這篇小說裡故事的時間設定於陰霾的冬天黃昏，「我」的身心疲憊，投射出他自身的經歷與困頓。

芥川龍之介集新現實主義、新理智派和新技巧派文學特徵於一身，代表了當時日本文學的最高成就。這取材於尋常生活裡的一個小插曲，展現他在經營上的精巧，事件簡單，人物清楚，結構完整，布局清楚。文學技巧則顯現於細緻而緩慢的鋪陳細節，讓窗外的景色與火車行進的歷程緊密勾連，尤其是情節發展側重在主角的內在心理活動，具有抒情詩的情調，和憂鬱、戰慄之美。

脈絡上順著車窗內外的景色烘托，如淒涼而清寂的景況、烏雲滿布的天與人物心境交融，郊外凋蔽景象與小男孩身形、穿著、處境相映。身心極端疲倦的情緒引導並開展了整個故事事件的鋪展，它直接影響了故事主角看待自身周遭事物的態度（冷眼看待一個身分卑微的鄉下女孩，對於每天重複發生的社會事件毫無興趣），也點綴出了故事主角極度悲觀而灰暗的人生觀。

不過文中並未交代何以疲憊倦怠，何以悲觀，何以對現實中的種種情事都嫌惡？只能從芥川龍之介本人因童年時期母親發瘋、父親經

商失敗的家庭變故，以及在青年時期受到東西文化交相對立、激盪甚至衝突、鬥爭的時代氛圍所影響，而一直感染著十分悲觀而厭世的虛無思想色彩，晚年又患有嚴重的精神衰弱症等推測端倪。

芥川龍之介在〈基督徒之死〉中說到：「凡人世之可尊貴，任何事物之所不能比擬者，厥為剎那之感動。」其作品以人世的孤獨和人生的寂寞貫串，他認為人生大半是無聊的，庸俗的。庸庸碌碌的人生中最高價值在剎那間的感動，生命爆發力的尖端，是隔絕了一切思辨，而使我們從灰色的懷疑中解放出來。

在這篇敘述中以「我」為敘事者，刻畫出一個性格冷酷的知識分子在面對庸俗、虛無而醜陋的現實世界，沈入消極而灰暗的情緒。意外地目睹了一個小女孩為了報答前來送行的胞弟們，特地從列車窗拋投柑橘的過程，從性格純真的女孩身上得到一股良善的心靈慰藉力量。象徵光明而開朗意象的「蜜柑」，以及小女孩呈現的所表現出來奮發向上的光明意象，正是人世最可貴的剎那間之感動！

問題解讀	問題思考	問題行動	問題結果
貧窮，是否便是一無所有。	貧窮者如何使自己富足？	1. 小女孩排除萬難，把橘子拋給等待的小男孩們。	這微乎其微的橘子承載了濃厚的情意，跨越貧窮而擁有無比珍貴的禮物與祝福。
生命，是否庸俗無奈？	在瑣碎、無聊的生活中，如何看見希望？	2. 小男孩在隧道口等候，只為向小女孩揮手。	

　　文學作品中的物質往往有其現實上的具體意涵，以及作為媒介所顯現的內在情感，乃至身分階級、精神品味、交際溝通、經濟文化的象徵。

　　物質的作用，如莫言〈白狗鞦韆架〉：「高密東北鄉原產白色溫馴的大狗，綿延數代之後，很難再見一匹純種。」凸顯這特殊的白狗是連繫情節的線索的紐帶，推進故事的導引。或者藉物以帶出氣氛，引出思想習慣與處境，如張愛玲《傾城之戀》開始的老鐘，比別人家慢點，意指「他們唱歌唱走了板，跟不上生命的胡琴。」接下來由真摯的胡琴聲，對照於光豔伶人，帶出白四爺的不合時宜，以及整篇小說蒼涼陳腐的氣味：「胡琴咿咿啞啞拉著，在萬盞燈的夜晚，拉過來又拉過去，說不盡的蒼涼的故事 —— 不問也罷！……胡琴上的故事是應當由光豔的伶人來搬演的，長長的兩片紅胭脂夾住瓊瑤鼻，唱了、笑了，袖子擋住了嘴……然而這裡只有白四爺單身坐在黑沉沉的破陽臺上，拉著胡琴。

　　宗教文化意涵也是使物質變得豐富的基底，最常見的是人情來往的禮物、報酬犒賞慰勞的物品，小至點心，大至田產房舍、美女財寶、官位寶劍。如《法華經義疏》八大海龍王贈法華和尚救命龍仙膏、楊妃予皇帝害命藥酒、隋文賜劍給韓擒虎。工具性物質也是慾望的表徵，《金瓶梅》中的酒色財氣、飲食男女、情色感官無不建築於物質之上，潘金蓮得寵後，要一張與李瓶兒一樣鑲珠羅墊的床，其價八兩，但丫環秋菊僅值六兩，是人不如床。他如女人的胭脂花粉、梳鏡針釵、衣衫、首飾、鞋襪、香囊、繡帕，居室中的香爐、熏香、茶碗几凳無一不是身份地位和引進情慾的媒介，以鞋襪而言，「三寸金蓮」原本就是調情的利器，密密縫製的鞋顯是表達心意的寄託，更被用作巫術的操作。

互通有無，讓貿易由地方性的小販到區域商賈，最後演進至陸、海上的國際商道。影響所及除活絡民生經濟，更是政治經濟版圖的擴張、文明宗教藝術的交會，多元文化移民的融合。漢代張騫通西域打通的絲路，西周晚期、春秋東夷、百越到元明清開啟的海上貿易，從輸出絲綢、瓷器、茶葉、藥材到輸入有標誌性產品的香藥、香料、槍械……等。

　　以香為例，自魏晉便經由今東南亞地區納貢的龍涎香、沉香、檀香，宋代開始普及一般士大夫階層，詞中屢屢以香爐所飄飛的氣味作為閒情逸趣的連結點，如蘇軾〈翻香令〉：「金爐猶暖麝煤殘。惜香更把寶釵翻。重聞處，餘熏在，這一番，氣味勝從前。」陳與義〈焚香〉：「爐香裊孤碧，雲縷霏數千。」晏幾道〈浣溪紗〉：「鴨爐香細瑣窗閒。」周邦彥〈蘇幕遮·燎沉香〉：「燎沉香，消溽暑。」

　　香，逐步由宗教祭祀的出入神界與凡俗介質、熏香化妝的氣味感受，發展至醫療保健、日常飲食。宋詩人黃庭堅作《香之十德》描寫對香的讚譽：「感格鬼神，清淨身心，能拂汙穢……常用無礙。」它不僅是鄭和下西洋帶回的物品之一，也因為明朝士人講究心性之學的風潮，和城市經濟形態所形成的奢靡繁華影響，及時行樂與官能享受的風氣盛行而具有輻射狀的象徵意義。

　　香道由中國傳到日本，一休禪師將它發揚光大。除卻四季花卉所製的香：若菜香（春）、菖蒲香（夏）、菊合香（秋）、雪見香（冬）。《源氏物語》中更記載梅花、荷葉、侍從、菊花、落葉、黑方六種熏香的配方以及調配之法，發展出貴族「聞香」鑑賞、「組香」品賞的遊戲。五十二枚香紋圖對應各帖的名稱、故事寓意、品香的季節、戶外的窗景，而形成「源氏香圖」。

　　物質，因生活所需而被創造，也因美學的品鑑而被添上情味與雅趣，透露出對物的憐愛與贈者受者之間的關係和觀想。《源氏物語》第

三十二回〈梅枝〉敘述皇太子將舉行冠禮，小女公子也即將入宮，眾人費盡心思調出奇香異味。槿姬把寫給源式的信繫在一枝半已零落的梅花枝上，隨信送去的是「一隻沉香木箱子，內裝兩個琉璃缽，一個是藏青色的，一個是白色的，裡面都盛著大粒的香丸。藏青琉璃缽蓋上的裝飾是五葉松枝，白琉璃缽蓋上的裝飾是白梅花枝。」裡面附有小詩一首：

殘枝花落盡，香氣已成空。
移上佳人袖，芬芳忽地濃。

源氏的覆信也用紅梅色染成的上深下漸淡的信紙，在庭中折取紅梅一枝，將信繫在枝上。

平凡的物質，在文人雅士的手上寫下一則則浪漫傳奇，讓我們得以藉由經典作品感受相知相惜的馨香與美好。

日本

伊豆的舞孃
日本的藝妓文化

　　川端康成（1899～1972），經歷第一、二次世界大戰及日本戰敗後等三個巨大動亂時代，是首位日本人諾貝爾文學獎得主。

　　三歲前，父母因感染肺結核離世，由祖父扶養的他，由於身體孱弱，家人呵護備至，幼年幾乎沒有與外界接觸，導致性格孤僻憂鬱。隨著祖父母和唯一的姊姊相繼過世，十六歲後天涯孤獨，死亡的恐懼與孤兒意識成為影響一生的陰影。

　　就讀東京帝大時，遇生命中的貴人菊池寬，藉所出版的《文藝春秋》刊物認識谷崎潤一郎、芥川龍之介等人。大學畢業後創《文藝時代》，主張以主觀感覺為中心，表現新的感覺、精巧的文字和自我，藉此對抗同時代的主張寫實客觀的私小說，和二次世界大戰無產階級興起，貼近勞工農民的文學。

　　川端康成融合西方文學的意識流技巧，同時重估日本傳統的價值和現代意義，因此被評論家稱為新感覺派的小說家，屬於日本文學中傳統主義的革新者。他以他獨特的敘事方式來表現日本人的精神、文明、道德與價值觀，尤善於描寫細膩的女性心理，充分展現日本的民族色彩與特性，使其作品既具有民族特殊性，又具有普遍性和世界性的意義。

　　《雪國》、《千羽鶴》、《古都》是他得諾貝爾獎的作品，透過敏銳而細密的感性思維與慣有細膩的文字，描寫情人與人相遇、相識、相別的情感、京都文物之美、傳統祭典的民俗，表現物哀與風雅的文化美學。

　　得獎後第四年，因三島由紀夫切腹自殺大受刺激的川端康成，十七個月後在鎌倉住家附近的工作室開煤氣自殺，未留下隻字遺書。

那年我二十歲，頭戴高等學校的學生帽，身穿藏青色碎白花紋上衣，肩上掛著書包，獨自到伊豆旅行。眼看著就要到天城山的山頂了，陣雨已經把杉樹林籠罩成白花花的一片，並以驚人的速度從山腳下向我追來。沿著彎曲陡峭的坡道，好不容易來到山頂上北路口的茶館。我呼了一口氣，因為我的心願已經圓滿地達到，那夥巡迴藝人正在那裡休息。

舞孃看見我佇立在那兒，立刻讓出座墊，把它翻面擺在旁邊。

「啊……」我答了一聲坐了下來。由於一路爬行喘不過氣，再加上有點驚慌，「謝謝」這句話已經到了嘴邊卻沒有說出口來。

那舞孃看去大約十七歲，頭上盤著大得出奇的舊髮髻，這使她的鵝蛋臉顯得非常小，可是又美又調和。舞孃一夥裡有一個四十多歲的女人，兩個年輕的姑娘，還有一個二十五、六歲的男人，穿著印有長岡溫泉旅店商號的外衣。

到此刻為止，我見過舞孃這一夥人兩次。第一次是在前往湯島的途中，當時舞孃提著鼓，我一再回過頭去看望他們，感到一股旅情滲入身心。然後是在湯島的第二天夜裡，他們巡迴到旅館裡來，我坐在樓梯，一心一意地觀看舞孃在大門口的走廊上跳舞。我盤算著：當天在修善寺，今天夜裡到湯島，明天越過天城山往南，大概要到湯野溫泉去。在二十多公里的天城山山道上準能追上他們。我這麼空想著匆忙趕來，恰好在避雨的茶館碰上了，心裡撲通撲通地跳。

老婆子進來送茶，我說了一聲好冷啊，她拉著我的手到裝著火爐的住屋去。將近一小時之後，我聽到巡迴藝人準備出發的聲音，留下五角錢銀幣，便急急追上他們。

　　沿著河津川的溪谷到湯野去，約有二十公里下行的路程，越過山頂和小村莊後，可以望見山麓上湯野的茅草屋頂，這時我決心說出了要跟他們一起旅行到下田，他們聽了非常高興。

＊　　＊　　＊

　　我和大家一起走上小旅店二樓，卸下行李，鋪席和紙隔扇都陳舊了，很髒。舞孃從樓下端茶來，坐在我面前，滿臉通紅，手在顫抖，茶碗從茶托上歪下來。她怕倒了茶碗，乘勢擺在鋪席上，但茶已經灑出來了。看她那羞愧難當的樣兒，我楞住了。

　　傍晚下了一場大雨，群山虛無縹緲，混濁的小河發出很響的聲音。在猛烈雨聲中，遠方微微傳來了咚咚的鼓聲，我急切拉開木板套窗，探出身子去，鼓聲彷彿離得近了些。風雨打著我的頭，我閉上眼睛側耳傾聽，尋思鼓聲通過哪裡到這兒來。不久，我聽見了三弦的聲音，聽見了女人長長的呼聲，聽見熱鬧的歡笑聲。隨後我了解到藝人們被叫到小旅店對面飯館的大廳去了，可以辨別出兩、三個女人和三、四個男人的聲音。我等待著，心想那裡一結束就會轉到這裡來，可是那場酒宴熱鬧異常，像是要一直鬧下去。女人的尖嗓門像閃電一般銳利地穿透暗夜，我敞開著窗子，一直痴呆地坐在那裡。每一聽見鼓聲，心裡就愈明白「啊，那舞孃正在筵席上啊，她坐著在敲鼓呢。」

鼓聲一停就使人不耐煩，我沉浸到雨聲裡去了。

不久，也不知道是大家在互相追逐呢，還是在兜圈子舞蹈，紛亂的腳步聲持續了好一會兒，然後突然靜下來。我睜大了眼睛，像要透過黑暗看出這片寂靜是怎麼回事。

我心中掛念著舞孃今天夜裡會不會被糟蹋？

我關上木板套窗上了床，內心裡還是很痛苦。雨停了，月亮出來，我就這樣看著被雨水沖洗過，爽朗而明亮的秋夜，過了兩小時。

＊　　　＊　　　＊

第二天早晨，南伊豆小陽春天氣晴朗美麗，一望無雲，漲水的小河在浴室下方溫暖地籠罩於陽光中。

微暗的浴場盡頭突然跑出一個裸體的女人，像要從脫衣場盡頭奔向河岸似地，伸出雙手彷彿想要接住什麼。那是舞孃。我望著她雪白的身子，修長的雙腿，心底彷彿有一股清泉流過。深深吐出一口氣，不禁莞爾，她還是個孩子呢！她發現我之後滿心喜悅，竟赤裸地跑到日光下踮起腳尖，伸長了身子。難抑心中的喜悅之情，我快活地笑個不停，腦中的陰霾一掃而空，臉上始終漾著微笑。

已經約好早晨八點鐘從湯野出發，我戴上在公共浴場旁邊買的便帽，把高等學校的學生帽塞進書包，向沿街的小旅店走去。二樓的紙隔扇整個打開著，見藝人們都還睡在鋪墊上，我有些慌張，站在走廊裡楞住了。

在我腳跟前那張鋪墊上，舞孃滿面通紅，猛然用兩隻手掌摀住了臉。她和那個較大的姑娘睡在一張鋪上，臉上還殘留

著昨晚的濃汝，嘴唇和眼角滲著紅色。這頗有風趣的睡姿沁入我心。她眨了眨眼側轉身去，用手掌遮著臉，再從被窩裡滑出來，坐到走廊上，告訴我晚上要接待客人，必須延後一天去下田。

我因此延緩了行期。走到樓下閒聊，他說巡迴藝人榮吉，年長的姑娘十七歲，是他的老婆叫千代子，彈三線琴。舞孃是他的親妹妹，十四歲，叫薰子，說起不得已讓妹妹來幹這種生計，他注視著河灘，露出要哭的表情。

晚上我到小旅店去，舞孃靠到身邊聽我說通俗故事。她的臉幾乎碰到我的肩頭，表情一本正經，不眨眼地盯著我的前額。她閃動的，亮晶晶的眼珠，雙眼皮的線條，美得無以復加。

不久，飯店的侍女來接舞孃。她換了衣裳，對我說：「我馬上就回來，等我一下，還請接著讀下去。」

舞孃端正地坐在飯館的二樓上，敲著鼓，從這裡看去，她的後影好像就在隔壁的廳房裡。鼓聲使我的心明朗地躍動了。過了一小時，舞孃和千代子和百合子一同回來。

我又讀了一會兒《水戶黃門漫遊記》，他們談起旅途，說起我將來到他們大島的家裡去，可以住在老爺子的房子。那裡寬敞、安靜，永遠住下去也沒關係，還可以用功讀書。

我逐漸了解到，他們旅途上的心境並不像我最初想像的那麼艱難困苦，而是帶有田野氣息的優閒自得。他們是老小一家人，讓我感到有一種骨肉之情維繫著他們。過了夜半，我離開小旅店，姑娘們走出來送我，月亮出來了……明天到下田。

也許是秋季的天空過於晴朗，臨近太陽的海面像春天一樣籠罩著薄霧。從這裡到下田要走二十公里路，海時隱時現，千代子優閒地唱起歌來。群山靜寂，走了好長一段曲折道路，舞孃在枯草叢中卸下鼓，拿手巾擦汗。她彎著腰替我渾身撣塵，然後把裙子下襬放下去，對喘氣的我說：「請您坐下吧。」成群的小鳥飛了過來，四周寂靜得只聽見停著小鳥的樹枝上枯葉沙沙地響。舞孃蹲在路邊，用桃紅色的梳子在梳小狗的長毛，那是在湯野的時候，我就打算向她討取的梳子。

我聽見舞孃說：「那是個好人呢。」

「是啊，人倒是很好。」

「真正是個好人，爲人真好。」

這句話聽來單純而又爽快，流露出感情的聲音。我也天真地覺得自己是一個好人了，心情愉快地抬起眼來眺望著爽朗的群山，眼瞼裡微微覺得痛。我這個二十歲的人，一再嚴肅地反省自己由於孤兒根性養成的怪脾氣，和令人窒息的憂鬱感，才到伊豆旅行。聽見有人說我是個好人，真有說不出的感謝。

快到下田海邊，群山明亮起來，我揮舞著剛才拿到的那根竹子，削掉秋草的尖子。

路上各村莊的入口豎著牌子：「乞討的江湖藝人不得入村。」

一進下田北路口，就到了甲州屋小旅店，藝人們向小旅店裡的人們親熱地打著招呼。

我的旅費已經用光了，必須乘明天早晨的船回東京。在下

田和榮吉吃罷鮮魚飯後，順便到了甲州屋，藝人們在吃雞肉火鍋，舞孃在樓下跟小旅店孩子們一起玩，她一看到我，就去央求媽媽讓她去看電影，可是媽媽不應允。為什麼不行呢，我實在覺得奇怪。我走出大門口的時候，舞孃撫摸著小狗的頭，我難以開口，只好做出冷淡的神情，而她好像連抬起頭來看我一眼的氣力都沒有了。

我獨自去看電影，女講解員在燈炮下面唸著說明書，我立即走出來回到旅館。我胳膊肘挂在窗檻上，良久眺望著這座夜間的城市，城市黑洞洞的，我覺得從遠方不斷微微地傳來了鼓聲，眼淚毫無理由地撲簌簌落下來。

＊　　　＊　　　＊

出發的早晨七點鐘，榮吉穿著印有家徽的黑外褂，似乎專為給我送行。沒見到舞孃，我感到寂寞。秋天早晨的街上是冷冽的，榮吉在路上買了柿子，四包敷島牌香菸和薰香牌口中清涼劑送給我。

我摘下便帽，把它戴在榮吉頭上，然後從書包裡取出學生帽，拉平皺折，兩個人相視而笑。

快到船碼頭的時候，舞孃蹲在海濱的身影撲進我的心頭。在我們走近她身邊以前，她一直在發愣，沉默地垂著頭。她還是昨夜的化妝，愈加動了我的感情，眼角上的胭脂使她那像是生氣的臉上顯了一股幼稚的嚴峻神情。

舞孃特意來送行。榮吉去買船票的時候，我搭訕著說了好多話，舞孃望著運河入海的地方，一言不發。

舢板搖晃得很厲害，舞孃依舊緊閉雙唇凝視遠方。我抓住

繩梯回過頭來，想說一聲再見，卻沒說出口，只是再次點了點頭。榮吉不斷地揮動著剛才我給他的那頂便帽，船離開很遠之後，才看見舞孃開始揮動白色的手帕。

伊豆半島南端漸漸在後方消失，我憑倚著欄杆，留戀地眺望著海面上的大島。我覺得跟舞孃的離別彷彿是很久很久以前的事，我枕著書包躺下，頭腦空空如也，沒有了時間的感覺。淚水撲簌簌地滴在書包上，連臉頰都覺得涼了。

我不知道海上什麼時候暗下來，船艙的燈熄滅了，船上載運的生魚和潮水強烈的氣味撲鼻而來。黑暗中，少年的體溫溫暖著我，我聽任淚水止不住地往下滴落，腦子如海水一般澄清，最後什麼也沒有留下，只感覺甜蜜的舒暢。

走廊燈 引經據典

1. 葉子近乎悲戚的優美的聲音，彷彿是某座雪山的回音，至今仍然在島村的耳邊縈繞。（雪國）
2. 什麼時候，你能與一個老人待一下午，饒有興趣地聽完他精彩或不精彩的人生故事，就說明你已經成熟。
3. 花給空氣著彩，就連身體也好像染上了顏色。時間以同樣的方式流經每個人，而每個人卻以不同的方式度過時間。
4. 美在於發現，在於邂逅，是機緣。凌晨四點鐘，看到海棠花未眠。即使和幽靈同處地獄也能心安理得，隨便什麼時候都能轉身而去。這就是我，一個天涯孤客心底所擁有的自由。
5. 黃昏的景物在鏡後移動著，也就是說，鏡面映現出的虛像與鏡後的實物在晃動，好像電影裡的疊影一樣。出場人物和背景沒有任何連繫。人物是透明的幻象，景物則是在夜靄中的朦朧暗流，兩

我獨自到伊豆旅行，遇一群賣藝人，遂結伴同行。

雨夜中聽藝人表演的聲音，我關注舞孃，在旅店說故事給舞孃聽。

我與藝人們相處甚歡，被邀至大島再聚，旅費告罄，必須分道。

舞孃送行，我黯然離去。

者消融在一起，描繪出一個超脫人世的象徵世界。特別是當山野裡的燈火映照在姑娘的臉上時，那種無法形容的美，使島村的心為之顫動。

思辨探索

　　川端康成十八歲考上東京第一高等學校，失去了所有的親人五年的他，暑假也只能寄宿在遠親家中。隔年初秋，他單獨去伊豆旅行，從修善寺到湯島的途中，他與巡迴演出的藝人相遇，認識提著大鼓，眉眼豔麗的薰子。畢業後三年，大部分時間都在伊豆的湯島，因此評論家分析，1926年，二十八歲那年寫成的〈伊豆的舞孃〉是自傳小說，故事中二十歲高中學生就是川端康成。

　　這本初期作品在技巧與內容上，雖不如後期深植於傳統日本文化的唯美主義，和優美、高超的小說藝術，以及敏銳的感受與巧妙的筆法，表現日本人心靈的精髓。但小說中所描述眼神澄澈，笑顏如花的少女形象，情竇初開的少男少女之心理，作者孤獨身世因為旅途偶遇的藝人而得到慰藉、接納的溫暖，以及在當時社會封建思想，階級森嚴風氣之下，最單純無邪而又天真浪漫的情感，在在顯現少年時的川端康成對愛情唯美的想像與刻畫。特別是他以細膩真淳的感覺對抗現實的殘酷，在文字裡寄託幽微詩意與渴望家人的歸屬感。是以小說多次被改編為電影、電視劇，是日本人相當喜歡的作品之一，塑造川端在日本文壇的地位。

　　這本小說之後，他認識協助編雜誌的川端秀子，如願的結為連理。但在他心目中，這段際遇一直是心頭裡的遺憾，川端康成曾說，儘管分別使他悲傷，當時還打算去舞孃的家鄉同她相敘，所以沒有覺得是永久的別離。然而他們畢竟沒有重逢，川端康成這樣回憶舞孃：

「從此之後，這位美麗的舞孃，從修善寺到下田港就像一顆彗星的尾巴，一直在我的記憶中不停地閃流。」

川端康成小說在意的並不是事件，而是該場景、人物與事件回到他的內心的感覺。閱讀時，可留意他刻意改變行程急急追趕的深情：「恰好在避雨的茶館裡碰上了，我心裡撲通撲通地跳」、舞孃端茶來時，「滿臉通紅，手在顫抖」所埋下的心動。雨夜裡循聲想像舞孃搖鼓的表演，那頭的熱鬧與黑暗裡枯等的焦急心情，終於在「我心中掛念著舞孃今天夜裡會不會被糟蹋？」這句裡迸發而出。

兩情相屬的強烈情感在小說裡一路加溫，我望著舞孃「雪白的身子，修長的雙腿，心底彷彿有一股清泉流過」的痴迷。舞孃被乍見睡姿，「滿面通紅，猛然用兩隻手掌捂住了臉」的嬌羞。被舞孃讚美是好人，一掃壓抑心中憂鬱而頓時輕鬆歡喜。至此，那不言而喻的相知已在彼此心中，也讓離別格外淒迷。

作者對這段看似曖昧不明，其實了然於心的情感，並不歸結於身分地位差異而分手，反倒以少年對愛情執著的嚮往、青春與生俱來的萌動粉碎社會對藝人的輕賤。他也不以濫情式的語言讓兩人衝破矜持表白心跡，而是以舞孃沉默抿嘴、舢板搖晃得很厲害、榮吉揮帽來襯托那無法壓抑而又說不盡的傷悲。

「直到船離開很遠之後，才看見舞孃開始揮動白色的手帕」，這一幕是兩個走向異方的人凝視彼此的觀望，是明白此生難再的耽溺與不捨。這樣的身影讓小說裡的男子即使在充滿生魚和潮水氣味的船艙，但止不住甜蜜而流下的眼淚，那愛慕的悸動是川端生命歷程由青澀走向成熟「精神蛻化」的見證。

聖潔純真的愛情往往短暫而縹緲，就如川端康成所言：「在這樣如夢似幻的山裡，注定這是一場足以銘記，卻不可能結果的感情。」但出入風月場合卻童心未泯的薰、落落寡歡而渴望情感依託的高校男

子，是許多人的青春寫照。嫩稚初戀裡自纖細幽雅的靦腆含羞，到無我無欲的真情至性，勾勒出明淨的愛情曲線，成為無數劇本裡迷人的模式。伊豆的山海人情、江湖藝人的熱情、日本女性之美，與古典溫婉的細膩感覺，如牧歌，如樂府，讓讀者彷彿置身於那樣純善絕美的世界，各自沉入微量的情緒之中。

問題解讀	問題思考	問題行動	問題結果
愛情	青春的愛情能跨越階級身分嗎？	我一路追逐流浪藝人，與之同行，觀看陪伴薰子。	離別不捨之中，懷抱甜蜜的感覺。
	青春愛情的意義是？		我由青澀而成熟

櫥窗燈　震盪效應 —— 相關閱讀

你覺得最能代表日本傳統文化的是符號、物件或儀式什麼？

和服、和室、廟宇祭典、武士、相撲、茶道、花道、書道、劍道、能樂、俳句、藝妓……。自服裝、建築、藝術、生活美學到身分象徵，都以不同的風姿與形態展演日本文化情感與哲學思維。日本注重精神世界和「閒寂與古雅」的內涵，如表現「幽玄」世界的能樂、崇尚不露鋒芒的優雅恬靜的「茶道」，而最為人矚目的當屬從十七世紀開始的藝妓文化。

川端康成作品內容大多描寫舞女、藝妓哀傷憂鬱的生活和純潔的愛情，如《伊豆的舞孃》、《雪鄉》。類似的作品如張文環〈藝妲之家〉、瘂弦〈坤伶〉、施叔青《行過洛津》、中村喜春《東京藝妓回憶錄》、電影《藝妓回憶錄》。

藝妓源於京都八坂神社附近「水茶屋」的女服務生，以歌曲、舞

蹈招攬客人，而後成為專門訓練養成的行業。一般而言，沒有經過藝術培訓而在酒席倒酒的女性稱為酌婦，賣藝且賣身的女子稱為女郎、遊女，級別最高的是太夫、花魁。「花魁」不但年輕貌美，且精於茶道、和歌、舞蹈、香道，服務對象只限於達官貴人，社會地位相對較高。

藝妓養成過程如苦行僧，自十四、十五歲到「置屋」學習詩書樂禮、跳舞茶道唱歌、語言服飾裝扮，經過長達五年重重考驗方成獨當一面的藝妓。剛出道是舞妓，每天出入的動線僅限於茶室、酒館、料亭與住處置屋之間，深居簡出不與外人來往，沒有個人時間、個人喜好，不能談戀愛，三十歲或結婚就必須辭職。

三百年前沒有燈光，只有蠟燭照明，表演者必須以白粉塗臉才能讓觀眾看清楚，這習俗沿襲至今，成為藝妓的特徵。也有人解讀是藝妓塗了白妝之後，比較看不出臉上的喜怒哀樂，宛如帶了一層面具，神祕而高貴。搶眼而鮮豔亮麗的造型是藝妓的符號，為增加性感和韻味刻意外露脖頸，顯現柔性美的肢體動作與輕聲細語，固定的裝扮與服飾規矩至古到今一直不變。

嚴格的服裝界線區別了身分：舞妓的白臉妝自臉部延伸到後頸，濃厚、鮮紅塗唇，島田髷配上多樣髮飾，身穿精緻華麗的振袖和服、花色衣領、繁複刺繡的長腰帶，營造舞姿翩翩的飄逸感與長袖捲飛出的線條。藝妓只戴一個髮飾，留袖長度到臀部，白色衣領、腰帶為短結，花色簡單樸素，級別愈高愈素雅。

二十世紀初，八萬人的藝妓隨著新興娛樂而凋零，目前不到一千人。從古代被輕賤的行業，到現代被視為日本傳統文化的守護者、家族的榮耀，是條充滿血淚的路途。有天，當你走在京都祇園花見小路上，看見身穿華服，蓮步款款，低頭行過的背影，請駐足細賞這最美麗的風景與文化韻味。

伊朗

瞎貓頭鷹
伊斯蘭文化

薩迪克・赫達亞特（1903～1951），在散文、戲劇、民間文學、兒童文學、古典文學和翻譯評論上成果斐然，被稱為伊朗現代文學史上的一代宗匠。

他出身於貴族，曾祖父是著名的宮廷文人，祖父是詩人，也是國王的教育大臣，父親是作家。家學淵源的環境薰陶與父親期待下，他遠赴比利時、法國學土木工程，得以廣讀西方文學名著，受象徵主義和超現實主義等法國文藝思潮影響，創作小說《活埋》、《三滴血》，話劇《薩珊姑娘帕爾雯》和《開天闢地的傳說》等。

學成回國後，組織文學團體，辦文學刊物以引進歐洲現代派文學創作手法至伊朗文壇。1936年移居印度孟買，鑽研前伊斯蘭時期的波斯文化，翻譯古典文獻。兩年後回國，收集民間故事、傳說、歌謠和諺語。1950年赴巴黎，隔年自殺。

伊朗最具幻想性的《瞎貓頭鷹》與最具現實性的《哈吉老爺》都出自赫達亞特之手。落落寡歡的個性，和深受卡夫卡影響的強烈虛無荒誕感，烙印在他的小說中，化為悲觀厭世的筆調，低沉陰暗而哀傷的氣氛籠罩於情節之間。正如《瞎貓頭鷹》開頭所說：「這些痛苦是不能向別人宣示的，因為人們往往照例認為這種難以言狀的痛苦是一種偶然的遭遇，要是有人說出來，或寫出來，人們就會按照傳統的觀念，顯露出懷疑和嘲諷的微笑。」因此他借助荒誕不經的情節、虛幻奇異的人物表現內心的感受，在壓抑的色彩中，渲染小人物的悲苦命運和殉難的結局。

另一方面，薩迪克・赫達亞特處於伊朗動亂時期，英國、蘇聯勢力入侵。穆罕默德・禮薩順勢驅逐建立伊朗帝國，實施專制統治，嚴格的書報檢查、大規模擴充軍備、大興土木。但在工業化帶動經濟

繁榮的同時，王室腐敗奢靡，官員貪汙舞弊，民間物價飛漲，貨幣貶值，薩迪克‧赫達亞特因此轉向支持革命，撻伐政治社會的腐朽黑暗、百姓思想的愚昧落後。是以後期作品走向現實主義，《哈吉老爺》刻鏤盟軍占領期間發國難財的奸商的典型形象，寫出禮薩王下臺前後，政治選擇及反對民主革命運動者的荒誕，揭露伊朗官僚資本家的階級本質。

閱讀燈　細看名著

　　生活中的傷痛如痲瘋病菌啃噬和消磨人的靈魂，這種傷痛無法向人訴說，因為人們慣於視其為怪事嘲笑而不以為然。有誰體會這種人在似夢非夢狀態下，靈魂的獨白？

　　我現在要講述親身經歷的一件事，雖然那超出人類理解之外，我應該盡量保持沉默，守口如瓶，但我決心全盤托出。蜷縮在牆上的影子似乎正大口大口吞噬我所寫的文字——也許「我們」能相互了解，自從與他人斷絕連繫，我如此渴望能充分認識自己。

　　我只為自己的影子而寫，燈光下，它投落在牆上，我要向它剖白。

＊　　＊　　＊

　　在這個貧窮殘酷的世上，我第一次感受到一束光如流星閃過。她以天仙的姿態向我顯耀，讓我在那瞬間的光亮中，目睹此生所有的不幸，也領悟她的偉大和絢麗。

　　她不屬於這弱肉強食的卑劣世界，不屬於塵世俗媚低廉

瞎貓頭鷹

的眼光，我相信如果紅塵之水滴在她的臉上，她的玉顏就會憔悴。但僅僅這麼一瞥，就讓我從爾虞我詐的包圍中完全抽身，卻也讓我在她迷人的眼神下痛苦地燃燒，融化。

我住在城外廢墟之中，只在壕溝邊才看得見泥土平房，那是某個瘋子或怪胎在洪荒遠古時蓋的。閉上眼都能感覺這些景象在我肩上的壓力，於是我沉溺在筆筒上作畫，好在混沌中忘卻內心的糾結。

我是畫工，叔父會將這千篇一律的東西帶到印度去販賣。但那天之後，我反覆畫夢想中的少女，畫柏樹下一位像印度瑜伽行者的駝背老人，頭纏包頭巾，身披袈裟盤腿而坐，左手食指放在唇邊，臉上露出驚異的神色。他的對面，隔著小溪，有一位身著黑裙的妙齡女郎躬身彎腰，畢恭畢敬地向他奉上蓮花。她明媚的眼睛流轉蓮花的光彩，明淨而單純，嫵媚而神聖。

正月十三踏青節這天黃昏，我無意中從儲藏室的通風口，瞥見窗外的荒野上呈現出畫中的情景——少女向駝背老頭獻花。那妙齡女郎體態輕盈，婀娜多姿而又雍容華美。一雙土庫曼人所特有的杏核眼，閃爍令人神往的目光；滿頭蓬鬆烏黑的秀髮，一縷青絲貼在耳鬢，高顴骨、寬前額、柳葉眉，豐潤的櫻桃小口，跟畫中少女一模一樣。那雙充滿魔力的眼睛像在譴責人們，透露出焦慮、驚異、具有震懾力而又充滿許諾。

我正看得出神，突然齙唇駝背老人發出令人毛骨悚然的狂笑，嚇得我魂飛魄散。再度定睛看時，荒野上空無一人，闃黑的牆上根本沒有任何通風口。

從此之後，我朝思暮想，寢食難安，整天縮在斗室裡，把

自己投入酗酒、吸食麻醉品之後的迷夢，但短暫慰藉後是更巨大的絕望苦痛。連續兩個月零四天，我到處找不到她的蹤跡。

那是霪雨霏霏的深夜，我拖著疲憊不堪的身軀回到家門口，朦朧中彷彿見到臺階上坐著一個女子，定睛細瞧，正是我夢寐以求的她。我喜不自勝，連忙打開門，她不聲不響地走進屋去躺倒在床上。我懷著難以名狀的激動和不安，躡手躡腳地挨近床邊，透過薄如蟬翼的緊身黑衫，感覺她的婉約修長的手臂、細緻的腿構成脫俗絕倫的曲線美。

我情不自禁地伸出顫抖的手，輕輕地觸這張嬌嫩而嫵媚的臉龐，摸她額邊的黑髮，竟如冰塊。她的眼睛緊閉，我給她喝了一點叔父從印度帶回的用眼鏡蛇浸泡的酒，但她的心臟已經停止跳動！我驚恐悲傷，痛不欲生。想到這美妙絕倫的胴體將會腐爛發臭，變成老鼠和蛆蟲的美餐，我的心都碎了。

少女在床上死去，並很快腐爛長蛆。我領悟到「那荷花並非凡俗之花……如果她修長的手指去採摘凡俗的荷花，那手指便會像花瓣一樣枯萎。」而群山上，那些用沉重磚頭建造的荒蕪民區裡，人們曾經生活過，現在他們的骨頭腐爛了，也許他們身體各部分的細胞依然活在蔚藍色的荷花中。

我決定把她畫下來留作永久紀念，然而一連畫了幾幅肖像都不滿意，尤其她那雙楚楚動人的的眼神。就在我低徊發愁時，忽然瞥見她的臉頰由慘白而變得紅潤，睜開明眸深情地瞟了我一眼。謝天謝地，我總算把她的眼神栩栩如生地畫在紙上，對我說來，她絕不只是普通女子，而是寄託愛情和美好的理想。

爲了不讓凡夫俗子玷汙她的屍體，我祕密裝箱運到遠郊去

埋葬。走出家門，驚見那個醜陋的老頭正駕著馬車等在門口。在風雨之中，馬車來到荒郊野外乾涸的小溪旁，老頭在柏樹下挖坑時發現一個古陶瓶，用他的髒手絹包好送給我。回家打開手絹一看，是個精緻的彩釉花瓶，上面繪著菱形圖案，以紫紅色的睡蓮花為邊飾，罐上正中畫的少女，竟跟我昨夜畫的那幅一模一樣。我目不轉睛地盯著女人的肖像，思緒如潮，恨不能從自己的全部生活中碾出汁液來，滴入落在牆上的我的影子乾渴喉嚨裡。因為在這個世界上，只有它時刻與我作伴，惟有它才能了解我。

＊　　＊　　＊

我的房間有兩扇窗戶，一扇靠街道，另一扇對著庭院。靠近窗戶的那家肉鋪的老闆，蓄著染色鬍鬚，手持剔骨刀，每日神氣活現地解剖和切割羊肉。稍遠處的拱門下，有個大嘴駝背、醜陋不堪的老頭擺地攤賣雜貨，我幾次想去買點東西，跟他攀談幾句，都因膽怯而躊躇。

據老態龍鍾的奶媽說，父親和叔父是一對孿生兄弟，年輕時一起到印度做買賣，先後愛上林伽教寺廟的漂亮舞女布加姆達西。經過協商，兄弟兩人決定關進飼養眼鏡蛇的黑屋裡，誰能活著出來，就將與舞女成婚。結果究竟是父親還是叔父死裡逃生，沒有人說得清楚，因為從蛇屋中出來的是一個頭髮斑白、滿臉皺紋的老頭。後來母親把我寄養在姑母家，離別時她送我一壺酒，裡面盛著印度眼鏡蛇的毒汁。

從我懂事開始就一直把姑媽當成自己的母親，也因此娶了青梅竹馬的表妹為妻，作為養育之恩的報答。但不知為什麼，

自洞房花燭之夜，她就執意不肯與我同床共枕。後來耳聞她的風流韻事，放蕩行為，這叫我情何以堪？回憶起少女時的她，晶瑩剔透的臉孔，清純可人的神采，我甚至掙扎起身到郊外的蘇蘭小溪邊尋找表妹昔日的蹤跡。

當我回神時，我發現自己回到城裡，站在岳父家門口。妻子的兄弟坐在平臺上。他和他的姊姊一模一樣，高高的顴骨，淺棕色的皮膚，性感的鼻子，姣好削瘦的臉頰，還有一雙土庫曼人式的丹鳳眼。我擁抱並親吻他如妻子一般富有魅力的雙唇，此時岳父走了進來，邊走邊聳肩發出詭魅的笑聲。我倉皇地逃出，豈料走向回家的路上，卻似乎走在陌生的城市，四周盡是奇形怪狀的房子，每扇窗子都破敗不堪。更詭異的是當我站在任何白牆前，月光投影出的影子都沒有頭！我嚇得狂奔回家，鼻子汩汩流出血液，暈倒在床上。

我閉上眼，發現自己在穆罕默德廣場，人們在那裡架起高高的絞刑臺，我屋前擺地攤的老頭被吊在架上，醉醺醺的警察在下面喝酒。岳母怒氣沖沖一把拽住我，穿過人群，把我交給穿紅衣的劊子手，我嚇得驚醒，全身滾燙，汗水淋漓。

天已經大亮，從窗戶射入的光線在天花板上搖晃不已。昨夜的夢飄忽遙遠，送早餐來的奶媽好像在哈哈鏡裡，臉孔被拉得細長扭曲而可笑。我記得就在這屋裡，我、奶媽和那蕩婦圍在火爐旁打瞌睡，我睜開眼，在昏暗的光線中，看見繡花門上的圖案跳動起來，上面繡著一個駝背老頭在柏樹下，頭髮鬍鬚盡白，手裡拿著像三弦的樂器。一個像印度神廟舞者的美麗姑娘，雙手套著鎖鏈，彷彿被迫在老頭面前跳舞。我心想，這塊繡金線的印度門簾也許是父親或叔父從遙遠的國度寄來，或許

這老頭也是眼鏡蛇，被扔進黑井才變成這樣。

我的生命時時刻刻在流失，屬於我的時間之河飛快消逝，快樂卻走向零點，甚至負值。

奶媽著急請來的江湖醫生叫我服食鴉片，這讓我頓入迷幻，思想不斷膨脹，飛翔。後來她從占卜師那帶回大蒜、米和壞掉的油摻在我的飯裡，又把醫生開的藥草：海棠花瓣、甘草汁、鐵線草、甘菊花、亞麻子、羅漢松子還有奶粉包在我的肚臍上，同時再三向我講述先知的神蹟和真主的萬能。我根本不想知道真主是否真的存在，只知道假神權鞏固地位的政權，無所不用其極地欺壓和掠奪百姓。我只關心黑暗是否過去，白晝何時來臨。對於像我這樣歷經磨難和飽受死亡一般恐怖煎熬的人而言，什麼宗教裡世界末日的審判，靈魂的獎賞和懲罰不過是無稽之談！

夜盡之時，我放下菸望向戶外，黑青的天空如陳舊的黑袍，到處是破洞，星星在閃爍。我想我的星星必然遙遠無光，或者根本沒有屬於我的星宿。我獨坐在黑暗裡，門邊上、簾子後面，到處都是具威脅性的影子。窗邊坐著一個一動也不動的影子，既不悲傷也不高興。他盯著我的眼珠，我熟悉他，彷彿童年踏青節玩捉迷藏時就見過他。他的樣子像房間窗戶對面的屠夫，我曾多次看過他，彷彿是我的孿生精靈，同住在我狹隘的生活圈子裡。

拉下眼皮，一個由我創造的虛無世界出現在面前。小巷人家的門牆鑲著一叢叢蓮花，這裡的人全都僵硬地在原有的位置，死相怪異，我用手一碰，他們的頭就忽地滾落下來。

我來到一個肉舖，有個男人很像我家前擺地攤的老頭，我

抽出他手上的剔骨刀，他的頭一下子斷落，我嚇得落荒而逃。我跑到岳父家，掏出口袋中的小餅要給妻子的弟弟，但當我的手一碰到他，他的頭立刻斷了，我大叫一聲，醒來。

＊　　　＊　　　＊

　　我打定主意，走進儲藏室拿出短柄剔骨刀。此時一支隊伍抬著棺材從我房間窗戶走過，上面點著蠟燭。「萬物非主，唯有真主」的祈禱聲引起我的注意，小販和行人神情嚴肅，尾隨棺木走了七步，甚至屠夫為了積德也跟著走了七步，擺地攤的老頭卻沒有。

　　我的世界不正是一具棺材嗎？我的臥床不比墳墓更黑更冷嗎？我不斷想像死後的情景，真心希望自己消失。我覺得這世界不屬於我，而是一幫寡廉鮮恥，阿諛奉承的貪婪之徒。我希望我的想法和感覺遲鈍，這樣就不會困於疲憊壓抑，而能躲到印度教神柱背後陰影之中。但我愈是沉浸在自我之中，別人聲音愈是迴盪於耳旁，我想說話，聲音卻卡在喉嚨，寂寞如永夜陰魂不散。

　　門開了，那個蕩婦走了進來，她頭戴灰色三角頭巾，塗上厚厚的眼影，眉間還點了一顆硃砂痣，嘴唇紅豔。她對著鏡子噴上濃郁的香水，似乎對自己的生活很滿意。那是穿著褶裙在蘇蘭溪邊和我捉迷藏的女孩嗎？是裙襬露出性感腳踝的天真女孩嗎？

　　不知為什麼，我想起肉鋪裡的羊。對我來說，她簡直就是一堆無骨肉。那賤女人絲毫無動於衷，對我冷若冰霜，照舊與別人尋歡作樂，夜夜笙歌。我突然發現妻子已經老練成熟，而

瞎貓頭鷹

我還停留在孩子階段，只能在回憶她的童年幻影中得到一絲慰藉。

不知過了多久，我恢復神智，就像平時在大煙炕上蜷身不動，又像擺地攤的老人呆坐，在冒黑煙的油燈前一動也不動。我很熟悉自己這種狀態，眼前所有臉都存在於我，隨著手指不斷拉扯變幻出猙獰的，可笑的臉孔。黑老頭、屠夫、我妻子，他們的樣子也出現在我臉上，但那不是我。

我躡手躡腳地走入妻子房間，我聞到她在說夢話所發出的濕潤氣息，彷彿得到新生。她的房間裡沒有其他人，我想，人們強加在她身上的中傷都是流言。突然我聽到一聲低沉的冷笑，若非如此，我可能會依照心底的決定，把她身上的肉一塊塊割下，送給肉舖，第二天再去問他可知吃的是誰的肉。

她流產了，孩子絕對不可能像我，一定像擺地攤的黑老頭。

在青煙裊裊的燭光前，我的影子飛落到牆上，比真實的肉體更真實。擺地攤的老頭、屠夫、淫蕩的妻子把我禁錮在其中的影子。此時我像一隻貓頭鷹，卡在喉嚨裡的叫聲變成血痰吐了出來。這影子大概也是害病的貓頭鷹，縮肩縮背正專神地閱讀我寫的東西。

它一定懂得我寫的是什麼，也唯有它才能讀懂。我瞥了一眼自己的身影，感到不寒而慄。

黑暗的漫漫長夜，數不盡的影子從門邊、牆上、窗簾後對我齜牙咧嘴。小房間的我如同睡在棺材裡，彷彿有沉重的東西壓著我而不得動彈，那就是掛在骨瘦如柴老黑馬背上送往肉舖的白羊。

在極其歡愉的擁抱中，我不由自主地臣服在妻子散發鈴蘭的髮香之下，興奮地激喊，忽然覺得自己不就是那個老頭？

我感到手中的剔骨刀戳進她的身體，溫熱的液體留在我臉上、手上。我伸開手掌，看見她的眼睛躺在我的手裡。她死了，我整個身體都浸在血泊中。我摀住臉，窺見鏡中的我完全變成擺地攤的老頭，頭髮鬍鬚全白了，就像從有眼鏡蛇的房間活著出來的人。我的嘴唇像那老頭一樣有個缺口，雙眼睫毛消失了，一撮白毛從胸脯長出來，另一個靈魂進入我身體。我蒙著臉狂笑，比前先更歇斯底里，一種糾結在喉嚨空無的笑聲——我變成那個擺雜貨地攤的老頭。

劇烈的狂笑使我從深邃的夢裡醒來，屋裡的爐火成灰，我的心也空空如也。我想起在墓地從趕馬車老頭得來的陶罐，但它不見了。門口有個彎腰的影子，是駝背老頭，手裡抱著陶罐。我追上前去，但他很快走遠了，我回頭看見自己滿身是凝固的血，蒼蠅繞著飛，白色小蛆蟲在我身上蠕動，而且，一個死人的重量壓在我身上……。

走廊燈 ## 引經據典

1. 整個人類都是金錢的奴隸。

2. 他的地攤散發骯髒廢品的銅臭味，這銅臭味宣揚著這些東西的歷史。也許他打算讓生活中的廢品使人們派上用場，因此向人展示。他自己難道不是個廢物嗎？

3. 有了錢，今生今世左右逢源；有了錢，到什麼地方人們都歡迎你，尊敬你，請你上座；有了錢，連太歲頭上都能動土。總之，

夢幻中的少女突然出現在屋前，隨即死去。

我將她埋葬在溪旁，老人給我一個陶罐，上面畫的正是那少女。

妻子無視我的存在，與他人有染，我陷入失魂落魄的痛苦夢魘中。

我殺死妻子，老人拿走陶罐，我看見自己變成擺地攤的老人。

有了錢就有一切，沒錢便一無所有。

4. 此時我體會到自己的超越之處，感覺自己優越於市井小人，優越於大自然，乃至神靈。那些神靈都人類慾望的產物，我已經成為比神靈更偉大的神靈，因為我感覺到一種永無止境的永恆運行……。

思辨探索

《瞎貓頭鷹》被譽為卡夫卡式的經典之作，是學界對之研究最多的一部伊朗現代派小說。「我只為燈光照射到牆上的影子而寫」，這句話道出這本小說顛覆一向反映歷史、社會和政治的寫實主義，轉向關注自我的生存、精神內在的現代主義，個人化的突破。它既被用來表現自我，又藉以反映客觀世界。工業化與資本主義下被異化的生活形態、墮落的思想文化，被荒誕的故事包裹，「希望與絕望」的旋律在作品中交織迴盪，形成陰鬱沉悶、詭譎獨特的美感，投射出現代社會中人的異化和墮落，並隱約地控訴統治者的驕橫摧殘、宗教的虛偽、社會道德的頹敗。

這神祕詭譎的故事分為上下兩部分，夢幻瑰麗的陶瓶少女與現實失貞的妻子，既象徵追求幸福憧憬真理與擺脫卑俗醜陋，也以對比呈現聖潔少女墮落腐爛、異化死去的故事。如果畫中沒有名字，沒有性格，只有形象描繪的少女是幻想中的精神象徵，童年時代的妻子便是清純的現實版。然而就像海市蜃樓可望而不可即，又似露水終將消逝，少女落入紅塵，容顏就會憔悴，並很快長出蛆；妻子在成長後墮落，而象徵聖潔美麗的母親同樣在父親結婚之後，墮落異化為在城市廣場上賣藝的舞女。這是小說第一層象徵內涵：人的精神一旦進入現代社會，就無法避免地走向墮落腐爛。

「異化」是這部小說的核心，不僅女人，所有男人都是異化的形象──畫中的駝背老頭、趕馬車老頭、擺路邊攤老頭、叔父、岳父全都是蒼老、駝背、瞎眼、豁唇或發出令人毛骨悚然的笑聲。這些在第二部份所呈現的墮落和腐化幾乎沒有過程和軌跡，而是社會中黑暗腐敗的事實，象徵異化的存在狀態和無法逃脫的命運。至於「我」，在反覆的希望與絕望，壓抑的現實生活中苦苦掙扎，力圖擺脫異化命運，與內心的魔鬼鬥爭，最後仍逃不出變成蒼老、駝背的老頭，陷入更深的執著與絕望。

小說中經典場景出現的時間深具波斯神話的意涵，如正月的名字是提爾，意指賜甘霖的雨神。古代伊朗人有新年後外出祭拜雨神的習慣，以求五穀豐登，後來以十三日不吉利，而有全家外出郊遊踏青以避惡靈之說。主角在這天看見荒野中出現少女，恍若逢春天甘霖滋潤，讓沉鬱的靈魂重現生機。主角四處尋覓少女兩個月零四天，正好是三月十七日，伊朗神話傳說中三月代表完美和健康的水神，第十七日是報喜天使。美麗少女在三月十七日這天出現在主角家門口，意味她是主角的拯救天使，因此描述其眼神道：「這是一雙具有震懾力、洞察力、拯救力的眼睛，洞悉塵世間的一切苦難」、「震懾力而又充滿許諾的眼睛」。

整部小說具有濃厚的象徵色彩和多重主題，如「柏樹」在波斯文學傳統意象是連接天堂與大地的生命之樹。「身體各部分的細胞活在了蔚藍色的荷花中」，象徵生生不息。「蛇」代表人類心中隱藏的貪慾。畫中的清純少女因為「我」給她喝了浸泡眼鏡蛇的酒而死去，這眼鏡蛇酒是母親遺留給「我」的唯一禮物，「我」的父親因這蛇而死，叔父因這蛇而異化，母親亦如此。

陶罐，在波斯宗教中既指先知身體蘊藏在草木陶土中，也是人死後屍骨融入泥土，象徵精神、傳統文化復活。小說上半部以得到陶罐

結束，下半部以丢失陶罐結束全書，陶罐的失落是傳統精神的徹底失落，象徵作者對人類未來的絕望。

　　貓頭鷹因為停駐在古羅馬神話中智慧女神密涅瓦身上，而被西方視為智慧的象徵，但瞎掉了眼睛的貓頭鷹，失去對黑夜的感知，失去洞悉覺察的能力，只能渾渾噩噩地走向異化，墮落和毀滅。這是身處現代社會人類的恐懼感：在紛亂的外在訊息、急遽的環境變遷，逐漸失去自我，淪為被異化的悲劇。

問題解讀	問題思考	問題行動	問題結果
自我和理想能長久保有嗎？	1. 讓我們失去自我和理想的原因是？ 2. 讓我們異化的是誰？	我尋找夢幻中的少女、無邪的妻子，都因處於現實而消失，而變形。	1. 現實讓人異化。 2. 沒有人可以逃脫被改變。

櫥窗燈　震盪效應 —— 相關閱讀

　　想到伊朗，腦海中會浮現什麼？

　　大多數人的回答是中東、石油、戰爭，少數帶著歷史地理背景知識的人會補足一張地圖：里海、波斯灣，與阿拉伯半島相對，與阿富汗、土耳其、伊拉克相連，是路上絲路的中軸；或是一連串大事記：雅利安人併吞巴比倫王國，建立橫跨歐亞非的波斯帝國、亞歷山大帝國、兩度入侵希臘、張騫通西域曾駐足於此、成吉思汗建立伊爾汗國、人類最早的系統法律《漢摩拉比法典》。還有些人會因為柔性文化而輕喚波斯貓、波斯地毯、波斯花園，以及葡萄、無花果、菠菜、石榴的原鄉。

的確，這個涵蓋美索不達米亞和中亞文明，擁有五千年以上歷史的國度，以豐富的詩歌、民間傳說、宗教儀式、建築雕刻、文學經典、文化習俗反覆傳誦遙遠古老而又個性鮮明的記憶，形成伊朗人的集體意識。

英國學者將伊朗喻為「盛開無數種花卉的美麗花園」，一方面藉以形容鎔鑄歷史上複雜而繁多的侵略所形成的民族衝擊，迸發出多采多姿的文化狀態；另方面可以代表在沙漠的游牧民族，如何以嫻熟的地下道技術營造富裕的居住環境，創造出圍牆花園、流水噴泉、植物花卉、圓拱挑簷的人間樂土，更可用以解釋圍繞宗教集會場所的社區、學校、公共澡堂，和以巴札（集市）交換貨物、休憩的咖啡館、說書或藝人即興演出的茶館、餐廳、商隊旅館、倉庫，連接不同宗教社區的居住規劃模式，是如何在幾千年來藉此城市制度，組織社會階級與各行各業的影響力，迸發出五彩繽紛的音樂藝術、飲食器物，漾生花園般鮮麗奇異的香氣。

一如在中東所有國家的命運，伊朗在分合對立的戰爭中蔓延國土，也在此起彼落的王朝間被壓制分裂。及至1979年伊朗爆發伊斯蘭革命，在外流亡十五年的何梅尼被迎回國。有鑑於資本主義國家掠奪與貪婪，何梅尼提出「我們不要東方（共產主義），也不要西方（資本主義），我們要以伊斯蘭作為立國的基本主張。」國名伊斯蘭共和國即源於此主張，開始實行伊斯蘭教法，且神權至上的政教合一。

儘管風起雲湧的政治震盪不已，但承繼美索不達米雅以月亮盈缺衡量時間的習慣卻根深柢固的融入日常。如日落是一天的開始，一日五次禮拜（日落、晚上、破曉、正午、下午）成為穆斯林生活規律。每年的三月二十一日是伊朗新年（諾魯茲節Noruz，意謂新的日子），除夕夜，人們會以跳火的活動來驅趕厄運。過年需準備七喜桌（七對伊朗人來說是吉利的象徵），擺上七項以seen開頭的東西：小麥草或盆栽，代

表重生；麥芽布丁或小麥類點心，象徵生活美滿，表示豐足；大蒜，無病無憂；乾沙棗，愛情；蘋果，美麗健康；鹽膚木，象徵新年的日出或以銅板期待財富；醋，高壽和耐心。除此之外，金魚缸、鏡子、彩繪過後的雞蛋、可蘭經、偉大波斯詩人的詩集，也會是豐盛祝福的一部分。

在伊斯蘭教形鑄的文化下，創造出特殊風格的建築、音樂、禮儀與對穿著、生活的規範。由「穿著端莊的女性，猶如深藏貝殼裡的珍珠」這句話可知伊斯蘭教對於穿著有嚴格的規範，女性是穿著連身黑袍且會遮住臉，只露出眼睛的尼卡伯（黑色罩袍），既避免性騷擾，也表示貞潔自守。男士蓄鬍源自上古蘇美習俗，是威嚴的表徵，不得穿背心或短褲外出。至於飲食則禁酒，忌食豬肉、狗肉；生活上禁止賭博、賣淫，婦女不得從事唱歌、跳舞等職業；犯持槍搶劫、強姦罪將被處以死刑。

不過就像人們對沙漠懷抱浪漫的想像，大多數人認為中東國家封閉保守，以面紗長袍對女性壓抑歧視。其實在伊朗，女性有行政、投票權，可以自在出門而無須男性陪伴，也可以開計程車工作，登山旅遊。她們說：「男人不能規定我如何穿著，我遵守的是阿拉的律法……我有繁榮的權利，成長的權利」。

當杜拜以入海底、摘月亮、聳雲霄、旋轉海浪、帆船造型的方式矗立起建築奇蹟時，擁有石油、古老文化底蘊的中東還有什麼是不可能的？

日本

金閣寺

日本物之哀美學

　　三島由紀夫（1925～1970年），本名平岡公威，是才華橫溢的日本戰後小說家、劇作家、記者、電影製作人、演員與日本民族主義者。作品在西方世界有崇高的評價，有人譽稱他爲「日本的海明威」，曾三度入圍諾貝爾文學獎。

　　出生於東京的三島由紀夫，在具有日本貴族血統的祖母薰陶下，接觸歌舞伎與能劇等藝文活動。母親雅好西方文學，爲他打下日後小說、舞臺劇劇作的基礎。中學時開始發表文章，擔任雜誌主編，得國文老師激賞，推薦投稿《文藝文化》，以「三島由紀夫」的筆名發表創作。

　　三島由紀夫大學預科主修德語，受日本浪漫派文學薰陶，以第一名畢業，得天皇頒獎贈予手錶。隨後入東京帝國大學法學部法律學科就讀，二次世界大戰末期被徵召入伍，因病被遣送回鄉。所屬的部隊在戰爭中全軍覆沒，加上妹妹因傷寒病逝，使他頓入悲苦，而死亡絕滅的意識也成爲作品的底色。二十一歲時，因川端康成引薦而晉身文壇，大學畢業後入大藏省任職，並專心創作，著有《假面的告白》、《潮騷》、《春之雪》、《豐饒之海》等。

　　金閣寺本名爲鹿苑寺，1394年由幕府將軍足利義滿建造，除金箔貼出熠熠生輝的外觀，並以湖中映出倒影，故稱「金閣」，是鎌倉時代用以接待明朝使者與天皇的別墅。1950年見習僧人因無法忍受其美而引火自焚，燒毀金閣寺，三島由紀夫以此事件寫成充滿悲劇性幻滅美學的小說《金閣寺》，被讚賞爲其美學的集大成。

　　三島生前舉辦過人生回顧展覽，以四條河流總結自己一生，分別是寫作的河流、舞臺的河流、肉體的河流和行動的河流，最後終歸虛無的大海。1970年11月25日繫上「七生報國」頭巾的三島由紀夫，

與其他四名楯之會成員發動兵變，呼籲「日本因經濟繁榮而得意忘形，精神空虛。放棄物質文明的墮落，找回古人純樸堅忍的美德與精神，成為真的武士」，但沒有獲得自衛官們的支持，三島隨即切腹自殺。

莫言在〈三島由紀夫猜想〉中說：「三島是個具有七情六慾的凡人，最後那一刀使他變成了神。」三島由紀夫自己則明確表示過：「我不是作為一介文人而是作為一名武士去死的。」

細看名著

幼年時代，父親常常跟我講金閣的故事。在我心中，父親所講的金閣的幻影，遠勝於現實的金閣，那美是無與倫比的。

體弱的我無論跑步還是練單槓都輸給人家，再加上長相醜陋，天生結巴，而且大家都知道我是寺廟住持的孩子，常模仿口吃和尚結結巴巴誦經取笑我，個性因此愈加畏首畏尾。

結巴，在我和外界之間架設了一道屏障，久而久之，這把可以敞開內心世界與外界之間門扉的鑰匙完全生鏽了。我喜歡閱讀暴君的歷史書，想像自己是結巴寡言的暴君，人們看我的臉色終日戰戰兢兢地過日子。我無須用明確而流暢的語言來使我的殘暴正當化，只要我寡言就可以使一切殘暴正當化。

父親過世前，把我交給金閣寺的住持。離金閣愈來愈接近的時候，我有點躊躇了。

我想起那隻立於屋頂，終年經受風吹雨打的金銅鳳凰。這神祕的神鳥既不報時也不奮飛，一定忘記自己是一隻鳥吧。然而以為牠不飛是錯誤的，其他的鳥都在空中飛翔，這隻金鳳凰

也應該是展開光明的羽翼，永遠飛翔於時間的海洋裡。時間的波浪不住地撲打這雙羽翼，接著向後方流逝。鳳凰只要顯示出不動的姿態，怒目而視，高舉羽翼，翻捲鳥尾的羽毛，岔開金色的雙腿穩穩站立，這就夠了。

這樣一想，我覺得金閣本身就是一艘度過時間汪洋駛來的美麗船艘，美術書上所謂這幢「四周月柱，牆少通風」的建築，就是想像爲船的結構，以三層屋形船面臨水池引人想像。無數夜晚，金閣寺在這樣的航海裡，白晝時，這奇異的船佯裝拋下錨，停泊下來供俗眾縱情瀏覽，晚間，就借助周遭的黑暗揚起屋形的船帆，繼續起碇航行。

我知道並相信：在紛繁變化的世界裡，不變的金閣是千真萬確的存在。

*　　*　　*

那次旅行真令人傷心，客車很髒，沿保津峽行駛，在隧道較多的地方，煤煙無情地捲進車廂內，令人窒息。父親咳個不止。我少年時期就像混濁在黎明的色調之中，黑暗的影子世界是可怕的，但白晝也不屬於我。

父親故去，我真正的少年時代也就宣告結束了。

按照父親的遺言，我到京都金閣寺削髮爲僧。這裡的人都是我的同類，不會像俗家的中學同學因爲我是和尚的兒子而另眼相待，這讓我如釋重負。除了口吃。

1944年11月，B29型轟炸機第一次轟炸東京，那時我想：也許明天京都會遭到空襲，也許金閣將會遭到火劫……那時候，屋頂上的那隻鳳凰將會復甦爲不死鳥而飛翔，被束縛在形

態中的金閣將會輕飄飄地離開它的錨，漂泊在湖面上、黑暗的海潮上、透露微光蕩漾在水面上……。

　　翌年3月9日，傳來東京小工商業區一帶成爲一片火海的消息，可是災禍離京很遠，顯現的是一片早春澄明的天空。

　　戰爭結束了。許多神社佛閣都供人爲戰敗哭泣，金閣寺偏偏沒有人來。灼熱的小石子上落下我的孤影，金閣在那邊。不久以前，我看金閣，覺得它的局部與整體猶如音樂般地照應交響，現在我所聽見的則是全然無聲，全然靜止。沒有任何流動的東西，也沒有任何變化的東西，金閣像音樂的可怕的休止，也像響徹雲霄的沉默，存在在那裡，屹立在那裡。

　　「金閣跟我斷絕關係了。」我和金閣共存在同一世界裡的夢想崩潰了。美在那邊，而我卻在這邊。

　　對我來說，戰敗無非就是這種絕望的感覺。停戰這一天，我從層巒疊嶂那裡響起的蟬聲中，也聽見過這種詛咒似的「永遠」。它用泥把我完全封閉在金色的牆上。

　　永遠存在的美，也正是在這時候阻撓我們的人生，搗毀我們的人生。生命中所出現驚鴻一瞥的美，在未遭荼毒之前，是脆弱不堪一擊的，它立刻就崩潰消失，隨之，生命本身也暴露在死亡淡褐色的光芒下。

＊　　＊　　＊

　　大谷大學是我人生中第一次接觸思想的地方，也是我對自由選擇的思想感到親近的地方，這裡成了我人生轉折的所在。這所大學創始於距今近三百年前，它不僅成爲大谷派，且是各宗各派的青年來學習研修佛教哲學基礎知識的據點。

三葉草的柔和的葉子吸收著陽光，細小的影子撒滿一地，看起來這一帶恍如從地面輕輕漂起。柏木那雙嚴重的X型的腿，走起路總像在泥濘中行走，難看的食相也是相當孤僻的，所以誰也不接近他，他也不與同學交談。

　　他的殘廢使我放心，我第一次體會以同等的資格與別人相互交談的喜悅。柏木討厭永恆的美，討厭建築和文學，他的嗜好僅限於瞬間消失的音樂或數日之間就枯萎的插花。

　　柏木帶我與女人約會，回到寺廟之前，我仍然落入恍惚之中。乳房和金閣在我的心中交替地湧現，一種無力的幸福感充滿了我的身心。但當我看到呼嘯著風聲的魅黑松林的彼方那鹿苑寺山門時，我的心漸漸冷卻下來，陶醉的內心竟變成一股無以名狀的憎恨感，沉重地湧上心頭。

　　我喃喃自語道，「金閣為什麼企圖將我同人生隔絕呢？誠然，金閣是從墮地獄中把我拯救了出來，卻使我比墮地獄的人更壞。」

　　我有生以來頭一遭用近似詛咒的口氣向金閣粗野地呼喊起來：「總有一天我一定要治服你，再也不許你來干擾我！總有一天我一定要把你變成我的所有，等著瞧吧！」聲音在深夜的鏡湖地上空空虛地旋蕩著……

　　遭受過兩次挫折以後，我並沒有認命而消沉，1948年歲暮以前，碰上好幾次這樣約會，我毫不畏懼地去做了，總是落得相同的結果。金閣總是出現在女人和我之間、人生和我之間。我的手一觸及我想抓住的東西，那東西就立即變成灰，希望也完全化成沙漠。

　　這是1949年正月的事。週末我到廉價的電影院看了場電

影後，獨自漫步在久未踏足的新京極街上。在雜沓的人流中迎面碰上一個熟悉的面孔，沒等我想起是誰的時候，這張臉已被人流推擁到身後去了。他頭戴呢禮帽，身穿高級大衣，圍著圍巾，身邊帶著一個穿著紅色大衣的女人，一眼就能辨出是個藝妓。這張桃紅色的豐滿的男人臉有點異樣，帶有一種娃娃臉般的清潔感、高高的鼻子，這是一張普通中年紳士不易看見的臉……這不是外人，正是老師。

那一瞬間，我泛起了一股想逃避的心緒，不願成為老師便裝外遊的目擊者、見證人，不願和老師在無言中結下信賴和不信賴的相互交織的關係。後來的幾天，我困在各種想像之中，老師絲毫沒有反應。無言，形成一種不安，天天壓在我的身上，老師的存在變成了一股巨大的力量，恍如飛來飛去的飛蛾影子。這一夜，我依然難以成眠。我對老師的偽善表示的輕蔑，在奇妙的狀況下，與我的意志薄弱結合在一起，我終於明白了他是個不足取的人，我甚至想到那怕向他道歉也不算是我的失敗。

是年11月，我突然出走，都是所有這些事情積累的結果。除了翹課太多、成績不佳，直接動機是老師第一次以堅決的口吻明確地說：「我曾經打算讓你接我的班，不過現在我必須明確地告訴你，我已經沒有這個意思了。」

離開，對我而言，幾乎可以說成是振翅待發。總之，我必須從我的環境中，從束縛著我的美的觀念中，從我的坎坷不幸中，從我的結巴中，從我的存在條件中出發。

火車沿著我當年與生病的父親一起看過的群青色的保津峽奔馳，為了接觸大海，我要迎著從原野、田間吹拂過來山風再

走一程。我步入是一片荒涼的旱地，忽然想起柏木對我說過的一句話：「我們所以突然變得殘暴，是在這樣一瞬間，即一個晴朗的春天的下午，在精心修剪過的草坪上，茫然地望著透過葉隙篩落下來的陽光嬉戲的一瞬間。」

這時我腦海裡突然生起一個的念頭：「我一定要把金閣燒掉！」

這美麗的東西不久即成灰燼，那麼真實的金閣寺便和我幻想中的金閣一模一樣了。我自己愈想愈快活。落日的光輝曾照大地，載著承受夕照而輝煌燦爛的金閣的世界猶如從指縫漏掉的沙子，實實在在地時時刻刻地掉落下去……。我心想：「假使金閣被燒掉了……假使世界將會被改變面貌，生活的金科玉律將會被推翻，列車時刻表將會被打亂，法律也將會被變成無效的吧！」到了那個時候，特別訂造的、我特別製造的、前所未聞的生命就將開始。

下決心燒金閣以後，我彷彿再次處在少年時代初期那種嶄新的無垢的狀態，所以我想也應該再次邂逅人生開始時遇見的人和事。

* * *

7月2日凌晨一點鐘，敲梆子聲已經停息，寺廟變得一片寧靜，雨無聲無息地下著，夜漸漸增加了濃度和沉重。我心想：「我内心世界同外界之間的這生了鏽的鎖頭，將要被巧妙地打開，成爲内界與外界的通風口，風可以自由自在地從這裡吹拂過去。……這幅情景即將呈現，近在咫尺，隨手可及。」我感到有生以來從不曾有過的幸福……。

黑暗中，我躡足走到大書院後面，抱起三捆稻草和兩個裝著書籍、衣物、僧衣以及零星雜物的箱子，拆下金閣北側的板門側身進去。在火柴亮光的輝映下，我的臉映在陳列金閣模型的玻璃櫥的玻璃上，我入迷的看著玻璃櫥內的金閣。香資箱後面，足利義滿的木像的眼睛在火苗的映照下閃閃發光，可是我並不畏懼。這小偶像看起來甚是淒慘，儘管它鎮坐在自己興建的宅邸的一角，然而對於遙遠的昔日的統治卻全然斷念了。

　　終於只等點火了。

　　這時我突然感到一陣食慾席捲上來，昨天吃剩下的夾餡麵包和豆餡糯米餅放在衣兜裡，我貪婪地吃了起來，卻不知是什麼味道。

　　長期準備工作已經全部完成，彈指之間，就可以輕而易舉地行動了。

　　我打算做最後的告別。黑暗中，金閣朦朦朧朧的輪廓恍惚不定，法水院和潮音洞昔日曾使我那樣深受感動的細部，如今全然融化在漆黑之中。金閣因自身的發光而變得透明，從外面可以清清楚楚看到潮音洞壁頂的仙女奏樂圖案，以及究竟頂牆上古老斑駁的金箔殘片。金閣精巧的外部，與它的內部渾然一體。法水寺和潮音洞在同一深屋簷的庇護之下，就像一雙頗為相似的夢、一對頗為相似的快樂的紀念重疊起來了。薄木修葺的屋頂高聳，金銅鳳凰連接著無明的長夜。

　　漱清亭像一隻展翅欲飛的鳥，正從這建築物向當今世界的東西道逃，這意味從規定世界的秩序向無規定的東西，甚至可能是向無垠的官能的蕩漾。這是我經常思忖的事，每逢眺望瀰漫在鏡湖池上的朝霧夕靄的時候，我就思忖著那裡才是築起金

閣的巨大的官能力量的所在。

美，絕不是以其細部告終，以其局部完結的，而是任何一部分的美都包含著另一種美的預兆。預兆連繫著預兆，形成了金閣的主題。這種預兆，原來就是虛無的兆頭；虛無，原來就是這個美的結構。這些細部的美在未完成之時，各自都結合著虛無的預兆，木質結構尺寸比例精細而纖巧的這座建築物，就像瓔珞在風中日落似的，在虛無的預感中顫慄。

蕩漾的水波讓堅固的形態的束縛被解開了，這種時候，金閣彷彿是用永遠飄動的風、水和火焰般的材料建成的。

美在最後的機會再次發揮它的威力。或許柏木所說是真的，他說改變世界的不是行動而是認識，並且是一味模仿行動到了極限的認識。世界以其本來的形態停止下來，也失去了慾望，我心滿意足了，淚珠子一串串地湧流出來。就這樣持續到天明，即使被人發現也無所謂了，我大概不會做任何的辯解。

我的心歡快地跳動，濡濕了的手微微顫抖著，火柴也潮濕了。頭一根沒有劃著。第二根剛劃著又折了，劃第三根時，我用手擋風，火光從指縫透了出來，燃著了。

法水院內豎起巨大的搖曳的影子，中央的彌陽、觀音、勢至三尊佛像，紅彤彤地映現了出來。義滿像閃爍的目光也在背後搖晃著。

煙霧從我背後逼將過來，腳底下響起了火燒的爆裂聲，我被煙嗆得幾乎窒息了。我一邊不停地咳嗽，一邊還在叩門，門扉還是不開。一瞬間，我毫不猶豫，急忙轉身跑下樓去，……我奔跑著，我不記得不停歇地奔跑了多長的路程。

點點的火花在頭頂的上空浮游著，金閣上空就像撒滿了金

沙。

　　我盤腿而坐，久久地眺望著這番景象。

　　當我意識到自己已遍體鱗傷時，我像一頭遁逃的野獸，舔了舔自己的傷口。我掏了掏衣兜，把準備自殺的小刀和安眠藥瓶扔向谷底，又從另一個衣兜裡掏出了一支香菸。我抽起菸來，就好像一個人幹完一件事，常常想到抽支菸歇歇一樣。我心想：我要活下去！

引經據典

1. 美可以委身於任何人，但又不屬於任何人。
2. 美概括了各部分的爭執、矛盾和一切不協調，並且君臨其上。
3. 看到夏天的小花像是被晨露濡濕散發出朦朧的光的時候，我就覺得它像金閣一般的美。還有，看到山那邊雲層翻捲、雷聲陣陣、惟有暗淡的雲煙邊緣金光燦燦的景象的時候，這種壯觀就使我聯想起金閣來。最後甚至看到美人的臉蛋，我心中也會用「像金閣一般的美」來形容了。
4. 肉體上的殘廢者同美貌的女子一樣，具有無敵的美。殘廢者和美貌的女人都是疲於被人觀看，頓於被人觀看的存在。他被窮追，就以存在本身來回觀觀看者，最後是觀看著勝利了。正在吃盒飯的柏木垂下眼簾，我感覺到他的眼睛看遍了自己周圍的世界。
5. 菊花的端莊形態，是模仿蜜蜂的慾望而製造出來的，這種美本身是衝著預感而開花的，因此如今正是生的形態的意義在閃光的瞬間。這形態是無形的流動的生的鑄型，同時無形的生的飛翔也是這個世界上所有形態的鑄型……蜜蜂一頭鑽進了花兒的深處，渾身沾滿了花粉，沉湎在酩酊之中。

我依父親的遺願到金閣寺出家，對我而言，金閣寺是獨一無二的美。

柏木帶我與女人約會，但每次慾望衝動時，眼前便浮現金閣寺。

我遇見穿便服的老師與藝妓，被斷了接住持的希望。決心縱火燒掉金閣寺。

我在黑夜裡點火柴燃燒金閣寺，看著火花在上空浮游，逃離至遠方。

思辨探索

　　日本評論家村松剛說：「三島由紀夫每本小說都是一場絢爛豪華的夢。」這是反觀自我的文本，在我的回頭觀看過去經歷與當下起心動念中，進行獨白式的哲學思索與辯證以所呈現觀點。也因為以「我」為敘述者，透過說故事的聲音與讀者產生交流，不僅形成真實性，也讓進入故事本身的讀者感同身受，隨之起伏跌宕。

　　金閣寺，是小說裡最主要的意象。我的生活歷程、金閣寺的意義、面對金閣寺的情感變化、反觀自我過程中心理的視角，和渴慕美、認識美、占有美、毀滅美的行動，串起這篇充滿聲音的衝突和毀滅美學的告白。

　　口吃、醜陋讓作者與外在世界隔絕，而沉浸在暴君的誇張想像裡，試圖以無言報復嘲笑與欺凌。這時候神祕金鳥、度過時間汪洋駛來的美麗船艘的幻想是小和尚藉以超越世俗，永恆不變的象徵。

　　戰敗絕望的感覺，讓所有的價值都崩潰了，他與金閣寺之間不再共存在同一世界裡，尤其是當他與女人共處時，金閣寺成為他與外界隔絕的詛咒，是他無法放縱自己進入庸俗的、不完美的人間世界的怨敵，一如口吃阻隔他與人的交際。小和尚被我執困於其中，被金閣寺的完美控制而無力掙脫，「這美麗的東西不久即成灰燼，那麼真實的金閣寺便和我幻想中的金閣一模一樣了。」最後終於無法承受金閣的美，為擺脫美的觀念的羈絆，縱火焚燒金閣寺。

　　除了這樣絕美而不可得的心靈障礙，老師狎妓擊碎了他對於修行者道德的期待，因此在成為住持，可以完全擁有金閣寺的希望也破滅時，閃過腦海的是，柏木認為意義是短暫的觀點，遂鬆動了他長久以來堅持美是永恆不變追求的信仰。

　　「這時，彷彿某種意義在我的心中閃爍。這閃爍一瞬即逝，意義

也消失了。」如何面對無法掌控世界？如何自處？昔我與今我二我差帶出迷惘、矛盾、質疑的困局，創造出反思與剝離的空間。

於是我以出走換得自由之身，以縱火焚毀金閣寺試圖化解美與人生的衝突。小說結尾戲劇性的轉變，看似減低了與金閣寺同歸於盡的悲壯，違背了日本所崇尚以死爲生的武士精神，但其實這把火讓我重生，畢竟金閣寺已毀，不再能阻礙他去面對現實。正如楊照〈與「美」之間的慘烈對決──三島由紀夫的《金閣寺》〉所提出的解讀：我之所以突然改變心意，是爲了要繼續與對抗拉鋸，否則就輸了，將被「無明」永遠拘束。

莫言認爲《金閣寺》可視爲三島的情感自傳。金閣象徵出身高貴，可望而不可即的女人，當那美人離去時，無能少年的痛苦會像大海一樣深沉，痴戀引發幻想如金閣在烈火中熊熊燃燒的情景一樣。金閣在烈火中的顫抖和嗶剝爆響，就是三島心中的女人在情慾高潮中的抽搐和呻吟。

無論世間最美的金閣寺猶如女人，還是建築藝術表現出美的極致，那只能活在幻想中的完美是不容於世的，我們看到的軀體其實是腐朽。金閣寺風、水和火焰般的材料建成，蕩漾的水波讓堅固的形態的束縛被解開了，水中的形象，是內心的感覺。金鳳凰在夜裡隨風而像無垠的宇宙，那麼只有毀掉金閣寺，才能讓不朽金閣徹底成爲自己的一部分，再也無人可奪走。

存在與毀滅、有與無、善良與邪惡、永恆與短暫、美與醜、崇高與卑賤……這樣的對立在我的內心與真實世界裡爭辯。我要找的完美，只存在幻想，我的自卑與驕傲的反抗，便是毀滅真正的形體，那麼便能獨占心中的唯一，那樣的美是任何人無法達到的境界。這是三島由紀夫的美學，是日本物哀、空無的思維。

問題解讀	問題思考	問題行動	問題結果
美	1. 美是永恆還是短暫的？ 2. 美存在於具體形式，還是在虛無之中？	1. 我進入金閣寺出家，隨柏木與女人約會。 2. 戰敗、老師狎妓粉碎原有的價值觀，我不斷翹課並出走。	1. 金閣寺的美讓他無法進入不完美的現實。 2. 對人生迷惘，火燒金閣寺，讓完美化為虛無，得以獨占。

櫥窗燈　震盪效應 —— 相關閱讀

　　日本漢化的內容，主要有仿隋唐律令官制、詩歌、建築，以及喝茶、水墨山水的宋文化與禪宗意境，將此日本化者便是室町幕府時期。1367年日本第三任將軍足利義滿，十歲就任，後得明朝冊封為「日本國王」，准許遣使朝貢，條件是助明殲滅倭寇。這讓足利義滿創造室町時代政治、經濟和文化強盛的高峰，也在大量輸入中國的書籍和茶器下，開創的北山文化，成就了日本水墨繪畫的精進。晚年出家為僧，居所建之金閣寺。

　　唯美的物哀，深遠的幽玄，到空無的侘寂是日本重要的三個審美意識。

　　紫式部在《源氏物語》寫出日本人最早的物哀美學。據日本國學家本居宣長解釋物哀有三層意思，一是源自神道教的泛靈論，認為萬事萬物都有心，都有靈，會因感受外在變化而浮動情感，故物哀即物之心。其次，世間所有存在都是短暫的，都將成為過去，而由感歎轉為憂傷之悲情。第三層意思在萬物有情卻無法表達，人能感受萬物的心，因

此必須代為傳遞。

佛法、老莊、日本的神道揉合出的幽玄美學，強調從陰翳隱蔽、枯寂中發現靜謐的美，感覺時空無限，如以山石白沙為主體的枯山水、境生象外，意在言外的和歌、和室建築。

侘茶，是樸素又安靜的生活方式，強調在直觀不完美中發現美，以接受短暫和不完美為核心，接受自然的生死循環的日式美學。侘是清貧、粗糙，在不足中見充足；寂是面對褪色、消逝事物的心境。茶道宗師千利休以侘的方式進行的茶道，奠定和敬清寂、樸實日常的侘寂美學。

悲劇是文學、美學、哲學的來源。依亞里斯多德的說法，希臘悲劇是藉由引起憐憫與恐懼來使這種情感得到陶冶，進而在潛移默化中提高人的道德水準，亦即透過藝術淨化心靈。西方悲劇英雄裡強調人的局限與超越性，日本文化同樣認為哀傷比喜悅的感染力與境界更高，就如櫻花之美正在於風一吹便飄落的有限性，讓人發現事物當下的本質。又如一期一會的茶會，事物之美的聚與必然消逝的散同時存在。

川端的小說承繼《源氏物語》的物哀意象、殘缺美學和悲戀主張，表現「生、滅、生」的無常感。林永福〈川端康成──王朝之美的繼承者〉言：「戰後，川端反覆說自己是死了的人，今後的日子是餘生，除了描寫王朝之美，再也沒有想寫的了。顯然在他心目中王朝是美，而自己的責任就是表現王朝之美。」同樣的，三島由紀夫也以金閣寺為符號，描述對美的迷戀、嚮往與思考，而最終都走向空無。或許美從來無法以眼睛所見的形體呈現，真正的美如羚羊掛角，無跡可求，其透徹玲瓏之妙處必然依靠心靈的想像、藝術的表現捕捉其神、其韻。

迷宮地圖遊戲解答：

路線1 ／ A. 《聶隱娘》

關鍵字：1.老尼
2.輕功
3.刺客
4.法術

路線2 ／ B. 《源氏物語》

關鍵字：5.光源氏公子
6.夕顏
7.葵姬
8.紫之上

路線3 ／ C. 《阿拉丁神燈》

關鍵字：9.公主
10.魔法師
11.宮殿
12.主人

路線4 ／ D. 《平家物語》

關鍵字：13.熊谷
14.攻戰
15.源義經
16.吹笛名手

路線5 ／ E. 《孫行者二調芭蕉扇》

關鍵字：17.唐僧
18.牛魔王
19.鐵扇公主
20.火燄山

路線6 ／ F. 《杜十娘怒沉百寶箱》

關鍵字：21.李甲
22.老鴇
23.孫富
24.柳遇春

路線7 ／ G. 《寶玉葬花》

關鍵字：25.大觀園
26.賈寶玉
27.林黛玉
28.葬花

路線8 ／ H. 《鏡花緣》

關鍵字：29.武則天
30.百花仙子
31.君子國
32.女兒國

路線9 ／ I. 《賣書得》

關鍵字：33.洞房花燭
34.科舉考試
35.藝妓
36.狀元

路線10 ／ J. 《兩個地主》

關鍵字：37.將軍
38.農奴
39.神父
40.責打

路線11 ／ K.《罪與罰》

關鍵字：1.大學生
42.放高利貸的老太婆
43.退職的九等文官
44.自首

路線16 ／ P.《阿Q正傳》

關鍵字：59.我是蟲豸
60.精神勝利法
61.假洋鬼子
62.革命黨

路線12 ／ L.《安娜·卡列尼娜》

關鍵字：45.火車站
46.鐵軌
47.婚姻
48.愛情

路線17 ／ Q.《橘子》

關鍵字：63.女孩
64.三等的紅色車票
65.火車
66.隧道
67.平交道
68.三個男孩

路線13 ／ M.《套中人》

關鍵字：49.千萬別鬧出亂子啊
50.套子

路線18 ／ R.《伊豆的舞孃》

關鍵字：69.高校生
70.溫泉
71.江湖藝人
72.旅店

路線14 ／ N.《在加爾各答路上》

關鍵字：51.首長女兒
52.婆羅門教祭司
53.回教
54.苦行者

路線19 ／ S.《眼鏡蛇酒》

關鍵字：73.影子
74.陶罐
75.正月十三日
76.眼鏡蛇酒
77.荷花

路線15 ／ O.《我是貓》

關鍵字：55.教師
56.寫日記
57.韋氏大字典
58.樑上君子

路線20 ／ T.《金閣寺》

關鍵字：78.結巴
79.和尚
80.美
81.火燒

國家圖書館出版品預行編目資料

從世界名著經典出發，提升你的人文閱讀素
養. 亞洲篇／陳嘉英著. -- 初版. -- 臺北
市：五南，2021.05
面；　公分
ISBN 978-957-763-985-1（平裝）

1.世界文學　2.推薦書目

813　　　　　　　　　　　109004793

ZX0W 悅讀中文

從世界名著經典出發，提升你的人文閱讀素養（亞洲篇）

作　　　者 ─ 陳嘉英

發 行 人 ─ 楊榮川

總 經 理 ─ 楊士清

總 編 輯 ─ 楊秀麗

副總編輯 ─ 黃惠娟

責任編輯 ─ 范郡庭

校對編輯 ─ 周雪伶

繪　　　者 ─ 林胤彤

封面設計 ─ 姚孝慈

出 版 者 ─ 五南圖書出版股份有限公司

地　　　址：106台北市大安區和平東路二段339號4樓

電　　　話：(02)2705-5066　　傳　　　真：(02)2706-6100

網　　　址：https://www.wunan.com.tw

電子郵件：wunan@wunan.com.tw

劃撥帳號：01068953

戶　　　名：五南圖書出版股份有限公司

法律顧問　林勝安律師事務所　林勝安律師

出版日期　2021年 5 月初版一刷

定　　　價　新臺幣400元

經典永恆·名著常在

五十週年的獻禮 —— 經典名著文庫

五南，五十年了，半個世紀，人生旅程的一大半，走過來了。

思索著，邁向百年的未來歷程，能為知識界、文化學術界作些什麼？

在速食文化的生態下，有什麼值得讓人雋永品味的？

歷代經典·當今名著，經過時間的洗禮，千錘百鍊，流傳至今，光芒耀人；

不僅使我們能領悟前人的智慧，同時也增深加廣我們思考的深度與視野。

我們決心投入巨資，有計畫的系統梳選，成立「經典名著文庫」，

希望收入古今中外思想性的、充滿睿智與獨見的經典、名著。

這是一項理想性的、永續性的巨大出版工程。

不在意讀者的眾寡，只考慮它的學術價值，力求完整展現先哲思想的軌跡；

為知識界開啟一片智慧之窗，營造一座百花綻放的世界文明公園，

任君遨遊、取菁吸蜜、嘉惠學子！